文学的自然之根

生态批评视域中的文学寻根

张守海 著

WENXUE DE ZIRAN ZHIGEN
SHENGTAI PIPING SHIYUZHONG DE WENXUE XUNGEN

黑龙江人民出版社

图书在版编目(CIP)数据

文学的自然之根：生态批评视域中的文学寻根 / 张守海著. — 哈尔滨：黑龙江人民出版社，2018.11（2021.5重印）
ISBN 978-7-207-11556-0

Ⅰ.①文… Ⅱ.①张… Ⅲ.①中国文学—当代文学—文学研究 Ⅳ.①I206.7

中国版本图书馆 CIP 数据核字(2018)第 275954 号

责任编辑：孙国志
责任校对：秋云平
封面设计：鲲　鹏

文学的自然之根
——生态批评视域中的文学寻根
张守海◎著

出版发行	黑龙江人民出版社
地　址	哈尔滨市南岗区宣庆小区1号楼（150008）
网　址	www.hljrmcbs.com
印　刷	北京一鑫印务有限责任公司
开　本	787×1092　1/16
印　张	15
字　数	240 千字
版次印次	2018年11月第1版　2021年5月第2次印刷
书　号	ISBN 978-7-207-11556-0
定　价	48.00 元

版权所有　侵权必究　　　　举报电话：(0451) 82308054
法律顾问：北京市大成律师事务所哈尔滨分所律师赵学利、赵景波

从"寻根文学"到"文学寻根"
——略谈文学的文化之根与自然之根
（代序）

鲁枢元

"寻根文学"发轫于1984年年底由上海文学与杭州市文联在西湖边上召集的那个为期一周的座谈会。那次会议我被邀请参加。会议预定的主题是"新时期文学：回顾与预测"，不料，"寻根"却成了会议上的热点与高潮。会后，杭州会议上的这些"寻根者"便把他们在会上的言论整理发表，其中有代表性的是韩少功的《文学的"根"》、郑万隆的《我的根》、阿城的《文化制约着人类》、李杭育的《理一理我们的"根"》。

作为这场思潮的第一发动者，韩少功在他的《文学的"根"》中开篇第一句话就是："绚丽的楚文化流到哪里去了？"急迫地表露出他对当代文学失根状态的关切。"文学有根，文学之根应深植于民族传统文化的土壤里，根不深，则叶难茂。"这句话后来便成了寻根派文学的一面迎风招展的大纛。

以我的理解，"寻根文学"是以文学创作探寻文学以及中国社会生活中已经久久失去的"文化之根"。具体到不同的作家，探寻的侧重点又有所不同。韩少功在他的那篇文章中也感觉到："根"，是深埋于一个民族的历史纵深处的。用他的话说，光是寻到"地壳"还不行，还要深入到地壳之下的"岩浆层"。

地壳下面的岩浆会是什么？仍然是文化吗？

后来，我渐渐热衷上研究古斯塔夫·荣格。荣格的分析心理学与种族无意识学说进一步打开我的眼界，顺着荣格的指引往人类历史的纵深处追寻，去探索人类赖以存续的"根"，我发现那就注定要突破"文化"的藩篱而进入一个新的地层，这个地层，应当就是"自然"！

荣格挖掘出的人类心灵深处的须根，被他归结为种种"原型"，如"阴影""阿妮玛和阿尼姆斯""地府母亲"以及"曼荼罗"等，都与人的内在自然性相依相存。荣格的带有神秘主义色彩的心理学很容易与中国古代哲学联系起来，荣格本人也是一个顽固的东方主义者。在中国古代哲学中，"自然"是"天"，"自然性"即"天性"，"天性"才是人的"真性情"。《庄子·秋水篇》："牛马四足，是谓天；落马首，穿牛鼻，是谓人。故曰，无以人灭天，无以故灭命，无以得殉名。谨守而勿失，是谓反其真。"这里的"真"，是本性、天性、自然性，与人工相对，当然也是与"文化"相对的。《庄子·渔父》中又说："礼者，世俗之所为也。真者，所以受于天也，自然不可易也。故圣人法天贵真，不拘于俗。""真"为天、为自然；礼为人事、为文化。"真"与"礼"并不在一个层面上，自然与文化也不在一个层面上。自然应该是一个比文化更幽深、更隐蔽、更丰蕴的层面。

自然，而不是文化，才是人类更悠远、更初始的根。

文学呢？文学艺术与自然的渊源较之文化要更幽深、悠远。我在文艺学的课堂上曾经反复地讲过这样一段话：人类在不会说话时就已经会唱歌，还不怎么会直立行走时就已经会跳舞，没有文字的时候就已经会画画，黑格尔还说人类在没有文字的时候也已经有了诗、诗的意象。那时，人类可没有这么多的文化！

遗憾的是，现代社会的人们已经忘记了自己的"根"原本是深扎在自然之中的。更其甚者，为了建造更辉煌的文化，尤其是那些物质文化、技术文化、市场文化，竟然视自然为对手、为敌人，一再向自然开战，一心要征服自然。其结果，大家都已经看到，那就是酿成了今天世界性的、代价惨重的、几乎不可逆转的生态灾难。

在这样的情况下，生态批评应时而生。

美国当代思想家霍尔姆斯·罗尔斯顿（Holnes Rolston，1933— ）说他自己曾经历了一个"从文化转向自然"的过程,"我的职责是要引导文化去正确地评价我们仍然栖居于其中的自然"。他还曾讲到"文化""自然"(他常常将其称作"荒野")与"根"的关系:文化容易使我忘记自然中有着我的根,而在荒野中旅行则会使我又想到这一点。我珍视文化给我提供的通过受教育认识世界的机会,但这还不够:我也珍视荒野,因为在历史上是荒野产生了我,而且现在荒野代表的生态过程也还在造就着我。想到我们遗传上的根,这是一个极有价值的体验,而荒野正能迫使我们想到这一点。

澳大利亚生态批评家凯特·瑞格比(Kate Rigby)对于现代文学理论界长期忽略"自然"的现状表示极大不满:对文学文本的研究竟伴随着对土地的忘却……现代文学批评只是在19世纪早期才得以学院化为一种学术研究,而那正是"自然"与"人文"科学开始被生硬割裂开来的时期。

伴随着生态危机的阴影而日益临近的生态时代,"寻根文学"的文学也应当进一步寻一寻自己的根。"文学寻根"不仅要寻到一个民族的传统文化,还要寻找文化之下更深层的"自然",那才是文学之根更原生态的、更丰饶的土壤。套一句30年前韩少功说过的话:"文学有根,文学之根应深植于天地自然的土壤里,根不深,则叶难茂。"

与"寻根文学"不同,新时代的"文学寻根"不但要寻回文学艺术这棵大树久久失去的"自然之根",同时还要反馈自然的养育之恩,发挥文学的精神感召力,在地球人类的社会生活中为自然招魂,以女娲补天的大爱修补日趋崩溃的自然生态系统。

怀着"绿叶对根的情意",数年前我所指导的一位博士生、烟台大学文学院青年教师张守海,开始了他对文学之根的探寻,其结果便是他的那篇洋洋洒洒写了近20万字的博士学位论文:《文学的自然之根——生态视域中的文学寻根》。守海博士在他论文中开章明义地写道:

> 20世纪80年代中期由韩少功、李陀等人发起的文学寻根,面对的时代问题是"文化断裂",目标是通过文学创作深入到民族文化的深层,寻觅文学的文化资源。而当前我们面对的问

题是由经济高速发展带来的"生态危机",是人与自然关系的急剧恶化。因此,本文的目的将指向文学与自然的关系。正如刘勰在《文心雕龙·物色》中所说:"山林皋壤,实文思之奥府","自然"实则应是人类文学之"根系"中更深远也更为"根本"的"根"。文学不只是人学,同时也是人与自然的关系学。我们希望,通过对文学的自然之根的探寻,能为促进人与自然关系的和谐提供某些参照,进而为现代人走出生态困境,为当代文学走出生存危机多少做出一点贡献。

守海的论文旁征博引、左右开弓,其文字尚嫌青涩,用语时见唐突,但毕竟是怀着年轻人的一腔热血,从韩少功、李陀、钟阿城、郑万隆等前辈手中拿下"接力棒",踏上了由"寻根文学"到"文学寻根"的漫漫征途。

附注:以上是我多年前发表在《文艺争鸣》上的一篇文章,文中曾谈到守海博士的这部书稿。文学的寻根由追寻文化之根最终寻找到自然中来,这应是守海对于文学理论,尤其是生态文学批评的一份贡献。对于自己的观点,守海是执着的,记得在他的博士论文答辩会上,他甚至不惮于与到会的专家学者发生争论。我认为守海的努力是开启了一个领域的问题,而最终解决这个问题并不轻松。在生态运动方兴未艾的当下,这也仅仅才是开始。希望有更多的人关注文学的这一潜在的根本性问题。

2018 年 10 月 30 日·独墅湖畔

目　　录

导　论　重寻文学的自然之根 …………………………………… （1）
　　一、现代文明的生态转向与自然的"复魅" ………………… （1）
　　二、文学的"生命文化"属性与文学界对自然的漠视 ……… （8）
　　三、为文学寻找其自然之根的意义 ………………………… （13）

第一章　地球生态危机与文学终结论 ………………………… （20）
　　第一节　生态危机的成因与表现 …………………………… （21）
　　　　一、生态危机的成因 ……………………………………… （21）
　　　　二、生态危机的表现 ……………………………………… （33）
　　第二节　"文学终结论"的缘起 ……………………………… （39）
　　　　一、"文学终结论"的主要观点 ………………………… （39）
　　　　二、"文学终结论"出现的内在成因 …………………… （44）
　　第三节　有根的文学是不会终结的 ………………………… （48）

第二章　自然作为文学之根 …………………………………… （54）
　　第一节　自然观的历史谱系 ………………………………… （54）
　　　　一、古代活力论自然观：人与自然的浑然一体 ………… （55）
　　　　二、近代机械论自然观：人与自然的分裂与自然之死 … （59）
　　　　三、当代生态整体主义自然观：人与自然的和谐共生 … （63）
　　第二节　文学艺术扎根于自然的土壤 ……………………… （71）
　　　　一、文学起源时期与自然的关系及早期文学的自然观 … （72）

二、作家的"生态位"与文学 …………………………………（75）
　　三、自然对艺术想象力与语言表现力的滋养 ………………（84）
第三节　自然之道与文学之道 …………………………………（87）
　　一、中国古代文论中的自然本体论 …………………………（88）

第三章　文学的失根状态 ……………………………………（112）
第一节　自然生态的恶化与诗情的枯竭 ………………………（113）
　　一、自然生态的恶化与天地大美的消逝 ……………………（113）
　　二、自然生态的恶化与艺术创造力的衰退 …………………（118）
第二节　精神生态的恶化与诗意生存的消解 …………………（125）
　　一、消费主义对文学的自然之根的戕害 ……………………（126）
　　二、技术主义对文学的自然之根的伤害 ……………………（137）
　　三、诗情的消解与文学的虚无主义趋向 ……………………（144）
第三节　文学活动对自然之道的背离 …………………………（151）
　　一、脱离自然之道的科学主义文学观念 ……………………（152）
　　二、工具理性主义支配下漠视自然的文学创作 ……………（158）

第四章　文学之根的培护与生态批评 ………………………（161）
第一节　生态运动：文学之根的培护 …………………………（161）
　　一、生态理论的建构：走向深层生态学 ……………………（161）
　　二、生态实践的深入发展：从政府到民间 …………………（172）
第二节　当代文学艺术的生态转向 ……………………………（175）
第三节　当代文学批评的生态转向 ……………………………（185）

第五章　文学的自救与救赎 …………………………………（190）
第一节　文学艺术的自救：返本归真 …………………………（190）
　　一、文学自救的必要性 ………………………………………（190）
　　二、文学的自救之路：返本归真 ……………………………（193）
第二节　文学艺术的救赎：恢宏的弱效应 ……………………（197）
　　一、需要救赎的是什么——肉体与精神的双重家园 ………（197）

二、文学的救赎是可能的吗——确立对精神的信念……………（202）

三、文学的救赎之路——以诗性智慧和悲悯情怀照亮未来

………………………………………………………………（206）

结　　语………………………………………………………（214）

参考文献………………………………………………………（218）

后　　记………………………………………………………（229）

题记：夫物芸芸各复归其根。归根曰静，是谓复命；复命曰常，知常曰明。不知常，妄作凶。

——《老子》第十六章

导 论
重寻文学的自然之根

在现代工业文明向生态文明转向的背景下，人类开始重新审视自身与自然的关系，"还自然之魅"成为一种重要的思想主张。自然的魅力来自生命的魅力，为自然"复魅"并不是重新把自然"神化"，而是恢复对自然的敬畏，从文化观念的角度讲也就是"生命文化"的复兴与重建。文学不但是"人学"，也是"人与自然的关系学"，是构建"生命文化"的主力军。现代社会的文学界，从作家创作到理论研究普遍存在着漠视自然的情况，而文学终结论的推出，表明文学自身也出现了日益严重的生存危机，在此种情况下探寻文学的根是非常必要的。文学是有生命的，拥有自己的生机与活力，文学的根是文学生命力的源泉。二十世纪八十年代的文学寻根只为文学寻找文化之根，还存在着一定的历史局限性，在生态学时代有必要重寻文学的自然之根。

一、现代文明的生态转向与自然的"复魅"

二十世纪中叶以来，伴随着科学技术的迅猛发展和全球经济的高速增长，生态危机这个可怕的幽灵开始在全世界徘徊。世界各国，无论是发达国家还是发展中国家都逐渐认识到了生态问题的严重性，并且采取了大量补救措施，但"局部改善，总体恶化"却仍然是当下全球生态状况的真实写照。生态问题研究者一般认为，二十世纪发生了两次大的生态危机。第一次是指二十世纪五六十年代西方工业国家普遍面临的环境问题，主要表现为大气污染、水污染、土壤污染、固体废弃物污染、有毒化学品污染等。这期间发生了许多严重的环境公害事件，如英国的伦敦烟雾事件，日本的水俣病事件等，造成了成千上万人的死亡和病痛。面对这些问题，西方工业国家制定了许多环保政策，全力治理污染，减少公害事件的发生，一些城市的环境问题也得到了局部的解决。但是到了七八十年代，人类所面临的生态危机不但没有得到有效解决，反而变得越来越严重，又产生了第二次生态危机。与第一次危机相比，第二次生态危机的特点主要有：1. 从发达国家向发展中国家蔓延，演变为全球危机。2. 资源短缺问题开始凸显。3. 人口暴增。4. 全球生态系统遭到全面破坏，生命之网日渐蜕变为死亡之网。① 总之，无论从深度还是从广度看，第二次生态危机都比第一次严重得多。愈演愈烈的生态危机已经对人类生存的地球母体构成了根本性的威胁，对人类文明的延续和发展来说，更无异于釜底抽薪。在全球生态危机背景下，中国的生态问题尤其严重，正如原国家环保总局副局长潘岳所说："中国改革开放30年取得了西方100多年的经济成果，而西方100多年的环境污染在中国30年间集中体现"，"中国如果继续西方工业文明的老路，只能是死路一条"。②

  在这场千古未遇的全球性生态危机面前，人类文明面临着何去何从的选择。中国社会科学院杨通进先生认为，过去50多年环境保护的历史和生态环境持续恶化的现实给了人类一个很大教训，那就是："环境危机是工业文明的结构性特征。工业文明的基本结构和运行机制决定了，生态危机是工业文明的必然产物。在工业文明的基本框架内，环境危机不可能从根本上得到解决。"③ 现代工业文明的脆弱和危险之处在于，它过多地依赖消耗地球资源，并制造环境污染，当地球的自然资源被消耗殆尽，环境承载力达到极限时，这种文明的发展也就无以为继了，而它所造成的严重后果却是难以消除的。身处工业文明发祥地的西方学者更早认识到了问题的严重性，并且投入了新的道路的探索中。从

---

① 参见杨通进主编《现代文明的生态转向》，重庆出版社2007年版，导论第4页。
② 潘岳：《中华传统与生态文明》，载《经济观察报》，2008年12月22日第16版。
③ 杨通进主编：《现代文明的生态转向》，重庆出版社2007年版，总序第4页。

二十世纪六十年代开始，以美国女作家蕾切尔·卡逊为代表的一大批有良知有责任感的作家、学者、政治家，以及各界民间人士就开始投入生态运动之中，拉开了"现代文明的生态转向"的序幕。而今，声势浩大的生态运动已在全世界兴起，生态文明正在成为继工业文明之后的一种新的文明范式，影响到了几乎所有社会实践和理论研究领域：保护生物多样性、治理大气和水污染、降低能源消耗、实现可持续发展、建设美丽世界等各种措施不断推出，官方和民间举办的各种涉及环境问题的会议也在不断提出新的环保理念并推动实施。在人文社会科学研究方面，"生态学的人文转向"也带来了交叉学科的繁荣：生态哲学、生态伦理学、生态神学、生态美学、生态文艺学、生态政治学、生态经济学、生态法学以及深层生态学等新兴学科不断涌现。日益兴盛的生态运动也推动人类的思想观念、价值观念出现了根本的转变，人类中心主义的世界观开始向生态人文主义的世界观转变，"后现代是生态学时代"的观念已经日益深入人心。人类的自然观已经发生了积极的转变，自然重新成为人类关爱、敬畏乃至信仰的对象，成为文化关注的中心。所有生态运动的目的归结到最后，就是希望改变人类与自然严重对立的局面，尊重自然的价值，恢复自然生态系统的平衡，营造美好的生存家园，实现人与自然和谐共生基础上的人类长久福祉。

在人类早期的自然观中，自然被视为生命之源，万物都有自身的守护神，人类在使用自然之物时需要通过向守护神祷告的方式与自然沟通，请求守护神的允许，这是一种万物有灵论的思想。但是随着近代以来科学技术的大发展，随着人类自然观从原始社会到现代工业社会时期的发展演变，人类发现了新的物质力量及其在时空中的各种组合和天体运动，自然的法则和内容发生了改变，地球不再是宇宙的中心，太阳不再是一个神秘的存在，一切都变成了新的现实，于是原有的万物有灵的生命整体观逐渐被人们抛在脑后。自然在人类文化中变成了一个沉默的客体、一个仅供人类满足自身需要的工具，因此人类对自然的破坏才变得越来越肆无忌惮。

作为人类文明发展的一个更高阶段，生态文明必须走出机械论的自然观，走向生态整体主义的自然观，以实现人与自然的和谐。我们需要借鉴前现代的活力论自然观,因为古代万物有灵论敬畏大自然的做法,可以为我们反思现代工具理性控制下的征服自然的思想提供一种有益的启迪。生态主义者认为,在一定程度上实现自然的"复魅"是建构生态整体主义自然观所需要的,法国著名思想家、生态运动的先驱塞尔日·莫斯科维奇明确提出了"还自然之魅"的主张。莫斯科维奇认为,"现代文明诞生于机械学与机械精神的结合",[①] 它的一个重要结果就是对自然世界的"去魅",所以生态主义运动必须"还自然之魅",那么生态主义者所说的"还自然之魅"的实质究竟是什么呢?莫斯科维奇认为:

> 自然的魅力来自生命的魅力。当我们努力捍卫自然时,我们也在试图拯救生命。显然,我应当早些提及这一点,但我没找到机会。从思辨的角度来讲,物理学或许象征着一种死亡文化,而生物学则代表着生命文化。[②]

莫斯科维奇在这里强调"自然的魅力"正是来自于生命的魅力,那么"还自然之魅"也就是把自然的生命属性还给大自然,还大自然一个生命有机整体的本来面目。但是我们知道大自然本身的生命属性从来没有消失,自然的"去魅"主要是人类的文化观念出了问题,为自然"复魅"首先要在文化观念上恢复对自然生命的敬畏。为此莫斯科维奇提出了"生命文化"与"死亡文化"这样一对对立的范畴,是很有启示意义的。生态主义者讲的为自然"复魅"并不是重新把自然"神化",而是恢复自然原本就具有的生命属性,从文化观念的角度讲也就是"生命文化"的复兴与重建。[③] 诚然,人类因其文化创造而区别于自然,但是人类的文化创造不能走向自然的反面,而必须顺应自然。我认为莫斯科维奇所说的"生命文化"就是肯定自然的生命属性、遵从自然法则、顺应

---

① [法] 塞尔日·莫斯科维奇:《还自然之魅——对生态运动的思考》,生活·读书·新知三联书店 2005 年版,第 91 页。

② [法] 塞尔日·莫斯科维奇:《还自然之魅——对生态运动的思考》,生活·读书·新知三联书店 2005 年版,第 20 页。

③ 与"生命文化"相近的是"生态文化",但"生态文化"概念相对泛化。本书将"生命文化"作为一个核心范畴,因为生态的核心就是生命,而用"生命文化"与"死亡文化"相对,对于揭示文化危机与生态危机(核心也是生命危机)之间的关系有很大的阐释张力。

天地之道的"顺自然"的文化;"死亡文化"就是把自然看成是机械的物质构造,把自然作为征服和改造的对象,甚至以自然为敌的"逆自然"的文化。就自然科学领域而言,死亡文化以近代物理学为代表,而生命文化以当代生物学为代表。"死亡文化"导致了自然之死,而"生命文化"则要为自然"复魅",把自然的生命属性还给自然。我国生态批评的开拓者鲁枢元先生通过对人类知识系统变迁轨迹的考察指出:"迄今为止,人类文明史上已经出现过的,大体上有这样三种知识系统:神学的知识系统、物理学的知识系统、生物学的知识系统。"① 现在正在由物理学的时代转向以生物学为基础的生态学的时代。在人与自然的关系上,三种知识系统的解释是大不一样的,生态学时代最尊重自然作为生命系统的内在价值,并力图为自然"复魅"。因为自然的魅力来自生命,所以为自然"复魅"的核心也就是恢复自然原本具有的生命属性。现代主流文化之所以异化为"死亡文化",正因为它本质上就是鼓吹通过技术手段和商业运作来控制和掠夺自然,满足人类无止境的物质享受的文化,它最终带来严重的自然生态危机和精神危机,导致社会发展无以为继。生态文明所呼唤的文化必然是"生命文化",只有走向生命,才能真正从深层把人与自然统一起来,看作一个生命有机整体。

如果继续向前追溯西方世界关于自然与文化的关系的认识,我们可以发现,"西方文化的一个很重要的原则就是:统治自然是对的"。② 即使在世界观发生变化的情况下也只是修改一下人类统治自然的理由,而统治自然的原则没有变化,统治自然的原则可以是基于基督教的教义,也可以是以科学为基础。根据达尔文的进化论,每个物种都为了自身更好地生存和发展而斗争,而人类进化成了生态系统的统治者;赫胥黎的"天演论"也同样要求人类同自然做斗争;弗洛伊德对人类进行心理分析,认为人类形成文化的目的就是要征服令人恐惧的自然;马克思则把自然视为一个"正",把文化看作是自然的"反",人类通过劳动把价值加于无价值的自然,最终形成一个"合",即自然成为人化的自然。西方文化中根深蒂固的征服自然的观念,是基于西方人对人与自然关系的

---

① 鲁枢元:《生态批评的空间》,华东师范大学出版社2006年版,第216页。
② [美]霍尔姆斯·罗尔斯顿:《哲学走向荒野》,吉林人民出版社2000年版,第234页。

认识,正如罗尔斯顿所说:"西方文化的天才性有很大一部分却在于人与自然的不连续性的观念。这是由希伯来人和希腊人在我们心中唤醒了的观念,而在近代科学中达到了极致。"① 这种观念导致西方工具理性主义片面发展,社会主流文化异化成为逆自然的"死亡文化"。在这种以物理学的机械精神为内核的"死亡文化"指导下,人类活动最终将导致自然的终结,也导致人类文明面临危机。当然这个过程中也不断有反对的声音,浪漫主义对工业文明的批判就曾掀起过对现代性反思的第一次高潮。二十一世纪的人类面临着更加严峻的挑战和使命,必须更彻底地反省以征服和统治自然为原则的"死亡文化"。

从某种意义上说,今天全球性的生态文明转向也是延续浪漫主义思潮的一种建设性的后现代文化选择。莫斯科维奇在二十世纪末的时候曾讲到:"在千年即将结束的时候,有一种感觉在迅速传播,我们的重心正在从社会转向自然,我们面临的任务就是同时创造社会与自然的历史,因为自然是社会历史的基础。"② 德国学者彼得·科斯洛夫斯基在探讨后现代文化时,也曾提出应该以"生命模式"为导向的后现代文化取代"技术模式"为导向的现代文化,③ 因为只有这样才能走出西方现代社会面临的严重生态危机和精神危机,重建人与自然的和谐。科斯洛夫斯基通过对"文化"的词源的考察发现,文化在拉丁文中的词根的本义,就是培育的意思,如动物的培育,灵魂的培育,等等。文化在其本意上同耕种、养殖的农业有关。文化是对某种尚无人时就已存在的东西(如植物、动物)的培育。我国学者范进通过考证发现,"文化"一词在西方最初源于拉丁文"Cultura",含义是指人在改造外部自然界使之满足人的生存过程中,对土地的耕耘、加工和改良,以及植物的栽培。范进还发现:"当文化一词产生时,就有个孪生姐妹似的对置词,自然(Nature)概念。所谓'自然'一词,就像在欧洲各种语言中同时意味'本性'一样,它不仅指存在人身之外与人相对立的外在自然,同时也指存在人身之内的各种性质(诸如本能、欲望、情感、理性等)的内在

---

① [美]霍尔姆斯·罗尔斯顿:《哲学走向荒野》,吉林人民出版社 2000 年版,第 83 页。
② [法]塞尔日·莫斯科维奇:《还自然之魅——对生态运动的思考》,生活·读书·新知三联书店 2005 年版,第 90 页。
③ [德]彼得·科斯洛夫斯基:《后现代文化》,中央编译出版社 1999 年版,第 79 页。

自然。在这一意义上与自然相对立的文化概念，逐渐由对大地进行加工而赋予新生命的'耕作'这种原初观念，引申到对人的内在自然的肉体和精神的训练、培养、教育，尤其是指知识的获取、道德能力和艺术能力的形成，以及体魄的强化和锻炼等；后一种文化还包括培养人们遵守社会准则和习惯的能力，也包括勉励人们遵守这些准则和习惯的愿望和要求。"①

可见，文化在其本源意义上就是具有生命属性的，它与自然血肉相连，人类在从自然走向文化的过程中，不能割裂与自然生命的关系，否则人类文化就是失去生命根基的文化，这样的文化将会把人类引向危险乃至死亡的境地。今天世界性的精神空虚与自然生态恶化从深层来看都与文化与自然生命的割裂有关。科斯洛夫斯基所呼唤的"生命模式"为导向的后现代文化与莫斯科维奇所讲的"生命文化"都是强调文化要亲近自然，恢复原本的"培育"生命的意义。美国著名学者、建设性后现代理论的代表人物格里芬也曾指出，确立人与自然一体化的后现代观念非常重要而紧迫："这种后现代宇宙观的正式条件包括人类，实际上作为一个生命整体，重新纳入到自然中来，同时，不仅将各种生命当成我们目的的手段，而且当作它们自身的目的。"② "尽管直至最近，'现代'一词还几乎总是被用作赞誉之词或是'当代'的同义词，但人们越来越强烈地感觉到，我们可以，而且应该抛弃现代性，事实上，我们必须这样做，否则，我们及地球上的大多数生命都将难逃毁灭的命运。"③ 毫不夸张地说，我们面临着生死抉择，我们面前摆着两条路：一条是活路，是诗意栖居之路；一条是死路，死无葬身之地。二十世纪生态运动的先驱蕾切尔·卡逊在《寂静的春天》一书中描绘了一幅死亡般寂静的春天的景象，她以此警示人们，现代社会的生态污染最终将导致地球生态系统从"生命之网"蜕变为"死亡之网"。人类在后现代社会要实现地球生态系统从"死亡之网"到"生命之网"的转变，就必须实现人类社会从"技术——消费模式"到"生命——诗意"的转变，为此首先要变革

---

① 范进：《康德文化哲学》，社会科学文献出版社1996年版，第20—21页。
② ［美］格里芬：《后现代科学》，中央编译出版社1999年版，第44页。
③ ［美］格里芬：《后现代科学》，中央编译出版社1999年版，英文版序言。

导致生态与精神双重危机的"死亡文化",重建促进人与自然、精神与肉体相和谐的"生命文化"。

二、文学的"生命文化"属性与文学界对自然的漠视

同文化的其他部门相比,作为人类的一种高级审美活动,文学不但有精神属性,而且有生命属性。如成复旺先生所说:"文艺与生命有一种特殊关系,一种更为密切、更为直接的关系,而这正是文艺的本质特征","文艺就是情感文化,就是生命文化。"[①] 从艺术创造与生命的关系来看,"人的艺术活动,无非就是来源于生命的一种激情,是生命能量的一种释放方式。"[②] 文学艺术源于生命的激情和创造力,表现生命的生老病死、爱恨情仇,并且以捍卫生命的价值和尊严为己任。在这个意义上,我们可以说文学艺术和生物学一样,都是莫斯科维奇所说的"生命文化"的正宗和代表。文学艺术与自然生命有着天然而密切的关联,文艺的本质特征之一就是生命属性,因此它应该在促进现代文明的生态转向与自然"复魅"过程中发挥出重要作用。换句话说,自然的危机是生命的危机,也是文学的危机,在关系着人类前途命运的生态文明转向和自然的"复魅"过程中,作为"生命文化"的文学艺术应该责无旁贷地承担重要使命,发挥不可替代的作用。

在明确了文学与生命的关系之后,我们再简单看一下人类精神与自然的关系。历史上关于自然与精神的关系,主要有三种观点。一是神创论。如基督教认为先有精神——"神",是神创造了世界——自然界和人类,自然界属于物质世界,只有在上帝和人类这里才有精神可言,当然人类的精神也是从属于上帝的。二是唯物主义进化论。认为是先有自然的物质世界,然后产生精神。精神是人脑的功能,而人脑是自然界进化的产物,所以不存在超越于物质世界的上帝或其他神灵。三是万物有灵论。万物有灵论是基于对宇宙生命整体的理解,与机械论自然观为自然"去魅"不同,万物有灵论强调自然之魅,认为自然就是神。中国古

---

① 成复旺:《走向自然生命——中国文化精神的再生》,中国人民大学出版社2004年版,第20页。
② 张炜:《绿色的遥思》,文汇出版社2005年版,第75页。

代以道家为代表的"独与天地精神往来"的哲学观念就有泛灵论色彩;西方十八世纪末十九世纪初的浪漫主义思潮也体现出这样的思想倾向;当代生态哲学也与万物有灵思想相契合。我们正是立足于最后一种自然观,认为自然是有生命的、有精神的,这种精神是一种宇宙精神、生态精神。自然是生命与精神之源,自然的进化产生生命,生命的进化产生精神,所以就精神的本性来说,就是自然的精神、生命的精神。无论是人类整体的文明创造,还是人类个体的精神活动,都是以自然为基础的,都是源于自然的。

在人类精神和自然之间并不存在不可逾越的鸿沟,生命是联结精神与自然的纽带,或者说,精神是生命之花,也是自然之果。我们说自然是精神的本原有着充分的哲学依据,即"人类精神的本质特性——觉知——也潜存于一切物质基元之中:根据因果同一性原理,应该变革传统的物质观——可演化出人类世界的物质并不是呆滞木然的存在,而是有灵明之性的本原。""从自我概念上讲,通过对'我'字之各种用义的考究指示,为'我'者(自我)必定是一'知道本身之在'的在者(或一有觉知的存在)。"[①] 人类精神与自然生态有着密切的关系,诗性精神与自然的关系尤其密切,每个存在者首先都是自然的一分子。与理性主义特别是工具理性相比,诗性精神是最能体现生命的自然本真的精神样式。精神根于自然,顺应自然之道正是精神创造的最高境界,特别是对于文学艺术创造等审美活动而言。

然而,现代社会文学界普遍存在疏离自然、漠视生态问题。在现代社会中居于主导地位的是西方启蒙运动和工业革命以来形成的文学观念,可以分为人本主义和科学主义两大类,具体有"文学是人学""文学是无功利的情感表现""文学是一种语言修辞""文学是一种文本结构"等关于文学的核心命题。应该说这些文学观念都有它们存在的合理性,在历史上发挥过积极的作用,对于解释文学也依然有其价值。但是放到生态文明的语境下审视这些文学观念,我们会发现它们存在着明显的局限。"文学是人学"的传统观念在看待文学时,常常表现出一种人

[①] 维之:《精神与自我现代观——精神哲学新体系》,社会科学文献出版社2004年版,第511、512页。

类中心主义思想，强调文学是人写的、写人的、写给人的，忽视文学艺术与大自然、大生命的深层联系。现代科学主义文学观念往往只抓住文学的语言和媒介特征，不顾及文学整体，得出非常片面的结论。比如说文学就是一种语言修辞、一种文本结构，从这些观点出发，往往推演出一些错误的结论，包括近年来的文学终结论。现代文学观念的局限性还表现在对自然生命的漠视上。受近代科学的深刻影响，启蒙主义以来的文学和美学思想普遍忽视自然的主体地位，或者是把自然看作文学作品中人物活动的场景和环境，或者认为只有人赋予自然以精神内涵，自然才有价值。如黑格尔就认为："只有在人把他的心灵的定性纳入自然事物里，把他的意志贯彻到外在世界里的时候，自然事物才达到一种较大的单整性。因此，人把他的环境人化了，他显得那环境可以使他得到满足，对他不能保持任何独立的力量。"① 这段话比较典型地反映了启蒙以来的西方理性主义美学思想轻视自然的弊端。

中国文学和诗学原本与自然有着密切的关系，但是在近代以来的东西方文化交融中，为了追求现代化的梦想，不断地向西方学习科学技术等现代文化，却不幸地丢掉了自己的艺术精魂。在文学理论批评观念、文学史写作以及文学创作中都有忽视自然的主体地位的问题。

首先，现代中国的文学理论受西方影响，背弃了自己的优良传统，不重视自然对于文学生命的根本意义，只把自然看作生活的场景或人物活动的背景和环境。这导致文学理论在解释文学本体方面缺乏深度，文学批评也缺乏活力。生态批评学者王晓华曾经指出，中国文艺批评界最为偏爱的命题是"文学是人学"，但人既是私人性的个体，又居住在逐级递升的家园系统中：他既是"文化人"，又是世界人、生态人、宇宙人。所以仅仅将人放在文化的语境中去评价和研究，则必然将人狭隘化了，而且被如此限定的人也是不完整的。在王晓华看来，即使我们承认中国当代文艺批评仍然建立在人学的基地上，也有权要求扩大人学的视野："由文化到世界，由世界到生态系统，由生态体系到宇宙总体。只

---

① ［德］黑格尔：《美学》第一卷，商务印书馆1979年版，第326页。

有经过这样的视野扩展,中国文艺批评才能在足够高的高度上进行工作。"① 应该说王晓华的观点是很有现实针对性的。新时期以来,西方现代文学观念接连成为中国文论界的中心话语,其间也出现过"失语"现象,最后竟然跟着西方某些学者宣布文学将要消亡。理由是电子媒介技术的发展把人类带到了读图时代,所以作为语言修辞艺术的文学就没有了生存空间。在这种文学自身难保的情况下,当然不能指望它在建构生态文明的过程中有什么贡献了。我们说文学不会终结,道理很简单,只要花儿还开放,鸟儿还鸣叫,只要人类还开口说话,还有用语言表达情思的需要,文学就不会终结。或许我们从文学终结论正可以看出,某些西方现代文学观念已经走到了它生命的终点。它必须终结,必须转向了。因为它只能宣布文学死亡,而无力为文学的发展注入新的活力。我们认为启蒙主义以来的文学观念必须转向,必须改变人类中心主义的文学观和科学主义的文本中心观。文学理论应该和整个现代文明一样实现生态转向,重新重视自然和生命在文学中的地位和价值。

其次,从文学史的写作看,二十世纪中国文学史写作中对自然维度的忽视也是一个严重的问题。中国的文学史写作从一开始就受到西方现代思想的影响,认同一种基于"现代社会发展模式"的文学观念:改造自然,战胜自然,就意味着文学的发展和进步;回归自然,顺从自然,则意味着文学的消极乃至反动。在这种文学观念指导下,大多数文学史著作内容僵化,形式呆板,不能反映中国文学自然灵动的精神原貌。如鲁枢元所说:

> "自然"在中华民族思想史中拥有独特的地位。然而,中国人在书写自己民族的文学史时,却疏漏了"自然"。中国文学史的百年书写,依赖的是对一种"现代社会发展模式"的认同:走出自然,改造自然,也就意味着文学的发展和进步;顺应自然,返归自然,则意味着文学的消极乃至倒退,文学价值

---

① 王晓华:《在现代和后现代之间——文学艺术的转型》,黑龙江人民出版社2006年版,第158页。

与社会意识的成见形成显著的落差。①

比如，多数文学史著中都认为文学起源于"劳动"，而劳动就是向自然开战。讲"神话"是文学的最初样式，而神话反映的就是人类与自然界做斗争的坚强意志。女娲补天"反映了我国原始人对自然做斗争的无比伟大的力量"，精卫填海、后羿射日、夸父逐日全都表达了人类反抗自然、征服自然的决心和意志。与此同时，大量表现人与自然相依相生的神话则被排斥于文学史的书写之外，而对于选取的这部分神话则又做出过于简单、随意的解读。据叶舒宪先生的考证，"夸父"并非与大自然较量的烈士，"夸父逐日"恰恰表达的是以阴逐阳、和阴入阳的"道"的循环运动，是我们的祖先对这一自然规律的心理认同，②但是这一切在文学史家的社会进步论成见下都被忽视了。

最后，从文学创作与批评的情况看，许多作家与批评家忽视自然，不关心自然。澳大利亚学者瑞格比曾激愤地指出："文学批评家，特别还有文化研究的理论家对于文化、社会与自然界的关系的思考的变化反应迟缓，这已是臭名昭著的事实，而相邻的学科，首先是哲学，其次还有神学、政治学、史学，早在七十年代初就开始对此进行表述。""从某些方面看对文学文本的研究竟伴随着对土地的忘却，这也许并不意外。尽管批评实践可上溯至古代对圣经及经典希腊文本的解释，现代文学批评只是在十九世纪早期才得以学院化为一种学术研究。而那正是'自然'与'人文'科学开始被生硬地割裂开来的时期。"③因此瑞格比号召文学批评应当挺身而出捍卫自然与生命的尊严，而这同时也是在捍卫社会正义。

文学界漠视自然危机，严重滞后于生态运动的时代潮流，既不利于在生态文明转型中发挥"生命文化"的建构作用，也不利于文学自身的发展。文学界这种对自然的麻木态度甚至招致了一些生物学家的批评，

---

① 鲁枢元：《百年疏漏——中国文学史书写的生态视阈》，载《文学评论》2007 年第 1 期。
② 叶舒宪：《中国神话哲学》，中国社会科学出版社 1992 年版，第 139 页。
③ Kate Rigby, "Ecocriticism," in Julian Wolfreys ed., *Introducing Criticism at the 21st Century*, Edinburgh: Edinburgh University Press, 2002, p. 152.

美国著名生物学家、"生物多样性之父"的爱德华·威尔逊（Edward. O. Wilson，1929—）就曾经不满地指出，很多物种都走上了这样一条不归路，即从极危物种到活尸体然后最终被人所忘却。但是，仍有一些作家——没有一个是生物学家——仍然对物种灭绝的大范围发生这个事实抱着怀疑态度。他们可能是被物种灭绝的外部情形所误导，因为物种的灭绝就像一个人的死亡一样，是很难一眼就看出来的。更准确地说，濒危物种由于十分稀少而很难被人发现；并且，从统计上来讲，处于那种危险状况下的物种也只能生存很短的一段时间。所以，任何一天，在任何一种环境下，只有很少数的几个物种处在极危状态。更多的受到威胁的物种仅仅被定为"濒危的"，或者听起来更舒服地定为"脆弱的"。就像医院特护病房里的一些病人——他们都是缓慢地而不是迅速地告别人世的。①

如果说一般民众对生态恶化与物种消亡的麻木还可以理解的话，那么以社会的敏感神经著称的作家和诗人的麻木是不可原谅的。威尔逊针对作家在生命危机面前的麻木表现提出的批评已经过去了多年，而当前人类正面临着更严重的全球生态危机，作为与自然生命有着天然的亲密关系的文学艺术，不应该再麻木下去。事实可能正向莫斯科维奇所说的："对于那些一直对自然表现冷漠和轻蔑的人来说，重新关心自然是一件既美好又可怕的事。因为他们发现自己身上此前已经麻木的东西又恢复了生机和活力。"②对自然的关心应该是文学的一种天职，从理论上重新审视文学与自然的关系更是一项十分有意义的工作。

三、为文学寻找其自然之根的意义

挽救自然危机需要原本是"生命文化"主力军的文学艺术的介入，但文学艺术自身在今天也面临着严峻的形势，面临着"失根"甚至"终结"的危机。为了促进文学返本归真，必须先为文学寻根。有人说，二十世纪是人类文化"寻根"的世纪，文学也不例外。但是直到今天，人

---

① ［美］爱德华·威尔逊：《生命的未来》，上海人民出版社2003年版，第129页。
② ［法］塞尔日·莫斯科维奇：《还自然之魅——对生态运动的思考》，生活·读书·新知三联书店2005年版，第28页。

们似乎并没有找到文学的根，相反，很多人认为，今天的文学正面临着丧失存在根基的危险。首先是文学创作自身的质量存在严重的问题。已故著名文学批评家雷达先生认为："当前文学的营养不良，底气不足，资源不丰，传统不厚，思想不深刻，精神价值难以整合和确立。"① 因此也就缺少肯定和弘扬正面精神价值的能力。王兆胜先生也认为，"今天我们的文学作品太多的是浅薄、死气甚至是有毒的"，其中最大的问题就是"失根"。② 除了文学创作自身的质量问题，文学还面临着越来越严峻的外部环境。二十世纪九十年代以后的中国被称作是一个经济至上、科技至上、商业化、重实利的时代，电子媒介和大众消费文化勃兴，影视和网络占据了人们越来越多的时间，纯文学的生存空间越来越狭窄。在某些国外学者的影响下，"文学终结论"甚至成了中国文学界的热门话题，文学评论也陷入了价值标准失范的迷茫和困惑。对于事物深层根源的探究是人的天性。特别是当面对内外交困的文学处境和纷繁复杂的文学观念时，我们更有必要返回文学的本源来思考，如老子所言："夫物芸芸各复归其根。归根曰静，是谓复命；复命曰常，知常曰明。"③ 找到文学的根基才能更好地把握文学的来路与归途。那么什么是文学的"根"？文学的"根"究竟在哪里呢？

我所理解的文学的"根"，就是从源头和底蕴上滋生滋养文学的东西，是真正的文学家的立足所在。在文学之根的问题上主要有三类观点。一是从文学的社会条件看，强调现实生活或传统文化是文学的根。如毛泽东强调生活是文学的唯一源泉，韩少功强调民族传统文化是文学的根。二是从创作主体的内在精神看，把人生苦闷、人生困境看作是文学的根。如厨川白村《苦闷的象征》中提出生命力受了压抑而生的苦闷懊恼乃是文艺的根。鲁迅也说过"创作总根于爱"，这是强调爱的能力、感动的能力是创作的心理原动力。三是从灵与肉统一的生命出发，认为生命是文学的根，自然是最深层的根。当然关于这个问题还有很多不同观点。众所周知，在中国当代文学史上，曾经有一次影响很大的寻根文

---

① 雷达：《当前文学创作症候》，原载《光明日报》2006年7月5日。
② 王兆胜：《文学的命脉》，华东师范大学出版社2005年版，前言第1页。
③ 《老子》第十六章。

学思潮，我们不妨对此做一个回顾，看看他们是否找到了文学的"根"，找到的是什么样的"根"。

二十世纪八十年代中期，中国文坛上兴起了一股"文化寻根"的热潮，一批青年作家致力于突出文学存在的"文化"意义，超越此前文学作为社会政治观念的载体，试图从传统文化和民族心理的挖掘上推进"反思文学"的深化，并重构民族文化精神，以此作为文学发展的根基。与以往不同的是，"寻根文学"的提法不是由理论批评家按照创作的实际情况概括出来的，而是由作家自身提出的一种明确的创作主张。1984年，作家李陀在《人民文学》第3期发表的一篇《创作通讯》中，其中首次使用了"寻根"概念。他写道：我要"去'寻根'。我渴望有一天能够用我的已经忘掉了许多的达斡尔语结结巴巴地和乡亲们谈天，去体验达斡尔文化给我的激动。""寻根"思潮由此发端。到了1985年，以韩少功为首的一批中青年作家相继发表文章，阐述了文学"寻根"的主张。代表性的文章有韩少功的《文学的"根"》（《作家》1985年第4期）、阿城的《文化制约着人类》（《文艺报》1985年7月6日）、郑义的《跨越文化断裂带》（《文艺报》1985年7月13日）、郑万隆的《现代小说的历史意识》（《小说潮》1985年第7期）、李杭育的《理一理我们的"根"》（《作家》1985年第9期）等。这些文章从不同角度阐述了"寻根"主张，一时间形成了令人注目的"寻根热"。[①] 韩少功的《文学的"根"》是其中一篇纲领性的文章，文中认为："文学有根，文学之根应深植于民族传统的文化土壤中"，所以应该"在立足现实的同时又对现实世界进行超越，去揭示一些决定民族发展和人类生存的迷。"[②]

寻根文学的兴起不是偶然的，它出现的社会背景就是当时的"文化热"。随着经济建设的发展，西方的现代文化思想也与其他经验和技术一起进入中国，但是如何应对这些思想，当时的知识分子有两种主要看法：一种认为就应该学习模仿；还有一种认为"现代化"这个目标由于各个国家的政治环境不同，文化基础也不相同，它所呈现的模式，尤其是文化上的发展模式，是不应该相同的。于是重新研究评价中国传统文

---

① 参见汤学智《新时期文学热门话题》，陕西人民教育出版社1998年版，第181页。
② 韩少功：《文学的"根"》，原载《作家》1985年第4期。

化既是客观上的需要,也是主观上的要求。到了 1985 年前后,文化领域兴起了一股规模不小的"文化热"。在整个寻根文学思潮中,担任主要角色的是知青作家。当他们走向成熟的时候,他们需要寻找一种属于自己的文化标志,必须找到一个属于自己的世界来证明他们存在的意义。一些作家认为中国自"五四"新文化革命以来出现了长时间的"传统文化断裂",于是希望以文学来弥补这一"文化断裂带"。他们利用起自己曾下乡、接近农民日常生活的经验,并透过这种生活经验进一步寻找散失在民间的传统文化的价值。文化寻根不是简单地复归传统,而是以"世界文学"为参照,从中国文化中寻找有生命力的东西。许多年轻作家从马尔克斯等人的拉美地域色彩的"魔幻现实主义"作品中看到了第三世界国家文学走向世界的希望,因而在创作中表现出强烈的"文化寻根"意识。这些作家坚信"越是民族的,就越是世界的"这一文化理念,所以"寻根",也是为了与世界对话。他们认为,只有真正完成了"寻根",才能找到自己国家的独特文学样式、风格,从而立足于世界文坛。"寻根文学"在对中国传统文化的继承上无疑起了一定的推动作用,同时很多寻根作家在创作时吸收了大量现代主义甚至后现代主义的表现方式,在促进中国文学自身的发展上功不可没。

但是"寻根文学"也有明显的局限性。大多数作家对"文化"概念的理解是"以偏概全"的,他们往往抓住某种民俗、习惯便刻意进行渲染,而忽略了对"民族性"的真正解剖。尤其是一些作家对现代文明的排斥近乎偏执,一味迷恋于挖掘那种凝滞的非常态的传统人生,"寻根文学"出现了"寻劣根文学"居多的情况,缺乏对当代生活的启示意义,而导致作品与当代现实的疏离。可以说,"当时的文化'寻根',正是一种近乎偏执的文化保守主义,但又是一种充满矛盾的文化保守,这种矛盾几乎表现在每一位'寻根'作家的小说之中。"① 这也造成了短短两三年后"寻根文学"便令人遗憾地走向了衰微。吴俊曾在《关于"寻根文学"的再思考》一文中指出:

---

① 丁帆、何言宏:《二十世纪八九十年代的中国小说与现代性问题》,引自中国学术论坛网,网址:http://www.frchina.net/data/detail.php?id=11603。

说到底,在"寻根文学"高涨时,整个中国文学都尚未具备"反思"现代主义、现代化、现代性及西方文化之类概念和思想的自觉意识与能力。中国文学(包括中国思想)在某种程度上还处在(不能不)被(西方思想)"殖民"的时代,甚至,这种"被殖民"状态很大程度上还是自觉自愿的。"寻根文学"当然也不可能完全自说自话。①

我认为最关键的问题是,二十世纪八十年代的文学寻根还是在"文学本质上是人学"这种现代性的理论框架下进行的,侧重寻找的是文化之根,因为当时的历史需要文学寻民族文化之根。但从今天生态批评的视角来看,二十世纪八十年代的文学寻根是有局限的,最大的问题就是没有重视文学与自然在精神底蕴上的深层关联。那么究竟什么是文学最深层的"根"呢?

延续二十世纪八十年代的寻根热潮,人们对文学的"根"给出了各种各样的答案,这种探讨一直延续至今。针对韩少功"文学有'根',文学之'根'应深植于民族传说文化的土壤里"的观点,史铁生提出了不同意见,他说:"文学是文化的一部分。说文化是文学的根,犹言粮食是大米的根了",在他看来,"文学的根,也当是人类与生俱来的困境。"② 史铁生的看法颇有道理,只是他的认识似乎也并未超出日本文艺理论家厨川白村二十世纪初在《苦闷的象征》一书中提出的"生命力受了压抑而生的苦闷懊恼乃是文艺的根底"这个著名观点。而且仅从苦闷与人生困境出发探讨文学创作的心理根源也未免有些狭隘,因为文学中毕竟还有欢声笑语、鸟语花香。从一般意义上讲,文学的根可以表现为很多不同的情况,如哲学家邓晓芒先生所讲,文学创作各有各的做法,没有理由用自己的标准要求别人,有的作家就喜欢"文以载道",用作品来干预政治或关心人民大众的"现实问题",把自己的创作植根于老百姓的底层生活或对国家命运的关怀;而另一些作家则偏爱表现自己个人的感受,将创作植根于内心的天才和灵感,这些都无可厚非。但是从

---

① 吴俊:《关于"寻根文学"的再思考》,载《文艺研究》2005年第6期。
② 史铁生:《写作的事》,东方出版中心2006年版,第2—3页。

形而上的层面来看，邓晓芒认为："作家的根就在于他对人类情感、首先是他自己内心深处的情感的敏感性，以及把这种敏感性用文字表达出来的（"感人"的）能力。"① 他认为这种能力也可称之为作家的"天才"。其实托尔斯泰在《艺术论》中也提出了近似的主张，即艺术家必须站在他那个时代最高的世界观水平上，以某种非凡的艺术才能"把自己体验过的情感传达给别人，而别人也被这种情感所感染，同时也体验着这种情感"。② 邓晓芒在他所强调的"文学本质上只是人学"的理论下来把握作家创作的"根"，也很难超越先哲们的认识。

总之，二十世纪八十年代至今，国内作家、学者关于文学的根的探讨还都是在"文学是人学"的框架内进行的，论者注重了创作主体的文化素养、独特的心理体验和艺术能力，不同于庸俗社会学把经济基础视为文学根基的观念，超越了工具论的文学观，具有很大的合理性。但是放在今天生态学时代背景下来看，这种文学之根的探讨还有其局限性。正因如此，鲁枢元教授基于"后现代是生态学时代"的学术判断，在生态文艺学的理论建构过程中对"文学是人学"的命题进行了完善和补充。他认为"文学是人学，同时也应当是人与自然的关系学，是人类的生态学。"③ 这个观点颇具启发性，并有进一步阐释的巨大空间。文学是"人与自然的关系学"，而人与自然的关系的核心是"生命的关系"，人与自然的关系学也应该是"生命之学"。文学不但是人学，更是生命之学，是源于生命并且永远捍卫生命价值的"生命文化"的代表。只有自然才能从最深层和底蕴上滋生滋养诗性的生命与文学艺术，也应该是真正的文学家立足的根基。生态文艺学特别重视文学的自然之根，这种主张既有当代生态理论的支撑，同时也拥有非常深厚的文化传统。特别是中国古代文化，包括哲学美学和文学理论，都强调自然的本原意义。中国传统文学理论认为，自然不但是文学的表现对象，也是"文学生命力的源泉"④，是文学艺术追求的至上境界。对于自然之维的强调启示我们

---

① 邓晓芒：《作家的根在哪里》，见《残雪文学观》，广西师范大学出版社2007年版，第243页。
② ［俄］列夫·托尔斯泰：《艺术论》，中国人民大学出版社2005年版，第41页。
③ 鲁枢元：《生态批评的空间》，华东师范大学出版社2006年版，第323页。
④ 袁济喜：《文学的生生不息与自然的超验意义》，载《学术月刊》2005年第6期。

在生态学时代有必要对文学之根进行重新探寻，我们不否认文化传统和社会生活作为文学之根的重要性，但是从文学作为作家的一种精神创造的角度来看，他的精神力量也源于自然并指向自然，如作家张炜所言："我不会否认渍透了心汁的书林也孕育了某种精神。可我还是发现了那种悲天的情怀来自大自然，来自一个广漠的世界。"① 可以说，在自然之于文学的根基意义上，理论家与作家是能够取得共识的。

文学与自然之间本就是同呼吸、共命运的关系。对文学艺术与自然深层关系的理论探讨，中西方古已有之。在否定了神学的、皇权的、技术的、消费的等各种工具主义的文学观后，从终极意义上思考自然作为文学本原的价值，是非常必要的。因为文学是人类生命和精神的双重创造活动，其本原应该追溯到自然。在当前世界性的生态运动面前，中国文学界理应更加敏感地关注自然。本书将在前人研究的基础上，采用跨学科的研究方法，立足生态世界观，综观自然、社会与精神三大系统，分析生态危机的精神成因，探讨文学艺术的救赎之路，进一步揭示文艺与自然的深层关联，从而促进文学与自然的良性互动。我们希望，在对文学的自然之根的追寻中，能为促进人与自然关系的和谐提供某些参照，进而为现代人走出生态困境，为当代文学走出生存危机多少做出一点贡献。

---

① 张炜：《融入野地》，见《绿色的遥思》，文汇出版社 2005 年版，第 23 页。

题记：人们议论纷纷的文学危机、文学终结，或许在更深的层面上是和现代社会面临的生命的危机、自然的终结联系在一起的。
——鲁枢元《生态批评的空间》

第一章
地球生态危机与文学终结论

近代以来，人类中心主义逐渐成为人类最高的哲学信条，技术与资本日益失控，各种利益集团欲望膨胀、目光短浅、肆意妄为。在植根于技术、资本和权力的"死亡文化"指引下，人类悖逆自然之道，不断破坏自然生态，造成了严重的生态危机。在自然的"生命之网"蜕变为"死亡之网"的同时，人类自身也面临着生死存亡的考验。只有重整破败的精神，重建植根于自然的"生命文化"，才能拯救地球生态与人类的未来。作为"生命文化"的文学艺术需要承担修补"精神圈"的伟大使命，但是正在这紧要关头，"文学终结论"却风起云涌。在文学存在的现实面前，"文学终结论"是禁不起推敲的。从生态批评的视角看，文学属于植根于自然的"生命文化"，它在当前虽然面临着严重的危机甚至是"终结"的危险，但根本原因不在于"绝对精神"的演化或电子媒介的进步，而在于生命的危机和自然的终结。文学要走出"终结"的魔咒，实现自救与救赎，就必须与捍卫自然和生命价值的生态运动融为一体。

第一节　生态危机的成因与表现

一、生态危机的成因

要想走出生态危机，就必须找到它的症结所在。地球生态恶化有一个逐步发展的过程，甚至可以说从人类文明产生的那一天起，就在不断地破坏着地球生态，但是过去世界上人口没有这么多，科学没有这么发达，人类改造自然的力量还很有限，所以不会产生全球性的生态危机。那么时至今日，严重威胁人类的生存与发展的全球性生态危机的成因究竟是什么呢？对此仁者见仁，智者见智。有人认为"人类中心主义是地球生态危机的根本原因"，有人认为"资本主义是地球生态恶化的祸首"，还有人认为"生态危机的总根源是科学技术"。这些观点各有道理，都强调了生态危机的某一方面成因。我们认为生态危机的成因是多方面的，概括起来说主要有三大成因：一是天人对立的人类中心主义；二是科技至上的工具理性主义；三是物欲至上的消费主义。这三种因素相互交织而成的逆自然的"死亡文化"导致了地球生态危机的恶果，导致了"自然终结"与"生命废弃"，所以说生态危机的根源还是现代社会的人性危机和文明危机。诚如戈尔所言："我对全球环境危机的研究越深入，我就越加坚信，这是一种内在危机的外在表现。我找不到更好的词语来描述这种内在危机，那我就称之为'精神危机'吧。"[①]

（一）天人对立的人类中心主义

人类是大自然发展演化的产物，这决定了人与自然的关系首先是发生学意义上的关系，这是人与自然各种关系之中的前提。人不仅仅源于大自然，也只有在大自然的怀抱中才能生存下去。人必须依赖大自然的资源为生，这决定了人与自然也必然结成实践关系，并成为其他一切有关人的活动的关系的基础。在人与自然的关系中，人在自然面前既有能动性的一面，又有受动性的一面。从根本上讲，人是受自然制约的。这

[①] ［美］戈尔：《濒临失衡的地球——生态与人类精神》，中央编译出版社1997年版，第2页。

就决定了人类社会要想实现可持续的健康发展，就必须遵循自然规律，与大自然和谐共生。

从思想根源上讲，造成当前地球生态恶化的首要原因是，人在自然中的定位出现了问题，主要表现为首先出现在西方，但随着现代化思潮的传入对中国影响也很大的人类中心主义思想。需要澄清的是，人类中心主义不同于人本主义。人本主义是在人类社会领域主张以人为本，尊重人的生命、情感、价值和尊严，以此反对以神为本或以金钱、权力为本；人类中心主义则是在人与自然的关系上主张以人为中心和主宰，把自然界中的一切都看作是人类可以任意支配和使用的财富和资源，对其他生命的价值置若罔闻、肆意践踏。造成生态危机的正是这种唯我独尊的人类中心主义，而不是人本主义。人本主义是文艺复兴时期才形成的，人类中心主义思想则是更早就产生了。

自从古希腊和罗马衰落，基督教在西方兴盛之后，大自然在西方哲学和伦理学中就没有得到公平对待，自然作为生命存在整体的主体性和内在价值被极度忽视了。因为"越来越多的人相信，大自然（包括动物）没有任何权利，非人类的存在是为了服务于人类。并不存在宽广的伦理共同体。因此，人与大自然之间的恰当关系是便利和实用。这里无须任何负疚意识，因为大自然的唯一价值是工具性和功利性的——也就是说，是根据人的需要来确定的。"[①] 这种观点在《圣经》创世纪中可以找到根据，即上帝给予人类统治和无节制地掠夺自然的权利。《圣经》创世纪中，上帝造人后，对他们说："要生养众多，布满地面，征服这地；也要统治海里的鱼、空中的鸟，和在地上行动的各种活物。"或许这些话并不是有意要征服自然，因为"早期的人类关注的更多的是如何消除他们对自然的恐惧，而不是他们对自然所犯的罪恶；《创世纪》的主要目的不是为了证明冒犯自然的行为的合理性，而是为了给这样一些人提供安慰和希望，他们不能确认自己在自然界中的位置，因而以生存为第一要务。"[②] 但是《创世纪》里的这些话在西方后来的文化传统中，包括在中世纪和近代社会都被解释成是神对人的授权，即允许人为了自

---

① [美]纳什：《大自然的权利》，青岛出版社2005年第二版，第17页。
② [美]尤金·哈格洛夫：《环境伦理学基础》，重庆出版社2007年版，第21页。

己的目的征服、奴役、开发和利用自然。美国历史学家怀特在那篇被誉为"生态批评的里程碑"的文章《我们的生态危机的历史根源》中指出："犹太——基督教的人类中心主义"是"生态危机的思想文化根源"，它"构成了我们一切信仰和价值观的基础"，"指导着我们的科学和技术"，鼓励着人们"以统治者的态度对待自然"。①

美国著名生态伦理学家霍尔姆斯·罗尔斯顿也指出："我们可以回想一下西方对自然强有力的征服及现在以生态标准对此做出的重新评价。西方人的宗教以《创世纪》中的训令要求他们征服地球。希伯来人把他们周围民族的信仰颠倒过来，将人类置于自然之上，而非自然之下，他们禁止占星术，禁止以向大地、太阳、月亮、星星等邪神献产育牺牲的形式来安抚这些神。他们倒也没有将自然想象为邪恶的，而是将它看作上帝完美的创造。上帝创造了自然，不是要人恨它、怕它或崇拜它，而是要人'保有'它，把它作为一份丰厚的礼物来加以利用。"②当然在上帝所安排的这种关系中，人是主宰，"他既在自然之中，又在自然之上，而只在上帝之下"。所以这个等级秩序也就是"上帝—人类—自然"。这种思想与古希腊理性主义相结合，一起汇成了中世纪西方精神的主流。

在近代世俗化的过程中，一神论虽然逐渐消失了，但有关人类主宰自然的原则却被继承下来。孔德的科学实证主义就宣扬道："严格说来，文明的进程一方面在于人的心智的发展，另一方面又在于此心智发展的结果，即人类控制自然的能力不断加强。"伊曼纽尔-梅瑟尼在为技术辩护的人中堪称最有说服力的一个。他认为，在我们的时代，人类已经从"粗暴和桀骜不驯的自然"的奴役下解放出来，在自然对人类的敌意和冷漠面前不再表现得顺从。"由于人类的信心和力量得以恢复，自然越来越被置于人的控制下。……人类出现以来，就受到物理自然之专制的困扰，而我们的时代首次有了摆脱这种专制的可能。"③但是问题在于

---

① 转引自王诺《生态与心态》，南京大学出版社2007年版，第5页。
② ［美］霍尔姆斯·罗尔斯顿：《哲学走向荒野》，吉林人民出版社2000年版，第89—90页。
③ ［美］霍尔姆斯·罗尔斯顿：《哲学走向荒野》，吉林人民出版社2000年版，第90—91页。

科学技术的进步不应该制造人与自然的严重对立,而应该兼顾人与自然的和谐。因为人类无论怎样强大,都还是自然的一部分,他不能把自己摆到自然的对立面上。众所周知的人类中心主义观念下对人类主体精神的赞歌是:比陆地更宽广的是海洋,比海洋更宽广的是天空,比天空更宽广的是人的心灵。人类的精神功能被抬到至高无上的地位。但是另一方面的事实却是:人能够制造轮船却不能制造大海,能够制造飞机却不能制造天空,能够克隆生命却不能克隆地球。一个简单的道理,人不是自然之父,而是自然之子,人应该顺应自然,而不能为所欲为。人类永远不是大自然的主宰,只有在自然母体的荫庇下,顺应自然规律活动,才能获得长久的生存发展。

现代人类中心主义建立在反对"神本"的人本主义的基础上。对上帝的信仰遭到怀疑,但是在不需要上帝授权的情况下,人仰仗理性和科技,更加狂妄自大,为所欲为。如罗尔斯顿所说,"我们已经陷入这样一种观点:世界上存在的一切价值,无论道德价值、艺术价值还是其他任何价值,都是人类的价值,是由我们加以选择或构建出来的价值,是我们的努力造出来的价值。现代的哲学伦理学已使我们失去了对非人类价值的敏感。"[①] 福柯也曾经尖锐地批判了现代西方哲学"把有限性的人毫无限制地上升为无限"的错误趋向。按照福柯的说法,康德虽实施了哥白尼革命,但又认为"自在之物"不可知,所以,康德的批判哲学变成了人类学。福柯所说的人类学并不是普通意义上的一门特殊学科,而是指使得哲学问题全都置于人类有限性领域之内这样一个哲学结构。这个意义上的人类学的典型特征就是把知识的可能性与理性的界限、人的有限性联系在一起,也就是说,自康德以来,人们不再是从无限或真理出发来思考人的问题。这种人类学或意识哲学幻想在有限之上构建出无限,把有限当作无限来加以把握,把有限毫无限制地上升为无限了。"人类学主义贯穿于整个现代西方意识哲学之中,其中在现象学和存在主义中更加根深蒂固",它们"硬是把人的有限性遮掩起来了,故意或无意地把有限性的人当作谈论一切问题的基础;硬是把无限的、绝对

[①] [美]霍尔姆斯·罗尔斯顿:《哲学走向荒野》,吉林人民出版社2000年版,第64页。

的、创造者的角色归之于有限的人,让有限的人不堪重负、膨胀欲裂;硬是在抛弃了真正的无限之后,还乐观地梦想着进行一次从有限到无限的跃进。"① 这里讲的人类学主义与人类中心主义比较近似,在西方现代文化中,"上帝死了"之后,出现了"把有限的人毫无限制地上升为无限"的错误趋向,于是"超人"的虚妄和存在主义的虚无就出现了。事实上,"上帝死了"之后,真正的无限正应该还给天地自然。如果人类在自然面前还要做出无限者的姿态,那就必然陷入最后的虚无之中。如海德堡所说:"生活在地球上的人类有史以来第一次既没有伙伴也没有对手,需要面对的只是自己。"② 问题的关键是这个人类自己是否能与自然和谐共生。

不幸的是,在人类是地球的中心与主宰的观念指导下,人类肆意扩张,占据了地球上适合生存和不适合生存的一切空间,大量繁衍,人口越来越多,物质欲求也越来越多,超出了地球合理的承载量,带来了地球资源危机和人类生存的危机。

(二)科技至上的工具理性主义

众所周知,在人类300多年的现代化的进程中,理性精神指引下的科技进步发挥了决定性的作用。十八世纪以来发源于西方的两次工业革命以及当前正在进行中的信息革命,都是以科学技术的进步为先导的。从某种意义上,科学导致了世界的"去魅"和上帝的"死亡"。科学虽然凭借诸多重大发现丰富了人类的精神,但是同时也使人陷入贫乏。更严重的是,科学并没有履行其早先的承诺,弘扬理性的光辉和自然的伟大,而是异化为人类精神领域的霸主,甚至成了"我们的现代宗教"。③如莫斯科维奇所说:

科学的口头禅是"支配"和"征服",让自然像战败国一

---

① [法]福柯:《词与物——人文科学考古学》,上海三联书店2001年版译者引语(莫伟民)第11页。
② 转引自[法]塞尔日·莫斯科维奇《还自然之魅——对生态运动的思考》,生活·读书·新知三联书店2005年版,序言12页。
③ [法]塞尔日·莫斯科维奇:《还自然之魅——对生态运动的思考》,生活·读书·新知三联书店2005年版,第95页。

样屈从或干脆被消灭。支配需要建立一种秩序，而征服则是废除已建立了的秩序。科学可以在几个小时之内将自然花了几百万年才形成的东西化为乌有，而类似的巨大浪费一直是大部分现代科学"奇迹"的基础。我们已习惯于对一切与自然相关的事物：自然人、自然物种、自然资源使用暴力。人们为新发明欢欣鼓舞，而那只是为了用科学技术来取代自然，或者说"将自然技术化"。"一代又一代人就这样学会了对自然的冷漠，蔑视或恐惧"，自然就这样被解除其巫魅。然而，在同自然的"斗争"中，人类虽然赢得了几次战役，但却永远也赢不了这场战争。①

在"去魅"后的世界里，现代性的偏执将事实与价值推向了绝对二分的极致，工具理性就此将精神的一切价值从我们的生活中排挤出去，对一切都精明的算计成了精神的主导倾向。科学逐渐沦为实用技术的附庸，沦为一种手段。人们对自然的态度发生了根本变化：从敬畏转变为实用。人们不再关心自然本身的奥秘，只是考虑如何加以利用。于是自然也沦为了一种手段，一种普通的工具。在一切都沦为手段的世界里，人们丧失生命的目的，只是盲目地追求所谓的进步，即使在严重的生态威胁下也不能放下脚步，自然和生命价值都无从谈起。

人类利用科学技术实现了"改天换地"的变革与进步的同时，也遭到了自然界的不断惩罚。早在工业文明还在蓬勃发展的十九世纪中叶，恩格斯就曾对人类对自然的盲目改造作过精彩深入的分析："我们不要过分陶醉于我们对自然的胜利，对于每一次这样的胜利，自然界都报复了我们。每一次胜利，在第一步都确实取得了我们预期的效果，但是在第二步和第三步却有了完全不同的、出乎意料的影响，常常把第一个结果又取消了。美索不达米亚、希腊、小亚细亚以及其他各地的居民，为了得到耕地，把森林都砍光了，但是他们梦想不到，这些地方今天竟因此成为不毛之地，因为他们使这些地方失去了森林，因而也失去了积聚

---

① ［法］塞尔日·莫斯科维奇：《还自然之魅——对生态运动的思考》，生活·读书·新知三联书店 2005 年版，第 10 页。

和贮存水分的中心。"① 事实上，自以为拥有了理性，掌握了科技就可以任意妄为的人类已经一次次尝到了自己种下的恶果。

除了遭到外在的自然灾难的惩罚之外，现代化进程中人性的异化，人文价值的失落是一个更加严重的问题。对此，马克思曾尖锐地指出："在我们这个时代，每一种事物好像都包含有自己的反面。……技术的胜利，似乎是以道德的败坏为代价换来的。随着人类愈益控制自然，个人却似乎愈益成为别人的奴隶或自身的卑劣行为的奴隶。甚至科学的纯洁光辉仿佛也只能在愚昧无知的黑暗背景上闪耀。我们的一切发现和进步，似乎结果是使物质力量具有理智生命，而人的生命则化为愚钝的物质力量。"② 这充分表明了历史发展所具有的"悲剧"性质。然而，悲剧和喜剧是相对而言的。马克思、恩格斯认为这种"二律背反"现象反映了历史自身的辩证法，即历史总是通过自相否定乃至对抗来达到自相肯定和进步。从根本上说，马克思、恩格斯在当时还是持一种乐观的历史进步观，相信一切问题都可以通过科技的最终进步和生产力的发展获得解决，人类终将获得全面的自由解放。这与当时生态危机还没有严重到今天的程度有关。

历史发展到二十世纪下半叶时，面对着由科技进步和现代化发展所滋生的一系列严重的生态危机以及核武库的威胁，虽然也还有人对科技进步与人类幸福的未来抱有信心，但总体上说人类很难再像以前那样乐观了。悲观的情绪越来越浓重，许多学者发出了人类终将自我毁灭的哀叹。最有代表性的是罗马俱乐部的观点："他们在技术发展中首先感受到人与自然的异化，然后感受到人与其文化和环境的异化，最后是人与人性本身的异化。"③ 由此，他们认为，现代科技在促进社会进步和人的自由的同时，也造成了巨大的社会代价，它使现代人类赖以生存发展的社会空间遭到摧残、破坏，可供支配的社会自由时间也严重萎缩。因此，现代科技的发展和应用是不合理的，解决当前全球性难题的必要的甚至是最主要的手段，就是限制乃至停止发展科学技术。悲观派和乐观

---

① ［德］恩格斯：《自然辩证法》，人民出版社1971年版，第158—159页。
② 《马克思恩格斯选集》（第一卷），人民出版社1995年版，第775页。
③ ［荷］E. 舒尔曼：《科技文明与人类未来》，东方出版社1995年版，第54页。

派各自强调并且都只是片面地强调了现代科技的某一方面，它们对科技合理性的理解在总体上都是片面的。美国前副总统戈尔对科技滥用有过这样一段批评："我们成为某种技术自大狂的牺牲品，这种心态诱使我们相信自己的新力量是无限的。我们大胆设想，所有技术问题引起的问题均可以通过技术解决。文明似乎已经对自己的技术伟大敬若神明，为这种做梦也想不到的神奇而陌生的力量所折服。"① 事实上，面对当前严重的生态危机，我们既不能继续盲目乐观、狂妄自大，也不应悲观绝望。我们应该积极投入到生态运动中去。作为人文知识分子，无论作家还是学者，都可以通过生命文化的创造，改变人类对自然的错误观念，在实现人与自然和谐的生态文明的转向与建构中发挥人文知识分子的作用。

正如罗尔斯顿所说："技术并不能把我们从对自然的依赖中解脱出来，而只是转变了这种依存的方式和特性：它使我们从某些对自然的依赖中解脱出来，但马上又建立了一些新的依存关系。树可以伸到土壤上面，但它往上长得越高，它的根在土壤中就要扎得越深。一方面，我们被迫回到我们最初就看到的一点：人类永远不能够摆脱自然规律的制约，而且无论愿意不愿意都得服从它们。"罗尔斯顿还进一步警告人类，只有一种情况下人类可以违背自然规律，那就是想要自我灭绝。因为如果不遵循自然规律，那么"其行为方式会受到自然规律的惩罚，那它的行为就是非自然的。在这种情况下，这种非自然的生物不久就会灭绝"②。

（三）物欲至上的消费主义

单纯的人类中心或单纯的科技进步都不会导致生态危机，人类中心主义、强大的科技力量，再加上人在消费欲望支配下的无节制的索取，才最终造成了自然生态的全面恶化。罗尔斯顿曾明确地指出："不仅我们的技术，而且我们这整个以牟利为目的的、资本主义的工业体系可能都是非自然的，因为它极尽欺骗之能事，对环境负了很多债，使自然的

---

① ［美］戈尔：《濒临失衡的地球——生态与人类精神》，中央编译出版社 1997 年版，第 177 页。
② ［美］霍尔姆斯·罗尔斯顿：《哲学走向荒野》，吉林人民出版社 2000 年版，第 50 页。

自动平衡一步步地被破坏掉了。"① 所以说，科学技术的进步只是提供了前提条件，而资本主义制度下资本家为了追逐利润，不断刺激奢侈消费才造成了生态危机的全面爆发。如果说人类中心主义是生态危机的哲学基础，科学技术进步使人类具有了制造生态危机的技术条件和物质力量，那么资本主义的追逐利润至上、刺激过度消费则堪称当代生态危机愈演愈烈的最大助推器。

按照德国著名社会学家韦伯的观点，在资本主义发展的初期，新教伦理鼓励人们追逐财富，但同时也要求人们谨慎使用财富，这种禁欲主义观念尚能抑制"欲望"的泛滥，使人在合理"需求"的范围内进行消费。可是到了资本主义发展到顶峰的现代社会，新教伦理对奢侈的消费欲的控制力已经不复存在了。美国学者丹尼尔·贝尔认为，在资本主义进入现代工业社会之后，韦伯所言的新教伦理对欲望的抑制力量已经被科技和经济的迅猛发展耗尽了能量，"经济冲动力的任意行事"和"贪婪攫取性"占有了人的本质。贝尔对人的"需要"和"欲求"进行了区分，他认为"需要"是所有人基于物种的共同特点应该具有的基本需要，而"欲求"则是不同的人因为各自趣味和嗜好而产生的多种喜好。他说："资本主义社会与众不同的特征是，它所要满足的不是需求，而是欲求。欲求超过了生理本能，进入心理层次，它因而是无限的要求。"② 按照贝尔的分析，资本主义发展早期，禁欲苦行和贪婪攫取这一对冲动力被锁合在一起。前者代表了资产阶级精打细算、谨慎持家的精神，后者是体现在经济和技术领域的那种浮士德式的激情，是一种声称"边疆没有边际"并以彻底改造自然界为己任的欲望冲动。随着资本主义的发展，贪婪攫取欲望战胜了禁欲苦行，使禁欲苦行因素及其对资本主义行为的道德监护权彻底消失。如美国社会心理学家弗罗姆所说："破坏新教伦理的不是现代主义，而是资本主义自身。造成新教伦理最严重伤害的武器是分期付款制度，或直接信用。从前，人们靠着存钱才购买。可信用卡让人当场立即兑现自己的欲求。"我们所讲的消费主义

---

① [美]霍尔姆斯·罗尔斯顿：《哲学走向荒野》，吉林人民出版社2000年版，第49页。
② [美]丹尼尔·贝尔：《资本主义文化矛盾》，生活·读书·新知三联书店1989年版，第68页。

的消费已经不是一般意义上满足人的需要的消费,而是为了消费的消费。从消费者的角度讲,这是"一种不由自主的由贪欲引起的消费,不由自主地要吃、要买、要拥有和使用更多的东西"①。这是现代消费社会个体的一种"被动的人格",需要通过消耗掉一些东西才能确证自己的存在,驱除内心的空虚。而从另一个角度讲,消费主义的实质就是商家为了赚取更大利润,全力扩大市场,增加生产和销售额,在生产更多商品的同时也要制造更多需求,这通常是通过广告宣传来实现的。正如弗罗姆所讲,"如果你看看周围,就会发觉广告和包装正变得越来越重要。已经很少有发自人们内心的愿望了,愿望觉醒自外部并加以培养。当人们面临广告商希望他们去购买大量商品时,即使富裕的人也会感到贫困。……我们现在的经济制度是建筑在高生产与高消费的基础上的。而十九世纪的经济则仍旧建筑在零星节俭的理念之上的。"②

二十世纪五十年代,美国总统艾森豪威尔的经济顾问委员会主席宣布了新经济福音,指出美国经济的"首要目标是生产更多消费品"。紧随美国之后,英国、日本、法国、德国等国家也都进入了以消费为核心的社会。资本主义的生产和消费方式最终使任意行事的享乐主义成了社会大众追求的生活方式,而奢侈消费就成为享乐主义的主要表现。首先有条件进行奢侈消费的当然是富人,所以富人也成为对自然破坏更多的人群。美国学者杜宁在写于二十世纪九十年代的《多少算够》一书中曾指出,构成消费社会中所谓"消费者阶层"的是世界上富有的 1/5 人口,主要包括西方发达国家和新兴工业国的 10 多亿人口,而这些富有人口中最富有的 1/5 的收入又超过了其他 4/5 的收入总和。事实上大量消费,特别是奢侈消费的份额主要就产生在这占世界总人口 1/5 的富有者中。而"富人所得到的越多,消耗的自然资源就越多,也就比一般消费者更多地干扰了生态系统"③。奢侈消费不但是上流社会的追求,而且逐渐成为社会大众普遍追求的消费方式,成了资本主义发展的基本动力,而资本主义世界也在制造着"消费就是幸福"、消费越高也就越幸

---

① [美] 埃里希·弗罗姆:《生命之爱》,国际文化出版公司 2001 年版,第 5 页。
② [美] 埃里希·弗罗姆:《生命之爱》,国际文化出版公司 2001 年版,第 22 页。
③ [美] 艾伦·杜宁:《多少算够——消费社会与地球的未来》,吉林人民出版社 1997 年版,第 11 页。

福的神话。今天的中国在经济迅猛发展的情况下，造就了一大批有钱人，并快速向所谓的消费社会迈进，甚至已经成了世界奢侈品消费大国。当消费增长被当成社会发展的引擎时，拥有更多消费品也成了通向幸福的主要道路。德国哲学家西美尔曾经说过一句名言："钱在口袋里，我们是自由的。"① 在现实生活中，金钱就像桥梁一样重要，没有它，很多目标是无法实现的。但另一方面西美尔也指出，人是"不能永远生活在桥上"的，金钱的本质决定了它并不会让一个人的生活更幸福。一个人越有钱就想要更多的钱，金钱非但不能填补空虚，反而会制造空虚。金钱与物质不可能成为安顿生命的家园，更无法成为灵魂的归宿。虽然许多人早就清楚消费不会必然带来幸福或满足，但是没有哪一个国家肯停下迈向消费社会的脚步。

我们并不是简单地否定一切市场和消费活动，市场作为必需的制度，它的功能可能发挥得好一些也可能差一些，可能有效率也可能无效率。但是人们的眼中绝不能只盯着当下的 GDP，而是"必须通过对未来几代人福利的关注，尤其是对环境保护和生产及消费的目前模式的可持续能力的关注，完善当前的评估取向，甚至是改变方向"②。今天的现实正如韦伯当年所批判的，在消费至上的资本主义工业文明社会中，"专门家没有灵魂，纵欲者没有肝肠，这种一切皆无情趣的现象意味着文明已经达到了一种前所未有的水平。"③ 可以毫不夸张地说，这种所谓的"前所未有的水平"只能是万劫不复的世界末日。

正如杨通进所指出的，生态危机是工业文明的必然产物。在工业文明的基本框架内，环境危机不可能从根本上得到解决。因为"工业文明的政治理念难以给环境保护提供坚强支持。……环境保护的世界主义诉求会遇到来自民族国家的强烈抵抗。……选民更关心自身的福利水平，对政府那种旨在关心遥远后代生存环境的动议往往不以为然。被选出来的所谓民意代表在行使权利时可能也会背叛选民的意愿，与各种利益集

---

① ［德］西美尔：《金钱、性别、现代生活风格》，学林出版社 2000 年版，序言。
② ［多国］雅克·鲍多特等：《与地球重新签约》，人民文学出版社 2003 年版，第 278 页。
③ ［德］韦伯：《新教伦理与资本主义精神》，陕西师范大学出版社 2002 年版，第 176 页。

团同流合污",再加上"现代科技是工业文明的助推器","工业文明的基本价值理念也不能完全与环保理念协调。工业文明的自然观是机械自然观,这种自然观把人从自然中分离出来,把自然看成一架没有生命、可任由人类拆解、重组和控制的机器。自然不是意义和价值的领域,只是一堆有待人类利用的资源。这种带有强烈人类中心主义色彩的自然观为现代人掠夺自然的行为提供了辩护。工业文明的价值观关注的是个体,它对互利和权利的强调很难为以代际平等为基础的可持续发展提供伦理支持;它把幸福理解为个人感性欲望的满足,这导致了享乐主义和消费主义的盛行,在这种价值观的引领下,人类根本走不出越陷越深的生态危机"。①

综上所述,我认为作为工业文明的必然产物的生态危机,是反自然的"死亡文化"所造成的,是凌驾自然的人类中心主义、理性主义科技至上和消费主义物欲至上这三大因素综合作用的结果。当前的生态危机表明300年来的现代文明已经误入歧途。现代社会走上了所谓以"人类中心主义"为指导的技术、资本、欲望三位一体的追逐人类与个体幸福的进步之路,现代文化也演变为基于技术、资本、欲望三位一体的"死亡文化",为现代社会推波助澜。这种社会和文化发展之路割裂了人与自然基于生命属性的整体关系,造成了生命异化、自然破败、诗性精神萎缩,最终人的肉体和灵魂都失去了安顿之所。我们不能说传统社会即是和谐的、完美的,但是现代社会走上了歧途却是毫无疑问的。

吏治腐败或行政效率低下等原因导致环保法规无法有效落实,公民生态权益难以获得有效的保护,这些因素毫无疑问也会加剧生态恶化。但政治制度并不是生态恶化的原因,因为生态恶化是现代社会的全球性问题,当前世界上无论资本主义国家还是社会主义国家,无论民主国家还是集权国家都面临这个问题。当然在同等条件下,贫富差距大的社会生态问题会更加严重,如美国学者哈珀所言:"到现在为止,有足够的证据证明,位于收入连续链两端的人远比位于中间段的人更可能破坏地

---

① 杨通进主编:《走向生态文明丛书》,重庆出版社2007年版,序言。

球的生态健康。"① 毫无疑问，穷人是生态灾难的最大受害者，但贫穷者的靠山吃山与富有者的穷奢极欲同样都会导致生态恶化的加剧。② 所以从理论上讲，以公平正义为核心价值的社会主义制度应该是对生态最有利的。但是如果原来高度集权的一面没有改变，而又吸取了资本主义的市场经济作为补充，那就有可能产生很坏的模式，从而造成巨大的贫富差距和更严重的环境破坏。总之，政治因素在生态危机的解决上也扮演着重要角色，而最终要解决生态问题，离不开各国政府的重视与全球合作，只有借助政治文明整合各方面的力量，实现文明范式的根本转型，才能彻底走出生态危机。

二、生态危机的表现

生态危机表现在许多方面，当我们打开电视或网页，翻开报纸或杂志时，我们每天都能看到、听到关于这种或那种全球环境问题的报道，例如：温室效应，物种灭绝，森林锐减，能源短缺，大气、土壤和水污染，有毒化学品污染，等等。而在生活中，我们自己可以感受到周围越来越多的自然环境遭到人为破坏：水、空气、土壤的污染达到危险的程度；生物界的生态平衡受到严重的扰乱；一些无法取代的资源遭到破坏或陷入枯竭；生活和工作环境中存在着有害于人类身体、精神和社会健康的各种缺陷。③ 生态系统的核心是生命，地球生态危机的实质是由于人对自然生态系统的破坏导致的生命危机，是包括人类在内的地球生命共同体的生存危机。总体上来说生态危机表现在生命支撑系统恶化、生物物种减少、人类的生命力下降和自我毁灭等多个方面。

首先，生态危机体现在生命支撑系统的严重恶化上。水是生命之源，任何生命都离不开水。生物体内水的含量占80%以上。但是由于人

---

① [美]查尔斯·哈珀：《环境与社会——环境问题中的人文视野》，天津人民出版社1998年版，第302页。
② 如商家为了获取高额利润，往往不惜损害生态为富人生产一些奢侈品，如用猎杀藏羚羊的皮毛生产供贵妇人穿的大衣，还有象牙做工艺品，用虎骨做药材等等；而穷人没有钱，商家就为他们生产一些根本不耐用的伪劣产品，很快就成为废弃的垃圾，而且有些还是有毒的，如一些含铅的玩具或家电、衣物等。只有在财富分配比较平均的公平正义的社会中，企业才能愿意生产物美价廉的产品满足人民正常的物质生活需要，生态经济才能成为现实。
③ 参见联合国《人类环境宣言》，万以诚等编《新文明的路标》，吉林人民出版社2000年版，第2页。

类进入现代工业社会后的化工生产等造成了越来越严重的水污染,淡水资源越来越匮乏,严重威胁着人类和一切生命的生存。在地表水遭受严重污染的同时,地下水也遭到污染,并且水位不断下降,形成了许多漏斗区,地陷事故不断出现。海洋也难逃被污染的命运,由于排污、油料泄露、核潜艇等因素造成的近海污染问题尤其突出。陆地是人类生存的根基,也是一切陆地生物的家园。但是由于长期以来过度开垦、放牧,过量砍伐森林等原因造成水土流失、土地沙化,森林、草原、沼泽、湿地面积都越来越少,沙漠的面积越来越大,沙化土地的面积更大,沙进人退的情况在西部非常严重。据报道,位于河北省张家口市怀来县的"天漠"距离首都北京最近只有18公里。由于化工厂排放的有毒气体和汽车排放的尾气等原因,大气污染也越来越严重。我国的情况尤其严重,世界上十个污染严重的城市中中国曾占7个。另外,随着全球变暖,冰川融化,南北极的冰川、非洲最高峰乞力马扎罗山上的雪将逐渐融化掉,海平面上升,对生态的影响很大。资源枯竭,森林、煤炭、石油等基本上已经开采到极限,或者在可以预料的几十年后枯竭。还有垃圾围城的问题,多年以后将无处掩埋垃圾。正如美国学者奥康纳所讲:"自然界对经济来说既是一个水龙头,又是一个污水池。"① 现在的问题是,水龙头里的水已经快流完了,而污水池里的水却要溢出来了。在地球上不可再生资源日益枯竭的同时,人类对大自然造成了不可逆转的损害,当达到最危险的地球生态临界点时,人类社会的发展将无以为继并最终毁灭。罗马俱乐部的研究报告指出,地球环境的污染总负荷存在着一个上限,"而许多地区的环境已经超过这个上限了。人数和每个人的污染活动都按指数增长是全球达到上限的最基本的途径。"② 以全球变暖问题为例,欧盟国家特别强调地球温度升高会使人类生存环境达到一个危险的水平,这个危险的界限,他们现在就定义为两摄氏度。中国工程院院士、著名气候学家丁一汇也指出,未来如果地球温度继续升高两度,那么我们的经济、生态系统、粮食安全、水资源、海岸线、海平面

---

① [美]詹姆斯·奥康纳:《自然的理由——生态学马克思主义研究》,南京大学出版社2003年版,第295页。
② [美]丹尼斯·米都斯等:《增长的极限——罗马俱乐部关于人类困境的报告》,吉林人民出版社1997年版,第55页。

等等，都会发生异常的变化，并且两度以下那些不利的方面还会非线性地增长。比如气候变化所致的水资源短缺对人类生活的影响，在两度以下大概也就影响几千万人，可是一旦达到两度以上，突然就增长到35亿人口！①

其次，生态危机还体现在生物物种的大量灭绝上。生物多样性是自然丰富创造性的产物，基因多样性与生态系统的多样性紧密相连。目前有25万种维管植物已经为人类所发现，它们大多数是热带和亚热带的原产植物，还有25 000个种类有待发现。然而，同时据估计每年2 000到2 400公顷的热带森林被砍伐或退化，从上个千年算起，地球上的约60%的森林已经永远地消失了。这样可怕的统计数据向世人描绘了末日的景象。科学家预测，我们现在的大约17万个热带物种中，大约有4万个可能很快灭绝，生物多样性的生态系统正在遭受破坏，其速度远远超过了生物学家研究它们的速度！② 科学家的最新研究成果认为，当前地球正在经历第六次物种大灭绝，在我们有生之年，包括陆地和海洋全部生命的近50%的物种将消失。而这场物种灭绝灾难的罪魁祸首就是人类活动，包括开采地球、制造污染等。上一次物种大灭绝发生在6 500万年前，以恐龙灭绝而著名，原因可能是陨星坠落地球。③ 地球真的可能到了最后的时刻，而且这是人类一手制造的灾难。世界自然保护联盟（IUCN）2008年10月6日在西班牙巴塞罗那召开会议，发布一项哺乳动物调查评估报告。超过100名科学家联名撰写研究报告，发表在《科学》杂志上。报告显示，全球哺乳动物中四分之一濒临灭绝。此项研究耗时5年，来自130个国家和地区的1 700多名研究人员参与，对全球已知5 487种哺乳动物生存现状展开调查。项目带头人、世界自然保护联盟成员扬·席佩尔说，调查结果表明，不少哺乳动物生存状态"凄凉"。研究报告说："据估计，四分之一哺乳动物种群濒临灭绝，一半正在消亡。"研究表明，处境最为危险的是灵长类动物，也是和人类关系最近的哺乳动物。栖息地减少和狩猎活动是导致哺乳动物生存危机的主

---

① 《人类离危险临界点还有多远？》，载《环球》杂志2007年9月。网址：http://news.xinhuanet.com/world/2007-09/15/content_6724759.htm。
② 参见热罗姆·班德主编《价值的未来》，社会科学文献出版社2006年版，第246页。
③ 《地球正经历第六次物种大灭绝》，载《参考消息》2008年10月23日第7版。

要原因。全球44 838种动植物中,16 928种面临生存危机,比上一年增加16 306种。其中八分之一鸟类、三分之一两栖动物和70%植物面临危机。研究人员担心188种哺乳动物处境极度危险,随时可能灭绝,其中包括伊比利亚猞猁。全球现存成年伊比利亚猞猁数量仅84到143只,是世界上现存数量最少的物种之一。同时,大约450种哺乳动物先前被认为毫无灭绝之忧,但现阶段数量急剧下降,列入有灭绝危险的种类,比如袋獾。生长在澳大利亚的袋獾过去11年来数量剧减了64%,原因之一是不少袋獾罹患一种面部癌症。研究报告作者之一、美国亚利桑那州立大学生命科学系教授安德鲁·史密斯说:"如果全世界哺乳动物有25%都消失,地球会变得非常贫瘠。"世界自然保护联盟负责人朱莉娅·马顿-勒菲夫说:"在我们有生之年,数以百计的物种将因为我们的所作所为而消失……现在必须为将来设定明确目标,扭转这一趋势。"研究人员强调,尽管许多哺乳动物面临灭绝威胁,但可以通过努力挽救它们。包括黑足雪貂在内,5%的哺乳动物一度被划为濒危种类,但经动物保护组织救助,现阶段数量稳定,甚至有所增加。世界自然保护联盟物种项目负责人珍妮·斯马特说:"我们等得越久,防止将来(物种)灭绝付出的代价就越大。我们现在知道哪些物种面临危机,危机是什么、在哪里,因此没有理由继续无所事事。"①

最后,生态危机最终将表现为人类生命力的萎缩和自我毁灭。人类繁衍与哺育后代的能力的退化,男性精子数量质量下降,女性哺乳能力减退,不孕症、流产、新生儿缺陷等生育问题越来越多。各种新兴疾病肆虐,癌症村不断涌现,大量生态难民产生。由于空气污染造成的呼吸系统疾病逐年增加,据国内呼吸科著名专家钟南山先生透露,根据胸透结果可以发现,广州、北京等大城市很多人的肺部基本上都已经变成了黑色。有专家预测,人类最终因自己制造的生态灾难而灭绝的可能性高达95%,而这甚至就会发生在不远的几百年之后。据媒体报道:中国东部沿海一条上千公里的狭长经济活跃带上的村庄,有很多已经成为名副其实的癌症村。这些癌症村周围无一例外都有许多化工企业,他们的生

---

① 《四分之一哺乳动物濒临灭绝》,来源:新华网,2008年10月08日。网址:http://news.xinhuanet.com/world/2008-10/08/content_ 10157772.htm。

存境遇可怕而令人震惊，水是臭的，鱼是有毒的，地里种的大米村民自己都不敢吃。面对死亡的威胁，当地人多次起诉当地的化工企业，一场诉讼甚至花费百姓八九万元，可最后的结局，要么是没有"证据"，要么是某些部门认定污染的企业已经"达标"。从生态的层面讲，上述这些问题都已经对人类的生存造成直接威胁，当然人类自我毁灭的更极端更直接的方式还有核武器。

与自然的生态危机同样严重的是人类精神领域的危机。无论从中国还是从全世界来看，科技的进步和财富的增加似乎都没有给人类的心理带来更多的幸福。相反，我们正处在一个精神疾患日益增多的时代。精神疾患增多不仅是一个重要的医学问题，更是一个突出的社会问题，是社会发展某些方面误入歧途的精神表征。社会迅速转型、竞争压力增加、社会正义缺失、环境污染加剧等，都会产生精神卫生问题。精神疾患对我国人民健康的危害已经越来越严重，最新流行病学统计显示：中国"精神疾患时代"已悄然来临。自二十世纪八十年代以来，我国重症精神障碍患病率呈明显上升趋势，据卫生部2008年公布的调研报告称，目前中国大陆约有1 600万名重性精神疾病病人，而2009年初，中国疾控中心精神卫生中心提供的最新数据称，目前全国各类精神疾病患者人数在1亿人以上。[1] 儿童行为问题、酒精滥用、海洛因成瘾、网络成瘾、自杀发生率均明显上升；老年精神疾患的比例逐年增高；大、中学生中精神疾病患病率持续攀升。精神疾患给家庭和社会造成了巨大的经济损失和医疗负担。根据中国疾病预防控制中心有关资料统计，大约15%的中国人有精神健康问题，中国所谓的"疾病负担"（对疾病带来的经济及其他影响的一种衡量方式）中有20%由此造成；据世界卫生组织估计，13%的全球疾病负担是由心理疾病带来的。到2020年，这一数字可能攀升至25%。[2] 更严重的是精神疾病患者中约有十分之一已经危害社会，许多恶性案件（如校园枪杀案）背后往往有精神异常的影子。精神疾病的救治难度非常大，在中国大陆目前即使是严重的精神疾病患者，每4人也仅有1人接受过正规的精神科医生治疗。中国普通医院急

---

[1] 周宇：《大陆千所精神病院调查》，载《凤凰周刊》2009年第6期。
[2] 《中国人开始寻求心理疗法》，载《参考消息》2008年10月22日第15版。

诊室每年至少抢救 100 万企图自杀的人,专家认为不明原因的自杀往往与抑郁症有关。有研究人员估计,我国抑郁症的患病率为 10%—15%,已与发达国家类似,预计今后还会逐年递增。从疾病发展史来看,人类已经从"传染病时代""躯体疾病时代"步入"精神疾病时代"。①

尼采曾说,地球患了一种严重的皮肤病,病的名字就叫作人。从地质学家近年来提出的地球已经进入"人类纪"的观点来看,面对人类自身病弱的精神和由人类一手造成的严重生态危机,尼采的话更加让人感慨和忧虑。反思现代工业文明快速推进的 300 年,人类在一手酿造了地球生物圈的种种危机的同时,也给地球的精神圈遗留下种种偏执和扭曲、种种空洞和裂隙。人类精神的偏执、破碎,导致地球生态系统的失衡、断裂;而地球生态的恶化,则又加剧了人类精神的病变,这就是人类纪时代的人类面临的一个凶险、疑难的顽症!但人类不会甘心这样毁灭,哲学家、科学家、伦理学家、政治家及宗教界人士都在关注着人类所面临的这一空前危机,探寻着摆脱困境的出路,文学艺术家当然也不甘心无所作为。一个诗歌遭遇冷落、遭遇鄙弃的时代,绝不是一个健全的时代、正常的时代,当下的这个表面富足的时代注定是一个贫乏的时代。救治这个时代的精神贫乏,进而修补地球"人类纪"这一破碎的"精神圈",不能指望什么"世界贸易组织"或"国际金融机构",一次次的经济危机和金融危机警醒世人,它们不会从根本上带给人类幸福。真正给人类幸福的是生命文化,特别是文学艺术的使命。解救地球的生态困境,就必须首先从人类自身的精神救治开始。如鲁枢元所说:"文学艺术,作为人类的一种情感活动、想象活动、精神创造活动,作为人类言语符号活动的一个出色的领域,显然是处于这个'精神圈'之内的。"② 于是,修补地球"精神圈",无疑也应当是文学艺术在人类纪的使命。

然而,在这需要文学修补"精神圈"的关键时刻,"文学终结论"却风起云涌,国内外的文学界频频传来一阵阵悲观、失望的叹息。这又

---

① 张捷:《精神疾患偷袭中国》,载《中国新闻周刊》,网址:http://www.chinanews.com.cn/zhonghuawenzhai/2001-04-01/new/(21)%201.html。
② 鲁枢元:《生态批评的空间》,华东师范大学出版社 2006 年版,第 45 页。

是何原因呢?

第二节 "文学终结论"的缘起

一、"文学终结论"的主要观点

"文学终结论"是一个略显荒诞而又非常严肃的理论问题。说它荒诞是因为文学虽然面临着各种各样的危机和困难,但毕竟还顽强地活着,对于绝大多数人来说文学的终结还是难以想象的。但是"文学终结论"出现后,又确实像一道"魔咒"萦绕在所有关心文学命运的人们的心头,并引起了许多学者严肃而认真的关注和回应,这说明对这个问题不能简单地嗤之以鼻,而需要予以认真的思考和回应。概括起来,"文学终结论"主要有两类观点:一是黑格尔从艺术与"绝对精神"的关系出发得出的艺术终结论;二是米勒等从文学与电子媒介的关系出发得出的文学终结论。

"文学终结论"最早可以溯源到黑格尔的艺术终结论。1828年黑格尔在柏林的一次演讲中最早提出了包括文学在内的艺术终结问题,在他的《美学》第一卷中记录着这样一段话:

> 从这一切方面看,就它的最高的职能来说,艺术对于我们现代人已是过去的事了。因此,它也已丧失了真正的真实和生命,已不复能维持它从前的在现实中的必需和崇高地位。毋宁说,它已转移到我们的观念世界里去了。①

这段话是艺术终结论有文字记载的源头。在黑格尔的哲学体系中,艺术、宗教、哲学是"绝对精神"通过人进行反观自身的三个阶段,艺术作为"绝对精神"发展中的一个中间环节,必然被高于它的方式——宗教和哲学所扬弃。但是黑格尔并不是就此认为文学艺术会走向彻底的消

---

① [德]黑格尔:《美学》第1卷,商务印书馆1979年版,第15页。

亡。他是认为，在表现"绝对精神"方面，艺术还有局限性，因此要超越这种局限性而达到更高的认识阶段。关于艺术的未来，黑格尔认为："我们尽管可以希望艺术还将会蒸蒸日上，日趋于完善，但是艺术的形式已不复是心灵的最高需要了。我们尽管觉得希腊神像还很优美，天父、基督和玛利亚在艺术里也表现得很庄严完善，但是这都是徒然的，我们不再屈膝膜拜了。"① 可见黑格尔并没有简单地说艺术会彻底消失，而是认为艺术在表现"绝对精神"或曰终极真理方面不再是最佳的文化样式。20世纪西方哲学大师海德格尔对黑格尔的艺术终结观提出了异议，在海德格尔看来，"真理是存在者之为存在者的无蔽状态。真理是存在之真理。美与真理并非比肩而立的。当真理自行设置入作品，它便显现出来。这种显现——作为在作品中的真理的这一存在并且作为作品——就是美。因此美属于真理的自行发生。"② 也就是说，在海德格尔看来，艺术同样可以达到真理的最高层面，所以它并不会被哲学取代。

美国学者丹托在二十世纪六七十年代又一次重提"艺术终结"的问题，在《艺术的终结》一书中，丹托认为，西方艺术史上长期存在着"哲学对艺术的剥夺"，而"艺术的终结"是后现代的多元艺术时代的到来，将彻底打破传统的艺术评价标准，改变由哲学观念来评价艺术、由意识形态来控制艺术的时代。在后来写作的《艺术的终结之后》一书中，丹托更明确地指出："在艺术时代所创作的艺术和在艺术时代终结之后所创作的艺术之间可能存在着另一非连续性，而且同样深刻。"③ 可见，丹托虽然以"艺术的终结"为题出版了著作，但实际上他并不是认为艺术会消亡，相反，他认为在所谓的艺术的终结之后还有艺术，而且是一道更亮丽的艺术风景线。

从黑格尔到丹托，他们的"艺术终结论"都没有说文学艺术会彻底地消亡，但他们的所谓"终结论"确实揭示了艺术所面临的一些难题，表达了一种深刻的断裂和危机意识。如法国学者蒂埃里·德·迪弗所说："不论是黑格尔还是那些正在履行黑格尔使命的艺术家，他们关心

---

① ［德］黑格尔：《美学》第1卷，商务印书馆1979年版，第132页。
② 孙周兴选编：《海德格尔选集》，上海三联书店1996年版，第302页。
③ ［美］阿瑟·丹托：《艺术的终结之后》，江苏人民出版社2007年版，第5页。

的并不是历史进程或艺术活动的真正终结，而是一种在终结中继续生存的历史形态（因为历史从来都是由于自己的终结而生存），是一种艺术现象学，艺术面临死亡的威胁，但这种威胁不仅没有终止艺术，反而维持了艺术的生命，使艺术一次又一次做出并且一次又一次扬弃自己的死亡判决。"① 这揭示了艺术在现代社会的一种两难处境：一方面，现代社会的一般情况是不利于艺术发展的；另一方面，按照艺术生命的内在的要求，它又必将发展下去。总之，艺术既面临着现实的危机，又必将在危机中获得新生。如我国学者薛华所说："艺术终结，意味着艺术自身在内容和形式上发生新的变化、新的转折，意味着成为另一特点的艺术。"②

"文学终结论"之所以近年来在中国文学理论界产生了很大影响，最大的诱因还是由于美国学者希利斯·米勒从电子媒介的发展出发抛出的所谓"文学终结论"。二十世纪末，美国学者米勒在北京的一次学术会议上做了一场名为"全球化时代文学研究还会继续存在吗？"的演讲，讲稿刊登于我国最权威的文学研究期刊《文学评论》2001年第1期。米勒由德里达的《明信片》一书得出电子媒介时代文学走向衰亡的结论。后来米勒对此做了进一步的阐释：

> 文学就要终结了。文学的末日就要到了。是时候了。不同的媒体有各领风骚的时代。文学虽然末日将临，却是永恒的、普世的。它能经受一切历史变革和技术变革。文学是一切时间、一切地点的一切人类文化的特征——如今所有关于"文学"的严肃反思，都要以这样两个互相矛盾的论断为前提。③

我们发现，米勒在这里一会儿说文学的末日到了，一会儿又说文学是永恒的，观点的前后矛盾是明显的。按照米勒自己解释，之所以出现这种矛盾的情况，是因为"文学是有历史的"，他所说的文学，指的是在西

---

① [法] 迪弗：《艺术之名》，湖南美术出版社2001年版，第143页。
② 薛华：《黑格尔与艺术难题》，中国社会科学出版社1986年版，第42页。
③ [美] 希利斯·米勒：《文学死了吗》，广西师范大学出版社2007年版，第7页。

方各种语言中 literature（法文或英文）这个词。他认为现代意义上的文学是在西欧出现的，最早始于十七世纪末。按照牛津英语词典，"文学"第一次用于其现代意义，是很晚近的事，可以方便地定位在十八世纪中叶，"而随着新媒体逐渐取代印刷书籍，这个意义上的文学现在行将终结。"具体地说，米勒所谈的文学是西方意义上的文学，"属于印刷书籍以及其他印刷形式的时代。西方逐渐实现了几乎人人识字的局面。文学与此有关。没有广泛的识字率，就没有文学。而且文学还牵涉到17世纪后西方民主制的逐渐出现。"可见米勒所说的将要终结的文学和我们一般意义上理解的精神意义上的文学根本不是一个东西。就精神意义上的文学来说，米勒也强调它具有永恒的存在价值。所以他一会儿讲"文学就要终结了"，一会儿又说文学是"永恒的、普世的"，把许多中国学者搞得一头雾水，弄不清他的立场究竟是什么了。就米勒本人来说，我觉得他更像是在做玩弄文学概念的游戏。

米勒的"文学终结论"在新世纪之初的中国文学理论界引起了强烈反响，一些重要的文学理论家、批评家和作家都介入了这场争论中，一时间众说纷纭，莫衷一是。如余虹先生所言："当代文学终结论乃是对后现代条件下文学边缘化的诗意表达。'终结'（end）一词含混、夸张而悲哀，其本身就是一种文学隐喻。"[①] 由于核心概念的内涵模糊，所以围绕文学终结这个问题的讨论也显得比较散乱，后来甚至有人干脆说这种"文学终结论"应该终结了。总的来看，针对米勒提出的电子媒介时代文学走向终结的言论，国内学者形成了"赞成"和"反对"两种针锋相对的意见。"赞成派"如金惠敏、叶匡政等先生认为米勒的话确实揭示了当前文学的处境，从中国的现实看文学也确实在走向衰亡，他们还进一步认为文学已经逐渐被影视、广告、网络游戏等挤出了审美文化的中心地带，这是读图时代加上消费社会的必然结果，所以文学研究应该转向文化研究来寻找出路，把大众审美文化作为新的研究领域。"反对派"的代表人物童庆炳、杜书瀛、李衍柱等先生认为文学终结论根本是错误的，文学传统源远流长，文学作为语言艺术有其不可能被影视文化

[①] 余虹：《文学的终结与文学性蔓延》，载《文艺研究》2002年第6期。

取代的独特魅力和价值，因此文学不会终结也不能终结。在文学不死的问题上，中国社科院杜书瀛研究员特别强调："文学不死的一个最有力的根据是，事实上它仍然健康地活着。文学不亡的根本原因，主要不在外部，而是在文学内部。"① 文学的内部是什么？杜书瀛特别强调文学与语言和人性的密切关系，应该说这是非常深刻的。但是总体上来说"赞成派"的声音似乎更大一些，如诗人兼书商的叶匡政干脆在网络上宣扬起"中国文学已经死了"的观点。在博客上发表的《文学死了！一个互动的文本时代来了!》一文中，叶匡政称文学是旧时代的恐龙，"它已经死了，它的躯体正在腐烂"。叶匡政洋洋洒洒写了3 000多字论证文学死了，并在现代文学馆的一次会议上做了宣讲，提出"就像1919年以后的文言文和古体诗，就像我们今天的邮票，它似乎还活在一些人中间，但已丧失了任何存在的意义。"他还称，网络聊天记录、博客短文与回帖、手机短信等，将成为新的经典。② 北京大学陈晓明教授也通过对文学的影响力衰减、艺术品质下滑、美学共识丧失以及文学生产的市场化和娱乐化等方面的分析，得出结论："确实，有更多的迹象表明文学已经败落了"，"文学的魂灵从文学中消失了，但在其他的文化类型中显灵。文学给自身留下了一副皮馕，却成了幽灵，附着于各种新生的文化样式中。"③ 但令人难以理解的是，按照陈晓明教授的说法，文学自身已经失去了灵魂，那么它又如何在其他文化中显灵呢。我们发现，米勒也好，陈晓明教授也好，书商兼诗人叶匡政也好，他们都是一方面宣称文学要死了，没有灵魂了，一方面又说文学不会死，文学性还会继续延续，甚至是在其他文化中转世再生。这种声称文学死了，而又说文学不会死的观点确实是很奇怪的。究其原因，可能是一方面他们从技术媒介的机械决定论出发，认为文学已经不行了，另一方面也无法否认文学没有被媒介变革打到，依然坚强地活着的事实。

耐人寻味的是，国内外的文学终结论者往往在给文学艺术做出死亡

---

① 杜书瀛：《文学会消亡吗》，中山大学出版社2006年版，第24页。
② 叶匡政：《文学死了！一个互动的文本时代来了》，叶匡政新浪博客2006年10月24日。网址：http://blog.sina.com.cn/s/blog_ 489ab6b001000631.html。
③ 陈晓明：《文学的消失或幽灵化》，见《不死的纯文学》，北京大学出版社2007年版，第5页。

判词的同时,都表达了他们对文学的热爱之情。米勒表白自己是不得不宣布自己钟爱的文学将要终结;陈晓明老师也强调他是热爱文学的,他相信还有"不死的纯文学"。这么多人热爱文学却又宣布文学将要终结,问题究竟出在哪里呢?我觉得问题是出在文学观念上。在形形色色的文学终结论的背后,我们看到的是各种文学观念的差异。那些急于向文学下发死亡通知单的人,在诊断书上填写的导致文学死亡的原因又各不相同。黑格尔是从他的理念至上的观念出发,得出了"绝对精神"演化到哲学阶段文学艺术会终结;米勒从媒介至上的观念出发,认为科技进步、媒介变革、电影电视、读图时代导致文学消亡。他们的文学观念脱离了文学实际,从理念出发,或者把文学本体看作是媒介,或者看作是"绝对精神"的载体,都不是从文学发展的实际出发,特别是忽视了文学的生命属性与文学合法性的根本关系。从生态批评的文学观来看,生命才是文学的根本。文学是有生命的,文学是一种生命的创造,生命的表现,是情感、想象和憧憬,它与自然同在,与生命同在。我们不否认媒介变革或权力资本对文学的影响,但这种影响是局部的或阶段性的,只能导致一定历史时空条件下的文学处于低谷,但绝不会从根本上撼动文学的生命之根。能够从根本上杀死文学或者导致文学终结的只有生命的异化和自然的终结。

二、"文学终结论"出现的内在成因

"文学终结论"虽然源自国外学者,但并非纯属舶来品,"文学终结论"之所以会在新世纪之初的中国学界引起如此强烈的共鸣和反弹,还是有中国文学处境不佳的内在现实原因。二十世纪九十年代以来的市场经济改革极大地改变了中国社会的政治经济和文化版图。各种利益集团进行了重组,社会价值观念发生了巨大变化,这一过程对文学艺术事业和文学知识分子的精神世界也造成了极大冲击。正是在这种背景下,早在九十年代初国内就已经出现了文学消亡的论调,雷达先生在1994年写作的《文学活着》一文中曾谈道:

大概在前年,有人眼看文学向低谷急剧下滑,曾经预言,

> 像这样下去，到不了本世纪末，用语言文字书写的纯文学即会自行消亡。此言既出，人们认为太偏激，太夸张，均不以为然。这话说得太绝对了。可是，静心一想，除了那结论是我断然不能苟同的，倒也未必全属故作惊人之语，至少它道出了纯文学的严重生存危机。正像哈姆雷特王子一上场就发出的默语：活着还是死，的确是一个问题。①

可见，早在二十世纪九十年代初中国就出现了文学消亡的论调和相关反思。在我看来，2001年以来，所谓由美国文学批评家米勒掀起的文学终结论的争鸣，根本上还是在我国国内酝酿产生的，主要是源于对文学地位边缘化和文学质量下降的忧虑。文学地位边缘化的原因主要有两方面：一是文学不再是政治的工具和时代的中心了，这是好事，用有些学者的话说是文学回归自身，回归常态；二是随着电子媒介影响力的迅猛扩张，图像文化占据了霸主地位，作为语言艺术的文学的生存空间受到空前挤压，这是挑战。而近年来文学质量的下降主要原因是文学的精神品质的降低，正如有的学者所言："20世纪90年代中期以来的中国文学，面对着强大的市场经济的冲击，正面临着严峻的挑战，作家们在向世俗化的现实生活妥协与认同、放弃自己神圣职责而同普通谋生者等同的同时，开始逐步把文学退出了文学之所是的领域——精神，从而使文学失去了自身的色彩，异变为人们日常性的消费品。文学精神的消失，正是文学的消失。"②

马克思早就说过，资本主义与精神生产的某些部门，比如文艺，在内在精神上就是矛盾的。在资本主义追逐利润的内在驱动力和商业大潮的冲击下，精神产品的创造也越来越有欲望化、恶俗化的趋向。特别是随着资本主义消费社会的到来，诗性沦丧与诗情的消解似乎成了难以避免的结局。但总是会有作家在坚守精神的阵地，如当代作家韩少功、史铁生、张承志、张炜等。其实在十九世纪西方资本主义市场经济发展的

---

① 雷达：《文学活着》，人民文学出版社1995年版，第1页。
② 雷体沛：《敢问作家：我们还存留了多少文学精神？》，载《文艺报》2004年2月17日。

黄金阶段，文学艺术就曾面临着终结论的咒语，但伟大的作家以他们的创作实绩做出了有力反击。法国作家雨果、左拉还专门反驳文学消亡论。雨果在《论莎士比亚》一书中说道：

> 今天，有许多人甘愿充当交易所的经纪人，或者往往甘愿充当公证人，而一再反复地说：诗歌消亡了。这几乎等于说：再没有玫瑰花了，春天已经逝去了，太阳也不像平日那样从东方升起，即使你跑遍大地上所有的草原，你也找不到一只蝴蝶，再没有月光了，夜莺不再歌唱，狮子不再吼叫，苍鹰不再飞翔，阿尔卑斯山和比利牛斯山也消失了，再也没有美丽的姑娘、英俊的少年，没有人再想到坟墓，母亲不再爱孩子，天空暗淡，人心死亡。

左拉在《我的憎恨》一文中也曾明确表示：

> 我憎恨那些高傲和无能的蠢人，他们叫嚷说我们的艺术和我们的文学已濒临死亡。这些人头脑十分空虚，心灵极其枯竭，他们是埋头于过去的人，而对我们当代的生动而激动人心的作品，只是轻蔑地翻两页就宣布它们浅薄而没有价值。我呢，我的看法迥然不同。①

可见"文学终结论"实在算不上什么新理论，文学消亡论与文学不死论的斗争由来已久。在西方工业化现代化和资本主义快速发展的阶段，文学艺术也面临过诸多的困难，但是直到今天，在商业文明和电子媒介高度发达的西方社会，我们也并未看到文学消亡的迹象，相反普遍地阅读文学名著成了一个文明社会的标志，一些发达国家国民的文学阅读量要远远高于我们这个传统的诗文大国。我认为，当前的文学应该回归常态，应对挑战。回归常态就是甘于边缘，应对挑战就是绝不放弃。甘于

---

① 以上两段引文转引自张炜《今天的遗憾和慨叹》，见杜渐坤等选编《2006 中国年度随笔》，漓江出版社 2007 年版，第 255 页。

边缘是文学对自身社会位置的自觉与自知，是一种很正常的情况，所以这里我主要谈谈文学该如何应对挑战。上面已经谈到，我认为文学的挑战主要是创作质量的下降和受众阅读时间的减少。那么解决之道当然就是通过提高文学质量把文学受众的阅读时间再提高上来。如果社会上有很多人愿意阅读并且能够阅读到大量的优秀文学作品，那么我们这个时代的文学能不繁荣吗？文学还会消亡吗？当然这种文学危机的解决之道还是从文学与人类社会自身来看的，如果把自然生态的危机考虑在内，问题的解决可能就没有那么简单了。雷达先生用"没有文学的日子无异于地球毁灭"来强调文学对于人类生活是不可或缺的；弗洛伊德也曾经在《作家与白日梦》中说过："除非最后一个人死掉，否则，最后一个诗人便不会消失。"他们都是把文学看作与人的生命共存亡的东西。无论弗洛伊德还是雷达，他们或许都还没有意识到另一种可能性也已经摆在人们面前：地球真的面临着毁灭的危机，文学将与人类同归于尽。所以我们要认真探讨文学的危机与地球生态危机的关系，呼唤文学在拯救自然的过程中也拯救自身，最终实现自然与精神的双重复活。如鲁枢元先生所说：

> 所谓"文学终结论"，只不过证实了文学，尤其是诗歌在地球"精神圈"里的陷落。这种"精神的陷落"给"人类纪"时代的地球生态系统带来的灾难，并不亚于水圈的污染、大气圈的臭氧空洞、生物圈的物种灭绝。遗憾的是，我们还没有真切地意识到这种严重性。①

作为人类的一种高级审美活动，同文化的其他部门相比，文艺与生命有一种更为密切、更为直接的特殊关系，而这正是文艺的本质特征。我们认为文学应该成为"生命文化"的典范，在生态危机面前应该努力唤醒人类保护生态和谐的使命感和责任感，与那种由技术主义、消费主义或权力主义构成的把社会引向盲目的"奋发图强"的"死亡文化"争

---

① 鲁枢元：《生态批评的空间》，华东师范大学出版社2006年版，第47—48页。

夺话语空间。实际上文学终结的真正危险正来自生态恶化和导致生态恶化的"死亡文化"的催逼。如袁济喜先生所讲:"今天的人类的文艺精神被商业与技术化所淹没,远离自然界,迷恋于自娱自乐,这不仅使人的精神俗化,而且造成国民精神的无根,失去灵魂的安顿与精神家园,长此以往,后果将是严重的。"[①] 王兆胜也认为"无根"是当前文学的最大问题之一:"因为失去了对天地自然之道的研究兴趣,不仅使文学创作越加肤浅,越来越盲目,同时也是失去了生命之'根'。"[②] 其他威胁也可能会使文学伤筋动骨,但真正能够夺命的只有生态危机。文学是生命文化,文学只能忠于生命,忠于自然,尊重自然,保护自然,为此甚至不惜"倒退"。文学的存在的价值和它不与鼓吹"进步"为伍的合理性都在这里。

自然生态恶化和人类生命力的下降,导致的爱与美的危机和艺术创造力的衰减,直接危及文学艺术。自然是生命的本源、人性的根基、爱与美的源泉,而艺术是以爱与美为内核的生命激情创造的产物,只有自然的终结才可能从根本上导致文学艺术的终结。

第三节 有根的文学是不会终结的

文学的根是文学存在的深层底蕴,也是文学存在的合法性所在。我们可以从自然、社会、精神三个方面探讨文学的根。但从文学的"生命文化"属性看,自然才是文学最深层的根,那些宣称文学将消亡的人并未看到文学存在的深层根源。文学存在是由自然和生命提供合法性,而不是由技术媒介或权力提供合法性。媒介或权力会使文学出现传播形式和范围的变化,或者是在一定时空条件下呈现萎缩状态。正如刘锋杰先生所言:"在今天的语境中,不是文学作为一种艺术样式遭遇了危机,文学马上就要消失了,这个世界上即将没有文学,没有作家了,也没有对文学的欣赏读者了;而是某一种形成于过去的文学观念遭遇了危机,由于它不能恰当地理解文学,在它的视域中,文学才经历着一场危机,

---

① 袁济喜:《文学的生生不息与自然的超验意义》,载《学术月刊》2005年第6期。
② 王兆胜:《文学的命脉》,华东师范大学出版社2005年版,第3—4页。

没有了它所理解的文学，也没有了它所理解的作者与读者了。其实，当下的文学正在经历一个涅槃，像火中的凤凰，未必不是重生者。文学不是终结了，而是将以一种新的面貌出现于人类社会之中，只是因为我们漠视它而不能感应它。对于文学研究者来说，关键之处就是把握这种文学的重生，恢复文学的固有活力，并给予令人信服的解释，这才能够看清文学的出路，找到文学研究的用武之地。"① 今天我们探寻文学的自然之根就是要重新发现文学的生命与价值所在，这样才能看清文学的出路。

文学终结论的主张者特别强调文学的枯竭、丧失魂魄和根的死亡。陈晓明先生在《过剩与枯竭：文学向死而生》一文中认为当下文学面临着"过剩与枯竭"的双重危机：过剩是严重的生产过剩、阅读过剩、消费过剩。每年超千部长篇小说出版，新浪网读书频道每天数千万的浏览量，还有上亿的博客浏览。枯竭是原创性、创造性的枯竭，具体体现在三方面：一是源于福山讲过的历史的枯竭，意识形态的终结；二是文学文本形式的枯竭，再也难以花样翻新，实验小说的花样也玩完了；最后也是最严重的问题是"人心的枯竭：创作者与阅读者一样，心都枯竭了。还有多少经验，多少心灵奥秘可以挖掘，没有了！"由此陈晓明认为"今天的文学处在一个将死的绝境"②，命运已经至此，向死而生也只不过是一种顽强的姿态。陈晓明的这篇文章和他的《文学的消失或幽灵化》一样，似乎都没有看到文学的精神价值与恒久使命，而"文本形式枯竭""人心枯竭"之类的说法更有罔顾事实之嫌。朱国华老师也说过："文学的终结并不是文学不存在，而是它不再以一种积极的意义继续生成，也不再以一种健康的形式顽强自在自为，实际上，它已经变成了无根的枯树，失去灵魂的躯壳。并且，这是一种不可逆的历史进程。作为一种丧失了生命力的话语系统，文学的历史已经被划上了休止符。现在以及未来当然还有文学，但那只是文学历史以后的文学。"③ 但是正如马

---

① 刘锋杰：《重释文学：文学是简单的》，载《文艺争鸣》2006 年第 1 期。
② 陈晓明：《过剩与枯竭：文学向死而生》，载《文艺报》2008 年 1 月 8 日，人大复印资料《文艺理论》2008 年第 2 期。
③ 朱国华：《文学与权力——文学合法性的批判性考察》，华东师范大学出版社 2006 年版，第 149 页。

尔库塞所说："艺术的消亡，只有当人们不再能够分辨真实与虚假、善良与丑恶、美丽与丑陋、现在与未来时，才可能为人接受。这将是在最高的文明阶段存在着的完全蒙昧主义状态，这种状态的确有其历史的可能性。"① 马尔库塞在这里提到了艺术的消亡的历史可能性，那是在文明的最高阶段，世界被真、善、美充满和凝固，人们甚至不必去分辨今天与明天、现在与未来，一切均已完美到极致，人们将不再需要并且也不再可能为憧憬更美好的生活而获得并发展自己的想象力，在那样的世界里，专业化的艺术有可能消亡，因为那时人人都是艺术家，处处都是爱与美。但是在今天，在中国乃至在全世界，文盲占人口大多数的情况才刚刚改变不久，自由言说的权利还没有充分实现，人人都是艺术家的时代更远远没有到来。此时，就从媒介发展或权力的逻辑上论证文学和艺术的终结，实在是很超前而奢侈的。或许有的论者会说，他所讲的艺术或文学不是我所理解的艺术和文学，如米勒所辩解的那样，但是我并没有在他的文章中看到什么特别说明，既然以艺术或文学的名义进行理论的言说，特别是言说文学的生死大事，还是应该慎重些。

此前的各种终结论都尚未注意到文学的最深层的自然之根，只是就表层的权力、资本、消费、媒介等来谈，或者像黑格尔那样从唯心主义的理念演化论来谈。虽然提出了终结论的观点，但并没有揭示文学的真正危机。文学终结论的提倡者看到文学面临权力、资本、媒介等因素的巨大压力，就顺着黑格尔曾经提到的艺术终结的观点，宣扬起文学即将走向终结。但是文学最深层的根是自然，如果自然生命还在，其他因素只能在一定程度上和一定时间段里对文学有些或正或反的作用，而不会从根本上影响文学。从根本上影响文学的是生命和自然，假如文学真的走向终结，那一定是因为自然终结、生命沦落导致了爱与美的流失。文学终结论者因为忽视了自然与生命，所以对于文学的根本价值缺乏认知，看不到文学发展的根本出路，更意识不到文学的自救与救赎相统一的出路。

对于作为"生命文化"的文学来说，自然之根尤其重要，如果文学

---

① ［美］马尔库塞：《审美之维》，广西师范大学出版社2001年版，第176页。

在权力、商业或技术操纵下，失去了生命之根，必然走向枯萎与死亡。所以无论从延续文学的寻根之路的角度看，还是从回应文学终结论的角度看，为文学寻找自然之根都是非常必要的。二十世纪八十年代在"文学是人学"观念下探讨文学的文化之根，还没有找到文学最深层的根，在今天生态转向的时代背景下，在文学也是"人与自然的关系学"的认识下，必然要深入探究文学的自然之根。从回应文学终结论的角度看，我认为米勒等国内外宣扬文学终结论的学者的问题是没有认识到文学艺术的生命之根在自然。其他的因素可能会对文学产生很大冲击，但都不会从根本上伤及文学，也绝不会导致文学消亡。今天真正的危机是自然的终结、生命的异化，文学的自救与救赎之路也必须从解决这个问题入手。

寻根是人的一种根本性的需要，在人类生命充满危机的时代更是如此。老子曰："夫物芸芸各复归其根。归根曰静，是谓复命；复命曰常，知常曰明。不知常，妄作凶。知常容，容乃公，公乃全，全乃天，天乃道，道乃久，没身不殆。"（《老子》第十六章）司马迁有言："夫天者，人之始也；父母者，人之本也。人穷则反本，故劳苦倦极，未尝不呼天也；疾痛惨怛，未尝不呼父母也。"（《史记·屈原贾生列传》）现代学者牟宗三在《生命的学问》一文中也指出了现代人的失根问题与扎根的重要性，他讲到如果你没有民族和地域文化的底蕴，那么说你是中国人或山东人只是形式的而已，实际上你不过是一个空壳。在生死存亡的危机面前，西方学者也有着强烈的寻根冲动。法国思想家薇依认为由于军事征服、金钱和经济支配的力量导致人类处于严重的拔根状态："拔根状态是各种人类社会之疾病中最危险的一种，因为它会自我增殖"[1]，而"扎根（enracinement）也许是人类灵魂最重要也是最为人所忽视的一项需求。这是最难定义的事物之一。""每个人都需要拥有多重的根，每个人都需要，以他作为自然成员的环境为中介，接受其道德、理智、灵性生命的几乎全部内容。"[2] 薇依对于根的理解，虽然也重视了自然环境因素，还是更重视民族文化传统的层面。而法国生态运动的思想先驱莫斯

---

[1] [法]薇依：《扎根》，生活·读书·新知三联书店2003年版，第37页。
[2] [法]薇依：《扎根》，生活·读书·新知三联书店2003年版，第33页。

科维奇则特别强调要扎好自然之根,在他看来,"扎根就是从人的现有基础和独特智慧出发重建他与大地的联系"①。美国生态伦理学家罗尔斯顿也谈道:"在父母与神的面前,人们想到的是自己生命之源(source)而不是资源(resource),人们寻求的关系,是与超越自身的存在在一起,处于根的生命之流中的体验。我们在自然中的地位,使我们有必要建立一些资源的关系,但是某些时候,我们是想了解我们如何属于这个世界,而非这个世界如何属于我们;是想根据自然来确定自己是什么,而非仅是根据自己来确定自然是什么。"② "所有生命现象都是自然的。我们可以勉强说文化是由人类心智延展而成,因而是人为的,但是对于生命我们就只能说它是自然的。"③ 因为"人性深深地扎根于自然,受惠于自然,也受制于自然;而人类对自然的评价,就像我们对自然的感知一样,是从环境交流的过程中抽取出来的,而不仅仅是我们加给自然的",在这个意义上,"如果我们亵渎了自然,也就是亵渎了我们自己。……我们应该将自己统治的世界看作一个共和国,要促进它的所有成员的完整性;我们应该以爱来管理这个共和国。"④

可见面临危机时人们有着更强烈的寻根意识,这近乎是一种本能的反应。说到底,寻根就是为了让自己"不忘本",在对终极存在的体验中,获得生命的依凭,找到重新出发的方向和力量。在今天这个浮躁的年代里,我们似乎也听到了文学对根的呼唤:必须"重新恢复一种植根于大地的精神"。⑤ 文学的最深层的根在自然和荒野中,建构顺应自然之道的生命文化必须在荒野中汲取力量。罗尔斯顿认为,我们当然应该珍视文化给我们提供的接受教育、认识世界的机会,但这是远远不够的,因为文化容易使我忘记自然中有着我的根,而在荒野中旅行则会使我又想到这一点,所以我们也必须学会珍视荒野。荒野不但在历史上孕育了人的生命,而且现在荒野代表的生态过程也还在造就着我们。罗尔斯顿

---

① [法] 塞尔日·莫斯科维奇:《还自然之魅——对生态运动的思考》,生活·读书·新知三联书店 2005 年版,第 170 页。
② [美] 霍尔姆斯·罗尔斯顿:《哲学走向荒野》,吉林人民出版社 2000 年版,第 207 页。
③ [美] 霍尔姆斯·罗尔斯顿:《哲学走向荒野》,吉林人民出版社 2000 年版,第 139 页。
④ [美] 霍尔姆斯·罗尔斯顿:《哲学走向荒野》,吉林人民出版社 2000 年版,第 93 页。
⑤ [美] 卡洛琳·麦茜特:《自然之死》,吉林人民出版社 1999 年版,前言第 2 页。

强调，想到我们遗传上的根是一个极有价值的体验，而荒野正能迫使我们想到这一点。荒野并不仅仅是作为一种资源，它也是人类经验最重要的"源"，而人类的荒野体验对于生命来说是非常有价值的。认识到这一点后，我们就不愿止于荒野的工具价值——作为产生生命的源，荒野本身就有其内在价值，当荒野使参观者获得审美体验时，它承载着一种价值，但荒野还通过其进化过程与生态联系将价值赋予了参观者。有意识地欣赏荒野价值的能力是一种高级的能力，而这种价值在人类那里得到了前所未有的体现。但同时，我们的欣赏活动所捕捉到并表达出来的价值是在人类出现之前就在荒野中流动了，我们现在只是继承了这种价值。①

从某种意义上说，所有伟大的艺术品，不管是诗歌小说还是音乐绘画，都能显示出一种与自然万物相协和的生命精神。所谓艺术创造的"外师造化"，绝不单纯是模仿外在的自然现象，而主要是表现大自然生生不息的内在精神。"在这个意义上，艺术同自然一样，都是人类本来意义上的家园。无怪乎许多真正进入艺术的人总觉得艺术就是自然，一进入艺术就有一种落叶归根之感。"② 这种落叶归根之根正是因为艺术本身和生命之根的紧密相连。张炜曾说过："随着年龄的增长，我越来越注意到艺术的神秘的力量。只有艺术中凝结了大自然那么多的隐秘。所以我认为光荣从来属于那些最激动人心的诗人。人们总是通过艺术的隧道去触摸时间之谜，去印证生命的奥秘，自然中的全部都可通过艺术之手的拨动而进入人的视野。它与人的关系至为独特，人迷于艺术，是因为他迷于人本身、迷于这个世界昭示他的一切。"③ 这里学者与作家都强调，人对艺术和对自然的深情是因为在其中能找到根的感觉，张炜还具体论述了人通过艺术触摸根。文学艺术应该是和自然离得最近的文化样式，应该是连接人与自然生命的有力纽带。

植根于自然的文学是内在的、精神的、整体的、复杂的生命活动，是有生气的、有生机的、不断生长发育着的生命体，植根于自然的文学与自然同在，与宇宙同在，永远不会终结。

---

① ［美］霍尔姆斯·罗尔斯顿：《哲学走向荒野》，吉林人民出版社2000年版，第213页。
② 滕守尧：《艺术与创生》，陕西师范大学出版社2002年版，第57页。
③ 张炜：《绿色的遥思》，文汇出版社2005年版，第20页。

题记：作家天生就是一些与大自然保持紧密联系的人，从小到大，一直如此。他们比起其他人来，自由而质朴，敏感得很。这一切我想都是从大自然中汲取和培植而来。所以他们能保住一腔柔情和自由的情怀。

——张炜《绿色的遥思》

第二章
自然作为文学之根

文学是有生命的，自然是文学生命最深层的根。我们所说的"自然"包括存在论的天地自然和方法论的"顺自然"两方面。大自然是一个生命有机整体，作家诗性的生命和一切艺术物种的出现都得益于一方水土的滋养；艺术得天地之气的滋养，艺术创造当然要顺应"自然之道"。无论在大自然的意义上，还是在"自然之道"的意义上，作家都是与自然关系最为密切的文化创造主体。自然不仅是文学生命力的源泉，而且最终为文学立法。

第一节 自然观的历史谱系

作为一种文化观念，任何自然观都是与一个时代的现实问题相结合的。人与自然的力量对比变了，人类主流的自然观也必然发生变化。按照进化论的观点，自然中并不是从一开始就有生命的，生命是自然进化到一定阶段的产物，而人类的出现更是生命进化到高级阶段的成果。但是从人类有意识地面对自然、反观自然的那一天开始，人类所看到的自然必然已经是生机勃勃的自然，生命物种丰富的自然，或曰生态自然。原始人类认识到自己的生命源于自然、依赖自然、最终归于自然，所以感恩于自然。同时由于人类的力量在自然面前显得很弱小，经常感到自然的压迫和束缚，所以又敬畏自然、畏惧自然。随着生产力的发展，人类开始强调同自然的对立和斗争，强调大写的人，这是有其合理性的。今天，人与自然的力量对比发生了显著变化，人类的力量非常强大，对自然的破坏也日益严重，大自然的"生命之网"有异化成为"死亡之网"的危险，所以今天我们特别要强调人类的自制，人类只有与自然建立和谐的关系，才能获得可持续发展和长久福祉。在文学艺术与自然的关系上，自然一直滋养着文学艺术，顺应自然之道是文学艺术的最高追求，热爱与捍卫自然也应是文学艺术的天职。

一、古代活力论自然观：人与自然的浑然一体

在人类文明的早期阶段，东西方文化对自然的看法与态度虽然已经体现出了各自的特征，但总的来说并没有根本上的差异。[①]

中国古代哲人表达了丰富的人与自然和谐一体的思想。从《尚书》《周易》到《老子》《庄子》《论语》，几乎所有的先秦典籍中都可以见到对于天人关系的描述。最有代表性的当数"天人合一"的思想。"天人合一"思想起源于周代，《易传》的最高理想就是"天人合一"的境界。《乾·文言》中说："夫大人者，与天地合其德，与日月合其明，与四时合其序，与鬼神合其吉凶，先天而天弗违，后天而奉天时。"这是对"天人合一"境界的一个全面描述。在这段话里，"大人"是指大人物、统治者，"合其德"就是统治者应该合乎天地之道。《易传》在阐发这一思想时提出："天行健，君子以自强不息。"根据"天行健"之德，君子应该"自强不息"，君子就是在这一点上与"天"合其德。从这里可以体会到人应该是与天地一致的。这里的"天"也就是宇宙自然界，所谓"天人合一"的境界，就是与宇宙自然界的生生之德完全合一的生存状态，也是圣人所追求的自由境界。"与天地合其德"的"德"，从天的方面说，也就是"生生之德"；从人的方面说，就是"性命"之德。

[①] 比如，古希腊哲学家泰勒士（Thales，前624—前574）把自然比作"母牛"，中国的《老子》一书把自然比作"玄牝"，都倾向于把自然看作一个有机的生命整体，一个包括人类自身在内的混沌划一的、充满神秘魅力的整体。

"生"始终是天地之德的根本意义，由"生"而有仁义等等德行，所以人与天地"合德"，就是完成生命的意义，实现生命的目的。在"天人合一"中，人对"天"有一种敬畏感，甚至表现为一种近似宗教情感的虔诚敬仰。如海外新儒家的代表人物杜维明先生所概括的："在中国哲学家眼里，自然就是展现在我们面前的生命力——连续、神圣和动态的生命力。但在试图理解构成自然之活力的血液和呼吸时，他们摸清了其亘古不衰的规律是合并而不是分离，是融合而不是离散，是联合而不是分裂。无数生命力的小溪互相汇合与协作，构成了永恒流动的特色。"[1] 杜维明认为，中国人眼里的宇宙是一个有机体，使宇宙成其为宇宙的，既不是精神的，也不是物质的，而是二者的统一。这是一种生命力，这种生命力既不是脱离了躯体的灵魂，也不是纯物质。因为中国人所认为的自然即是"天"，它是一切生命的源泉，也是一切价值的源泉，这种神圣感实际上赋予人更加现实的使命感，就是要更好地热爱和保护大自然，热爱和保护一切生命。

诸子百家中，道家特别强调"天人合一"的思想。老子说："有物混成，先天地生。寂兮寥兮，独立而不改，周行而不殆，可以为天地母。吾不知其名，强字之曰道，强为之名曰大。大曰逝，逝曰远，远曰反。故道大，天大，地大，人亦大。域中有四大，而人居其一焉。人法地，地法天，天法道，道法自然。"[2] 在老子看来，"道"是天地万物的根源和基础。宇宙间一切自然之物当然也包括人类都是以"道"作为本原的。天地万物均以"道"为之母，人属于自然存在的一部分，与天地万物合为一体，人的一切行为通过法地、法天、法道的中间环节，最终效法的是自然，即以自然而然为准则，顺应自然而生活。老子发现，天地生物，"生而不有，为而弗恃，长而不宰"，"莫之命而常自然"[3]。既不是有意去做什么，也不视为己有，一切任其自然。庄子发展了老子的思想，提出"天地与我并生，万物与我齐一"的观点，进一步把人与自然融为一体。同时，老子认为万物生于道，道是由阴阳二气的调和化生

---

[1] 杜维明：《存有的连续性：中国人的自然观》，载《世界哲学》2004年第1期。
[2] 《老子》二十五章。
[3] 《老子》五十一章。

而成的，庄子则认为精神生于道，而道则是由阴阳二气生成的。正因为阴阳二气组成精神，宇宙间又充塞着气，因此，精神不独为人类所专有，是充满在天地万物之间的无所不在的实体。以道家为典型代表的"天人合一"思想对后世中国文化的影响是非常深远的。

中国的先哲们认为人应该与自然宇宙和谐一致达到"天人合一"的理想境界，古代西方则强调人的内在"小宇宙"与外在"大宇宙"的和谐统一。古希腊思想家认为自然界是渗透着精神的，这个精神的存在使自然界有了规则和秩序，有了运动和活力，"自然界不仅是活的而且是有理智的（intelligent）；不仅是一个自身有'灵魂'或生命的巨大动物，而且是一个自身有'心灵'的理性动物。"[1] 在古希腊人看来人与自然之间是一种有机的和谐的关系，人自身是一个"小宇宙"，而人之外的客观自然界是一个"大宇宙"，"小宇宙"的秩序与"大宇宙"应该是协调一致的。古希腊哲人把包括人在内的整个世界看作一个具有灵魂的有机体，这个有机体充满内在活力并具有精神的特征，它遵循自身的秩序自我运动、变化、发展，保持着自身的完整统一。人只是这个宇宙世界的一个"小宇宙"，或者说人是自然世界的一部分，他也像宇宙中的万物一样遵循着"大宇宙"的基本秩序而生成、变化。"小宇宙"与外部自然世界的"大宇宙"具有相似同一性，但二者的关系却是派生性对本原性的同一，是"大宇宙"生成并派生出"小宇宙"，"大宇宙"的秩序是"小宇宙"秩序的根源。古希腊人所表述的"小宇宙"与"大宇宙"和谐从属的思想，说明人与自然界在本质上是和谐一致的，人从属于自然世界，是自然世界的一部分。人性来源于自然世界的本性，顺应自然的生活合乎人性的善。"小宇宙"与"大宇宙"的同一性观念，是古希腊人关于人与自然的一体关系的基本信念。正如英国著名思想家柯林武德所说："希腊的心灵论在苏格拉底和他的继任者那里，与在自然理论中已经取得的结论密切相关，并以之为条件。被苏格拉底、柏拉图和亚里士多德所研究的心灵，首先是自然中的心灵，是身体中的并且属于身体的心灵，是通过对身体的操控而显示的心灵。"[2] 而当他们必须

---

[1] ［英］柯林武德：《自然的观念》，北京大学出版社2006年版，第4页。
[2] ［英］柯林武德：《自然的观念》，北京大学出版社2006年版，第7页。

找个理由把这个联合体思考成可分离的、偶然的或不稳定的时候,他们便感困惑,不知道这是如何可能的。柯林武德认为西方自然哲学的演进可以分为三个时期,每个时期都有一个占主导地位的自然观,而每一个自然观都建立在一个类比之上。希腊自然观是有机自然观,它基于自然(大宇宙)与人类个体(小宇宙)之间的类比。文艺复兴的自然观是机械自然观,它基于上帝创世与工匠制造机器之间的类比。现代自然观是进化自然观,它基于自然过程与历史过程之间的类比。通过对各个时期西方自然观的考察,他得出的结论是,要理解自然是什么,首先要理解历史是什么,因为不同时代的基于类比的自然观背后是使这种类比成为可能的其他人类思想。麦茜特与柯林武德对文艺复兴时期的自然观理解不同。她强调,西方中世纪的主流文化也是强调要尊重自然的,文艺复兴时期自然观也是万物都渗透着生命,不存在充分的方法可以从有生命物质中辨别出无生命物质。①

美国生态哲学家尤金·哈格洛夫也指出:"虽然希腊哲学家对世界确实拥有欣赏和赞美的感受,但是这些感受主要不是审美意义上的。他们最强烈感受到的世界特征是它的秩序而不是它的美。他们的情感反应非常类似于一个汽车技师审视一辆组装完美的汽车时的感受。"② 在他看来,古希腊哲学家缺少真正对自然的审美感,是因为他们认为人的感官所感受到的这个世界并不是终极实在,终极实在被感觉遮蔽和扭曲,因此大自然的美与古希腊意义上的美没有关系,后者是与终极实在、人的灵魂和道德的性质联系在一起的。

虽然我们可以在古希腊哲学中发现"小宇宙"与"大宇宙"和谐一致的观念,与中国先秦时代的"天人合一"和"道法自然"的思想都蕴含着人与自然世界统一的思想,与今天的生态思想也都有相通之处,但是在对自然的审美情感的意义上,中西方哲学从源头上就已经出现分野。与中国基于人与自然的生命连续性的审美自然观相比,西方人与自然的非连续性观念从古希腊时代就已经开始,在近代科学中达到极致。③

---

① 参见 [美] 卡洛琳·麦茜特《自然之死》,吉林人民出版社1999年版,第31页。
② [美] 尤金·哈格洛夫:《环境伦理学基础》,重庆出版社2007年版,第34页。
③ 参见 [美] 霍尔姆斯·罗尔斯顿《哲学走向荒野》,吉林人民出版社2000年版,第83页。

直到近代浪漫主义思潮的兴起，西方哲学的自然审美观才有了一个彻底的改变。

二、近代机械论自然观：人与自然的分裂与自然之死

1700年以来，人类的科学技术获得了巨大的突破。伴随着工业革命后人类对自然开发利用的进程，人与自然处于日益严重的对抗中，自然开始了"去魅"过程。原本充满生命气息的自然异化成了一架机器，原本孕育万物的自然成了一个邪恶的继母。美国加州大学伯克利分校自然保护与资源研究系环境史、环境哲学和环境伦理学教授，著名的生态女性主义者麦茜特认为，有机理论的核心是将自然，尤其是将地球等同于养育众生的母亲："她是一位仁慈、善良的女性，在一个设计好了的有序宇宙中提供人类所需的一切"。不过自然作为女性的形象并非只是美好的，还有另一种也很流行的与养育者形象相反的形象："即不可控制的野性的自然，常常诉诸暴力、风暴、干旱和大混乱"。仁慈的养育者和非理性的施虐者均是女性的性别形象，均是女性性别的特征观念向外部世界的投射。而随着"科学革命"的推进和自然观的机械化与理性化，地球作为养育者母亲的隐喻逐渐消失，而自然作为机器的形象唤起了一个重要的现代观念，即驾驭自然的观念。两种新的观念，即机械论、对自然的征服和统治，成了现代世界的核心观念。女性原则唱主角的有机论精神被破坏了，代之以一种消除了女性原则，或以剥夺姿态运用女性原则的机械论精神。"随着17世纪西方文化越来越机械化，机器征服了女性地球和圣女精神"。[①] 麦茜特还发现，无论是养育还是统治的隐喻都早已存在于哲学、宗教和文学中。统治地球的思想在希腊哲学和基督教中早已有之，而作为养育者地球的思想也可以在希腊和其他异教哲学中找到。随着经济的现代化和"科学革命"的进展，统治隐喻的传播超越了宗教领域，并在社会和政治内也呈现上升趋势。这两种竞争性的形象与相应的规范之间的联系，可以在16世纪的文学、艺术、哲学和科学中找到例证。

---

① [美]卡洛琳·麦茜特：《自然之死》，吉林人民出版社1999年版，第2页。

毫无疑问，地球作为一个活的有机体，作为生养万物母亲的形象，对人类行为具有一种文化制约作用。只要把地球看作是有生命的、有感觉的，对她进行毁灭性的破坏活动就当然会被视为违反了人类行为应该遵循的道德规范。所以从古代到中世纪长达数个世纪的时间里，虽然早期地中海和希腊文明由于在山上开采矿石，改变了森林覆盖的地貌，过度放牧又毁掉了一个个山坡，但人们将自身看作是身处其中的宇宙的一部分，将自然看作是神圣的，万物有灵论和生殖力崇拜现象还普遍存在。但是随着近代"科学革命"增强了人类改造自然的力量，欧洲兴起的市场取向的工业文化和商业文化必然要抛弃有机论的宇宙自然观，而代之以机械论的自然观。如此就可以名正言顺、肆无忌惮地对自然进行征服和破坏，以满足人类迅速膨胀的人口和欲望的需要。这种人与自然的关系现状，在麦茜特的视野中被还原为这样一个事实：

> 1500至1700年间，一个难以置信的转型发生了。一个关于世界的"自然的"观点，即物体除非被一个内在的有机推动者，或者被一个"反自然的"强加的"力"推动便不动的观点，被一个非自然的、非实验的"定律"所代替。这个定律认为物体匀速运动除非受到打扰。地球处在一个有限宇宙的中心这种"天然的"感觉，被以太阳为中心的无限宇宙这种"非天然的"常识化的"事实"所取代。资源、货物、钱或劳动被用来换取日用品的生活经济，在许多领域被国际市场上利润的无限积累所取代。活的有生气的自然死去了，僵死无生命的钱被赋予了生活。日益增多的资本和市场，将会采纳增长、力量、活动性、孕育、羸弱、腐败和衰落这些有机体的特征。①

十六世纪中叶以来，西方科学家极力强调人类与动物的智力差异，"1630年代之后，笛卡尔独立地发展这个学说并将其公布于众。这个观念认为动物不过是机器或者自动机，如同钟表一样，能从事复杂的活

---

① ［美］卡洛琳·麦茜特：《自然之死》，吉林人民出版社1999年版，第320—321页。

动,但完全不会言说、推理,据某些阐释说甚至不能感觉。笛卡尔认为,人体也是一个自动机,毕竟其许多功能,如消化功能都是无意识地进行。但区别在于,在人类机器的内部存在一个心智,就是一个可分离的灵魂,而野兽是不具有心智或灵魂的机器。只有人将物质与认知结合在一起。"① 17世纪的思想家们的机械论思想把构成自然的基本成分解释成完全独立的实体,这些实体不受周围环境中的事物的内在影响。换言之,由于没有可供进入它们内部、引起它们改变的道路,它们彼此之间的关系被看成是完全外在的。甚至人类灵魂,在那些第一阶段的现代人看来,也是完全独立自在的。例如,笛卡尔就曾声称,人类灵魂不过是一个"实体",而所谓实体,在他看来,就是"不需要任何事物就能成为它自己的东西"。

英国学者基思·托马斯认为,西方意义上的人类文明实际上就是征服自然的同义词。植物界一直是食物与燃料的源泉;到目前为止,衣食住行无论哪个方面,西方都极其明显地高度依赖动物资源。如果没有牛和马,欧洲中世纪文明简直无法想象。人们还估计,15世纪时西方人在使用动物拉车、载重所获得的动力比同时代的中国人高出5倍。欧洲征服者也比美洲土著居民拥有更多的动物,是西班牙人把驯养的马、牛、羊带到了新大陆。此外,与素食为主的东方人相比,欧洲人格外喜欢肉食。因为医生认为吃肉好,尤其是牛肉"在所有食物中,最适合人的体质,给人体提供最充分的营养"②。于是,从十六世纪到十八世纪,英格兰烤肉成了国家的象征,在餐桌上切肉就成为重要的社会教养,与贵族的身份联系在了一起。与此同时,十七世纪的科学家和经济设计师们预见到人类对低等动物的征服还可以进一步加强,当然这一切还都是以上帝的名义增加人类的福祉。培根认为科学的目的就是要恢复人类在堕落之前拥有的统治万物的那部分权力。在这种思想传统下许多学者的目标都是要建立"人类的帝国",他们认为研究自然界的全部目的即是"认识自然,就可以掌控自然、管理自然、为人类生活福祉而利用自然"。

---

① [英]基思·托马斯:《人类与自然世界——1500—1800年间英国观念的变化》,译林出版社2008年版,第23页。
② [英]基思·托马斯:《人类与自然世界——1500—1800年间英国观念的变化》,译林出版社2008年版,第16页。

例如，1802年一位苏格兰园艺学家谈到观察毛毛虫的理由时所说："尽可能地熟悉一切昆虫的法则与自然史大有好处，因为这有助于我们找到最可靠的方法消灭它们。"而皇家学会鼓励研究动物，目的是要判断"它们是否对人类有利。或作为食物，或作为药物；这样或那样的用处是否能够得到进一步改善"。

当时的作家和诗人也在贪婪地呼唤和歌颂着这种利用和屠杀。英国诗人克里斯托弗·斯马特唱道："我向上帝祈祷，把新生物引进岛上，我向上帝祈祷，赐我索尔兹伯里平原的鸵鸟，麦德维的海狸，泰晤士河的银鱼。"而十七世纪早期的一首乡村诗歌唱道："锦雉、鹧鸪、云雀，飞进我的屋，恰似进方舟。牛儿自愿回家，与羊儿一道，等待屠杀。每种畜生此处为生，无不等待供奉牺牲。"[1] 人们自以为是地代鸟兽立了言，认为鸟儿与野兽如果被人类吃掉就获得了圆满，显然这不会是鸟兽的心愿，而只是一种人类中心主义自然观的艺术表现。

正如美国学者卡普拉所说，直到今天，西方二元对立的机械论思想还在发挥着恶劣的影响："心物隔绝导致下述观点：把宇宙视为机械系统，此系统由相互分割的客体构成，而这些客体又可以还原成基本的物质构件，构件的性质和相互作用彻底地决定着一切自然现象。笛卡尔的自然观还被引申用来解释生命机体，生命机体也被视为由相互分割的部件构成的一部机器。这种机械论的观念现在仍然是我们大多数学科的基础，并对我们生活的各方面继续发挥着极大的影响。它导致了学术界和政府部门的支离分割，自然环境与社会被分割为许多部分，兴趣不同的小组分别制服、开发其中之一。"[2] 机械论思想的危害已经导致由它所开启的现代工业文明走上了绝路，它也越来越成为世人诟病的对象，人类热切呼唤着一种新的哲学观念——一种强调有机整体性的生态世界观的历史性出场。

---

[1] [英] 基思·托马斯：《人类与自然世界——1500—1800年间英国观念的变化》，译林出版社2008年版，第19页。

[2] [美] 弗·卡普拉：《转折点——科学、社会、兴起中的新文化》，中国人民大学出版社1989年版，第29—30页。

三、当代生态整体主义自然观：人与自然的和谐共生

当代生态整体主义的自然观与中西方古代的自然观是相通的，生态观念为古代自然观的复活提供了机会。如麦茜特所说，古代将自然等同于一个哺育着的母亲，这个等同将妇女史与环境及生态变迁史联系了起来。女性的地球位于有机宇宙论的中央，这个宇宙论却被"科学革命"和近代早期欧洲兴起的市场取向的文化所渐渐破坏。生态运动重新唤起了与前现代的有机世界史相联系的价值和概念的兴趣。① 生态整体主义下的自然实现了"复魅"，当然没有必要也不可能重新宣称自然中存在神灵，自然的复魅是复生命之魅，是走出近代以来的机械自然观，还自然以生命整体的本来面目。美国著名生态哲学家罗尔斯顿在《哲学走向荒野》一书中对生态自然观进行了系统的阐释。罗尔斯顿指出，人们经常在与人对立的意义上使用"自然"一词，认为"自然"就是人之外的一切。但生态哲学家不认同这种人与自然截然二分的观点，因为人的生命也是自然的一部分，"从人类的角度看，生命也是有价值的。如果说人的思想是宇宙间最有趣、最稀罕的现象的话，那生命就算得上宇宙间第二稀罕的现象。单这一点就足以说明生命现象饶有兴味。所有的生命现象都是自然的。我们可以说文化是由人类的心智延展而成，因而是人为的，但对于生命我们就只能说它是自然的。这样生命的价值毋庸置疑是自然的。"② 在激发和培育人的心智的意义上，我们可以说荒野也是一所永远不可取代的大学。

在谈到"我们能否和应否遵循自然"这个问题时，罗尔斯顿指出："这里的困惑有相当大一部分是由于我们对'自然'一词的用法。因此有必要对这个词进行语义分析。"在英语中，"自然"是个不可或缺的词，极少有哪个词的含义像它那样丰富多彩：

> 自然包括任何的存在，是一切存在的总和。在这个宇观层

---

① [美]卡洛琳·麦茜特：《自然之死》，吉林人民出版社1999年版，导论第2页。
② [美]霍尔姆斯·罗尔斯顿：《哲学走向荒野》，吉林人民出版社2000年版，第139页。

次上，自然的意义非常不好把握。即使单看"自然"的宇宙物理意义（此意义可回溯到希腊语中的 physis），也还是太空泛，也过于简单。如果我们利用"自然"来指我们复杂的地表生态圈——一个依赖整个地球的物质循环的生物圈的话，那么就达到了我们需要阐释的自然的意义（而且这也与 physis 的意义相吻合）。在最广泛的意义上，自然是指一切服从自然规律的事物，而这也包括天体自然。如果以这种方式使用自然一词的话，就只有超自然的领域——假设这样的领域存在的话——能与自然相对。但是我们还是把自然一词限制在地球范围内，而不是宇宙观层次上。我们通常使用的自然一词，就仍然保存着源于拉丁词根"natus"的意义，即产生生命的系统。这个意义在希腊语的 physis 中也同样存在。没有人会主张我们遵循物理和化学的自然，或者说死的自然。说遵循自然时，总是指那充满生机的进化和生态运动。是指那个我们大写为 Nature 的、有时还拟人化为"母亲"的自然。①

罗尔斯顿在这里为我们分析了两种意义的自然：一种是物理宇宙意义的自然，一种是地球母亲意义的自然。在他看来，物理宇宙的自然更多是"死的自然"，所以他更倾向于在地球母亲——孕育生命的生态系统这个意义上理解自然。我认为罗尔斯顿的观点的最大价值是他把自然看作是孕育生命的生态系统，突出强调了自然的生命内涵。但是另一方面，我们也不应该把地球自然和宇宙自然割裂开来看，因为从更大的生态系统观来看，地球和其他天体都是宇宙时空整体的有机组成部分，没有了太阳、月亮和满天繁星的地球自然生态系统是无法想象的。况且我们现在也很难断定宇宙中其他星球上有没有更高级的生命和文明存在。所以我们不能把地球生命系统与宇宙自然分割开来，这样虽然不是人类中心主义，也有地球中心主义的嫌疑。（在这一点上，中国古代思想中对"天"的重视可以给我们以启示。"天"的内涵更接近于我们今天意义上的宇

---

① ［美］霍尔姆斯·罗尔斯顿：《哲学走向荒野》，吉林人民出版社 2000 年版，第 40—41 页。

宙自然。）另外，就人类自身而言，我们的肉体生命也毫无疑问是自然的一部分，而且是非常重要的一部分，因为人类的精神正是在肉体生命存在的基础上产生的。我认为可以把自然分为三个紧密关联的层面，即宇宙自然、地球自然和身体自然。人类的精神创造和文明发展是在这三层自然的基础上展开的，所以也应该遵循自然的法则。但是仅仅对"自然"做出语义分析还不能对问题给出充分的解答。对于人类"能否和应否遵循自然"这个问题的解答，"最终将转移到人们对价值的感受上，转移到我们在多大程度上能确定我们所谈论的自然环境的价值这个问题上。"① 这里的价值核心问题就是对生命价值的尊重，我们所说的三层自然都是围绕生命而设立的。精神创造也是在生命的基础上产生的，当然不只是人类个体的自然生命，更包括宇宙自然和地球自然的大生命。所谓天地之大德曰生，人的生命应该与天地合其德，人的精神也应该与天地精神相往来，通过以天合天，达到天地境界。

　　现代人类中心主义建立在反对"神本"的人本主义的基础上。对上帝的信仰遭到怀疑，但是在不需要上帝授权的情况下，人仰仗理性和科技，更加狂妄自大，为所欲为。如罗尔斯顿所说，"我们已经陷入这样一种观点：世界上存在的一切价值，无论道德价值、艺术价值还是其他任何价值，都是人类的价值，是由我们加以选择或构建出来的价值，是我们的努力造出来的价值。现代的哲学伦理学已使我们失去了对非人类价值的敏感。"② 因此我们只有彻底走出人类中心主义的自然观，才能重新获得对自然的非人类价值的敏感，重新发现作为一切生命之源的自然的内在价值。也只有如此，人们才能真正全面地认识自然对于人类生命的价值。正像德国生态哲学家梅勒所讲的那样："对于生态哲学来说，任务在于重返大地，重返人和自然无所不包的大地的家，……人在将来不应该再是自然的征服者，而应该仅仅成为生物共同体中的一名普通的市民成员。"③

　　当代生态哲学思想的兴起为中国传统哲学的复兴提供了很好的机

---

① ［美］霍尔姆斯·罗尔斯顿：《哲学走向荒野》，吉林人民出版社2000年版，第40页。
② ［美］霍尔姆斯·罗尔斯顿：《哲学走向荒野》，吉林人民出版社2000年版，第64页。
③ ［德］U·梅勒：《生态现象学》，载《世界哲学》2004年第4期。

会。如蒙培元先生所说:"热爱生命、热爱大自然,这是儒家的生活态度,也是整个中国文化的重要传统。"① 在中国古代典籍中,热爱自然、尊崇自然的观点和故事俯拾皆是。道家思想的生态意蕴自不待言,儒家思想也同样具有丰富的生态内涵。孔子讲"仁者乐山,智者乐水",也就是说,仁智之人对自然界的山和水充满了爱,也能够体验到自然带来的快乐,因为山水与人的生命息息相关,有一种内在的生命的联系。孟子进一步发展了儒家"仁民爱物"的思想。孟子说:"天地生物也,使之一本。"(《孟子·滕文公上》)这所谓的"一本",就人而言是指以父母为本,但是就人与万物相合而言之,则是指天地之仁心,即道德目的性,它是由人来实现的。因此,道德情感是人之所以为人之处,也是人的高贵之处。"仁"的普遍性就在于爱一切生命。人的道德情感是生命情感,人是生命存在,情感存在,人的高贵之处在于能使道德情感实现出来,施之于万物。在这个意义上,孟子所讲的"万物皆备与我"就不应理解为"万物只是在我心中",而应该是人与万物本是一体,万物都应该在我的主体生命情感关照之中。在这样的理解下,孟子的"万物皆备于我"就具有了生命整体论的意义。后世张载所说的"民胞物与"实际上就是孟子思想的另一种表述。正是在这样的思想指引下,孟子不但提出"老吾老,以及人之老,幼吾幼,以及人之幼"这样的人间仁爱之道,而且推及其他一切生命。② 在这个意义上,我们甚至可以说中国古代哲学就具有生态哲学的性质。北京大学教授叶朗认为中国传统哲学是"生"的哲学,所以完全可以和今天的生态思想对接。③ 因为生态哲学的

---

① 蒙培元:《人与自然》,人民出版社2004年版,第159页。
② 《孟子·梁惠王上》中有一个"恩足以及禽兽"的故事:齐宣王在大堂上看见有人牵牛经过,便问干什么,回答是杀牛做"血祭"。齐宣王看到这头牛恐惧万分的样子很不忍心,就命令不杀这头牛,用一只羊代替了。孟子认为这就是"不忍之心",就是"仁"的根源。孟子从这件事得出的结论说:"君子之于禽兽也,见其生,不忍见其死;闻其声,不忍食其肉。是以君子远庖厨也。"(《梁惠王上》)这是人的仁爱之心的最直接的表露,也是对生命的一种同情心。为食肉而杀生一直是煎熬着人类良心的问题,我们不能简单地以道德虚伪为由对此嗤之以鼻。《告子上》中还讲了一个"牛山之木"的故事。齐国郊外的牛山上生长着树木,在日光雨露的浸润之下发芽、成长、繁殖而成茂密的森林,郁郁葱葱非常美丽。但是,如果不去爱惜它、保护,而是天天拿着刀斧去砍伐,等新的树苗生长出来之后又赶着牛羊去放牧,那么过不了多久,牛山就要变成一座秃山了,没有任何生机和美丽可言了。孟子不仅对自然界的动植物有着很深的关怀和爱意,而且对人和动植物都赖以生存的山、水表现出极大的关怀。他认为植物——树和草就是"山之性"(《告子上》),就是说,山也是有生命的。
③ 叶朗:《中国传统文化中的生态意识》,载《北京大学学报》2008年第1期。

核心思想，就是要超越"人类中心主义"这一西方传统观念，树立"生态整体主义"的新的观念。"生态整体主义"主张地球生物圈中所有生物是一个有机的整体，它们和人类一样，都拥有生存和繁衍的平等权利。中国传统文化包含有一种强烈的生态意识，这种生态意识同当今世界的生态伦理学和生态哲学的观念是相通的。叶朗为我们概括了中国传统文化与当下生态运动价值观契合的四方面内容：

第一，中国古代思想家认为，"生"（创造生命）是宇宙的根本规律。因此，生就是"仁"，生就是善。

第二，中国古代思想家认为，人与万物一体都属于一个大生命世界。因此，人与万物是同类，是平等的。人没有权利把自己当作万物的主宰，"屈物之性以适吾性"，而应该对天地万物心存爱念，使万物都能按照它们的自然本性得到生存和发展，这就叫"各适其天"。

第三，中国古代思想家认为，天地万物（包括人类在内），都包含有活泼泼的生命和生意，这是最值得观赏的。人们在这种观赏中，体验到人与万物一体的境界，从而得到极大的精神愉悦。这就是"仁者"的"乐"。

第四，中国古代的许多文学艺术作品，充满了对天地间一切生命的爱，表明人与万物都属于一个大生命世界，生死与共，休戚相关。这就是"生态美"，也就是"人与万物一体"之美。以上四点，大致概括了中国传统文化中的生态意识，其中包含了生态哲学、生态伦理学和生态美学的内容。这些内容，体现了当今全人类的普遍价值观念，极富现代意蕴。这些内容，既是民族的，又是全人类的；既是传统的，又是现代的。[①]

应该说叶朗先生的概括是很有说服力的。当然除了上面一些学者的

---

① 叶朗：《中国传统文化中的生态意识》，载《北京大学学报》2008年第1期。

观点，还有许多人也对中国哲学的生态内涵做了有益的阐释。如有的学者认为中国古代思想本身就是一种拟自然知识体系："所谓拟自然知识体系是指，中国以儒道为中心的思想体系，在看待世界时，不是以一种抽象的精神作为世界的根源，儒家基本上不去涉足抽象的根源问题，道家则以还原论的观点，把金、木、水、火、土五行看成世界最基本的元素。这种注重物质世界规律性的认识，与近代自然科学的立场有相通的地方，而西方思想在近代以前属于基督教统治，物质世界不具备说明世界根源的重要性。中国古代思想这种拟自然知识体系甚至把人们的社会生活也纳入到五行生克的规律性之中，从而形成了独特的知识体系。这里就可以凸显出中国古代思想的意义。那就是，西方思想往往是两条路径：自然科学关注物质世界，人文科学则远离物质世界。……中国古代思想则与之不同，它把世界和人看成一个整体，这种观念有助于协调人们的整个知识体系。"[1] 总之，中国古代哲学将成为现代生态哲学的重要思想资源已经成为学界的普遍共识。

四、文艺理论中的自然：存在论的大自然与方法论的"顺自然"

如果对文艺理论中"自然"一词的用法做一个梳理，我们会发现传统西方文论和之前国内外大多数文学理论教科书中谈到的"自然"时，或者是指包括社会生活和自然界在内的现实生活，或者是当作表现人的情感的手段和背景。但是正如王建疆先生所说：关于自然在文学中的地位，中国古代文论早就有明确的说法。陆机的《文赋》写道："遵四时以叹逝，瞻万物而思纷。悲落叶于劲秋，喜柔条于芳春。"强调自然对人的情感的影响。刘勰在《文心雕龙·物色》中说："春秋代序，阴阳惨舒，物色之动，心亦摇焉。"说明人的感情与自然之间有一种天然的互动关系。又说："若乃山林皋壤，实文思之奥府""屈平所以能洞监《风》《骚》之情者，抑亦江山之助乎？"刘勰在此总结了自《诗经》以来文学创作的经验教训，把情景交融、山林皋壤当作激发文学灵感的源

---

[1] 张荣翼：《冲突与重建——全球化语境中的中国文学理论问题》，武汉大学出版社 2005 年版，第 148 页。

泉，把《风》《骚》的成就归结为"江山之助"。其情景交融的思想成了中国古代文学意境的主要内容。钟嵘的《诗品序》也说："气之动物，物之感人，故摇荡性情，形诸舞咏。"中国的画论也强调"同自然之妙有"（孙过庭）、"外师造化，中得心源"（张璪）和"妙悟自然"（张彦远）。但在前些年深受苏联文艺理论体系影响下的我国文学理论教科书中，只讲人与社会的关系，不讲人与自然的关系。把文学只当成对社会的反映，根本无视人与自然的关系存在。在讲到文学的阶级性时，也要千方百计地论证自然景物的阶级性，令人啼笑皆非。即使是现在通行的深受西方文论影响的文学理论教材也只把文学中的自然景物作为人的情感表现的手段和背景，而无视自然在文学中的意义和地位。这种做法，不仅妨碍了人们对文学的全面理解和对文学史的"写作"，而且也影响了人们对自然的正确认识，流弊空前。[①]

在二十世纪九十年代，陈鼓应先生经过深入研究认为，中国古代哲学的深层义理为"自然哲学"，这在《易经》中已具萌芽，《易传》其主导思想已经全然是道家的自然哲学，主要是老庄的天道观、宇宙观。为了落实《周易》的主导思想是道家的自然哲学，陈先生从"万物起源论""自然循环说""阴阳气化论""刚柔相济说""天地人一体观"五个方面进行了颇有说服力的对比论证。[②] 至于最终建立中国古代自然哲学的为什么是老子，陈鼓应先生也做了解答："老子是史官，天文历法本是史官的执掌范围，对于天象的观察与沉思冥想而建立起的一种自然哲学，此后为道家的各派所发展。"中国古代自然哲学的建立由老子开其端，由庄子学派及稷下的道家继承而发扬，成为《周易》哲学思想绵延发展过程中的主题思想。鲁枢元先生认为，陈鼓应先生的这一发现具有重大意义，一是跳出了以往总是在"唯物""唯心"框架中论中国思想的局限；二是进一步确立了自然哲学在中国古代思想史中的先导地位与核心地位。这对深入挖掘发扬中国传统文化中的生态精神大有裨益。在生态文艺学的理论建构过程中，我们理所应当地非常重视发掘自然的

---

① 参见王建疆《人与自然关系的嬗变对文学发展的影响》，载《学术月刊》2005年第6期。

② 参见陈鼓应《易传与道家思想》，生活·读书·新知三联书店1996年版，第8—14页。

深层内涵,其中自然的存在论与方法论内涵,对于揭示自然与文学艺术的关系都具有重要意义。鲁枢元认为,生态文艺学应该超越中西方文论史上的自然观,揭示生态学时代文学艺术与自然的新内涵。他说:

> 必须恢复"自然"在文学批评中的地位,把"自然"作为生态文艺学中的一个基本的范畴。自然的含义,一是存在论的,即"自其在也",自然是一种客观真实的存在;一是方法论的,即"自其然也",即尊重、顺从自然内部的运行法则。①

从生态批评的角度看,我们认为存在论的自然就是作为一切原生态存在总和的"大自然",是与人类活动的创造物相对而言;方法论的自然是指人类活动应该遵循自然之道,是与"逆自然"相对的"顺自然"。存在论的是自然之物,方法论的是自然之道;存在论的自然是名词,而方法论的自然是一个动宾短语"顺自然"。存在论自然的大自然可以分为三类:宇宙自然、地球自然、身体自然。方法论的自然指顺"自然之道"。方法论的自然与存在论的自然是统一的,人类在进行物质的和精神的人工创造时应该顺应自然之道、遵循自然法则。从生态文艺学的角度说,存在论的自然与方法论的自然都应该是我们探讨的文学的自然之根。我们不提倡神秘主义的"肇自太极"的自然,也反对机械论的自然主义,正如前面鲁枢元所说的:"生态文艺学应当是对于二者的超越,在承认自然作为自然的存在,在尊重自然的内在价值的基础上,在承认人与自然具有同质性的前提下,达成自然、人性、社会、艺术的和解与和谐。"② 同时,我们认为大自然在原始时代就有神的位置,今天在生态文明时代,上帝死了,但自然通过"复魅"重新成为精神家园。人类在终极信仰的存在论上应该尊重自然的内在价值,在实践活动的方法论上则应该顺应自然之道。从存在论自然观点来讲,"一切人的行动都是非自然的"③,但从遵循自然的角度讲"人类干预自然既有自然的一面,又

---

① 鲁枢元:《生态批评的空间》,华东师范大学出版社 2006 年版,第 226 页。
② 鲁枢元:《生态批评的空间》,华东师范大学出版社 2006 年版,第 226 页。
③ [美]霍尔姆斯·罗尔斯顿:《哲学走向荒野》,吉林人民出版社 2000 年版,第 50 页。

有不自然的一面"①，所以在相对意义上可以讲原始自然与人工自然。人类永远是大自然的一分子，一切物质实践和精神活动都应该遵循自然的法则，如罗尔斯顿所言："遵循自然就意味着选择一条顺应自然的道路，使我们能利用自然规律来增进我们的福祉。"② 文学不是自然之物而是人工创作，但文学创作可以"顺自然之道"。作为人工创造的艺术在诗性精神的终极层面师法的就是大自然。艺术家应该贴近自然、学习自然、顺应自然，不能漠视自然、违逆自然。这样才能摒弃伪饰，洗尽铅华，创造出真诚质朴的、充溢着天地大爱与大美的文学艺术作品。最高境界的艺术都是天籁之音，是艺术家与天地自然之道相合的结果。

总之，大自然是一个生命有机整体。具体到文学理论上，自然有存在论和方法论两方面的含义。由存在论的大自然，可以引申出方法论的"顺自然"。文学艺术作为人工的创造物，作家的生命要植根于自然，得益于自然的滋养；而且要"顺自然"，即顺方法论意义上的"自然之道"，在文学艺术创造中顺应"自然之道"，体现"自然之道"。文学家应该既立足存在论的大自然来获取生命的力量，热爱自然、融入自然、捍卫自然，又遵循方法论的自然之道来进行美的艺术的创造，顺自然、师造化，这样的艺术才能保有生命元气，融汇天地精神。

第二节　文学艺术扎根于自然的土壤

大自然既有生命属性，也有精神属性，是孕育万物的大地母亲，同时也充溢着生生不息的宇宙精神。人类是自然界的精灵，也是自然界的组成部分，人类离不开自然，作为人类精神活动的文学也同样离不开自然的孕育和滋养。自然本身就充满了大爱大美，蕴含着大智慧大悲悯，人类一切真善美的精神追求都可以在自然那里找到根源，文学的根最后还是要归结到自然上。大自然作为文学的根，包括三方面含义：首先，文学起源时期与自然具有密切关系，又内因于人类生命进化的自然需求；其次，诗性的心灵根于生命的自然天性并得益于大自然的培育；最

---

① ［美］霍尔姆斯·罗尔斯顿：《哲学走向荒野》，吉林人民出版社2000年版，第45页。
② ［美］霍尔姆斯·罗尔斯顿：《哲学走向荒野》，吉林人民出版社2000年版，第51页。

后,大自然滋养着作家艺术创造所必需的能力,如想象力和语言表现力。

一、文学起源时期与自然的关系及早期文学的自然观

人类起源于自然,并且永远是自然的一部分。人的肉体生命永远是自然的一部分,也是人与大自然密切相连的重要中介。虽然人类以精神主体的形象确立了与自然的相对独立,但是人类的精神文化也永远根于自然。在古代人类科技尚不发达的时候,文化与自然的关系尤其密切。那时的自然是人的肉体生命的家园,也是人的精神信仰的家园。恰如美国文化人类学家泰勒指出的:

> 在古代,跟文化格格不入的人们,十分相信我们中间只是作为富有诗情画意的幻想作品而存在的观念。对于原始哲学来说,它周围世界的现象,最好是由它里面所假设的,跟人的生活相似的自然生活和跟人类灵魂相似的自然神灵来解释,这样一来,太阳对原始哲学来说,就好像成了作为君主的个人,早晨它威风凛凛地在天空升起,夜晚就疲劳而忧伤地降落到地下世界。①

在人类一切早期文化中,文学艺术与自然的关系最为密切。首先,艺术的产生就源于人类生命的自然需求。美国艺术学家迪萨娜亚克从"艺术生物学"出发,认为艺术需求源于人的天性,利于人类的进化发展,所以对文学艺术的需求也是源于人类生命进化的自然需求。她根据考古资料和对南太平洋土著的调查认为,研究艺术的发生必须突破神学、历史学、社会学或心理学的框框,要到生物学中找到艺术的理由,在她看来,"把艺术看作一种生物需求不仅能够给我们提供一种更好地理解艺术的方式,而且通过把艺术理解成我们的自然组成部分,我们就

---

① [美]泰勒:《人类学——人及其文化研究》,广西师范大学出版社2004年版,第367—368页。

能够把自己理解成自然的一部分。"① 从人类行为学出发，迪萨娜亚克认为把人看成在特定环境中以特定生活方式进化的一个动物物种，就能够解释他们之所以拥有艺术的原因，就像从行为学观点看狼就可以解释它们嗥叫、戏耍和分享食物的原因一样。艺术就像戏耍、像食物分享、像嗥叫那样是一种行为，一种"需求"，它帮助人类生存，而且比没有它生存得更好。迪萨纳亚克从艺术生物学理解艺术需求的性质确实有道理，因为健康成长着的人对于艺术具有本能的需求，毫无疑问的是，婴儿在摇篮中就已经开始获得文学的恩惠，母亲吟唱的儿歌对于他的身心发展具有无可替代的意义。

其次，在早期的文学文本中，体现了人与大自然非常亲密的感情。人们一般认为古希腊文化是忽视自然的，西方文学艺术似乎是从浪漫主义才开始重视自然，但事实并非如此，西方对自然美的重视同样可以追溯到古希腊时代的文学艺术。根据美国著名哲学家尤金·哈格洛夫的考证，古希腊留存下来的诗歌、戏剧和艺术中有大量的证据可以证明，在整个希腊文化史中，对自然的深层的欣赏和爱非常流行。然而，根据现存的哲学著作来判断，希腊哲学家却从来没有分享过他们的艺术和文学同伴拥有过的这些情感。在态度上的这种差异似乎是源于作家和艺术家更关注于感官的世界，他们要从中攫取灵感；而哲学家则无须用这种方式，他们孜孜以求的是被感官所隐藏的终极实在。换句话说，"哲学家们没有发展出对自然的审美欣赏，因为他们过分地忙于对物质、原子和其他假设的实体这类没有被他们的感觉直接体验过的事物的思考，因而他们不拥有形象化的或审美的体验。由于希腊哲学比希腊艺术和文学被更早地引入西方思想，因而对自然美的这种冷淡也被传递给了中世纪和现代早期的哲学家和神学家，他们错误地把这种冷淡看成整个希腊文化的特征，并从一开始就试图仿效它。"② 哈格洛夫的分析是很有道理的，我们确实可以从古希腊文学艺术中发现那个时代的艺术家对自然美的推崇和对自然的价值的重视。作为人类的文化母体，神话主要就是对大自然的生命、人的起源、人与动植物和自然之间关系的幻想的讲述。希腊

---

① ［美］迪萨纳亚克：《审美的人》，商务印书馆2004年版，第64页。
② ［美］尤金·哈格洛夫：《环境伦理学基础》，重庆出版社2007年版，第34页。

神话有不少故事，表现的就是人因为摧残掠夺动植物而受到自然的惩罚。其中最著名的一个就是流血的树的意象，流血的树是一个来自远古的神话意象，反映了人类对自然的掠夺和自然对人的报复早在神话时代就已经开始。①

由此可见，古希腊时代的文化思想中也有很丰富的生态意识，对自然价值和自然美是很重视的。但是由于哲学思想与文学艺术的割裂，导致后人错误地认为整个古希腊文化都是忽视自然美的，后来中世纪到文艺复兴时期的西方文学依然是亲近自然的。根据麦茜特的研究：在乔叟及典型的伊丽莎白时代作家的笔下，自然是一个友善、关爱的母性供养者形象，是把预定秩序赋予世界的上帝的化身。这种秩序把道德行为准则强加在人类头上，其核心就是使人们通过行为上的自我抑制保持与自然秩序的协调一致。每个有生命的创造物都有责任坚守它在自然秩序中的位置，并在这个位置上表现自己。它们是整体的必要组成部分，而不是整体本身。伊丽莎白时代的人首先必须搞清自然和社会秩序为自己所指定的位置，然后按照传统理性所规定的范围来行动，以维护整体的平衡与和谐。

与西方哲学与艺术在自然观上的悖反情况不同，中国哲学与文学对于自然的态度达到了高度的统一，特别是道家思想更多地滋养了中国艺术精神，甚至于说道家哲学特别是庄子的思想本身就是诗化的。日本学者小尾郊一注意到了中国文学对自然的特别的重视，他说："自古以来，中国文人很少不谈自然的，中国文人极少不歌唱自然的。纵观整个中国文学，我们可以发现，中国人认为只有在自然中，才有安居之地，只有在自然中，才存在着真正的美"，而"南朝时代是审美性的自然观确立的时代"。② 他还对"自然"的内涵进行了阐释：

---

① 德律俄珀的传说就是一个著名的例子：一天，德律俄珀怀抱幼子，与妹妹伊俄勒一起在小河边散步。为逗乐她的宝贝，她随手摘下身边一株忘忧树上盛开着的几朵花。她万万没有想到，忘忧树枝叶的创伤处竟然血流如注，鲜血顺着树干滴落。这起情景让德律俄珀大惊失色。她扭身想逃走，却无论怎样也迈不开步。低头一看，原来她的双脚已经生根，再也无法挪动。树皮包住了她的腿，并且还在迅速向上延伸。她连忙把孩子交给妹妹。伊俄勒接过孩子，却无法阻止姐姐化成一棵树。在树皮即将覆盖头部之际，德律俄珀留下了最后几句话："将来告诉我儿子，妈妈就在这棵树里。永远不要折枝摘花。每一丛灌木都可能是神灵的化身。"

② [日]小尾郊一：《中国文学中所表现的自然与自然观》，上海古籍出版社1989年，序言。

> 中国人也许并没有明确地把"自然"这个词理解为与"人类"对立的"自然"的意义吧。也许，他们认为人类本身说到底也是自然界的一部分，是"自然而然之物"；也许，他们认为森罗万象的大千世界就是自然。不过，不仅中国是这样，西洋的 Nature 一词的意义也正是这样。正如 Nature 一词后来开始被用于与人类对立的自然界、自然现象的意义一样，在中国，自然与人类之间也开始产生了某种程度的区别，尽管产生的时间还不能明确地判定。①

小尾郊一在这里一方面认识到中国文学中所体现的自然观不同于西方，另一方面他又以西方的人与自然的对立为标准，强调中国与西方也有共同性。他还举出陈朝江总的《修心赋》为例，其中有"保自然之雅趣，鄙人间之芜杂"的句子，他据此认为："正如 Nature 一词后来开始被用于与人类对立的自然界、自然现象的意义一样，在中国，自然与人类之间也开始产生了某种程度的区别。"事实上，中国虽然有了"自然"与"人间"相区别意义上的"自然"的用法，但中国人并没有和西方人一样强调人与自然的对立。恰恰相反，中国人一直强调自然与人的生命是同一的，正是因为"人间"的异化导致对生命的戕害，中国人才更强调要回归自然。

二、作家的"生态位"与文学

生态位（niche）是经典生态学中的一个术语，指维持物种生存的最低限度的生态结构和环境条件。对于一个生物来说，它的生态位可以包括以下因子：温度、湿度、食物、光线、空间、时间等，不同物种有着不同的生态位。在生态文艺学的理论建构中，鲁枢元引入"生态位"的概念考察文学艺术家的成长发育。他认为，"文学艺术家生长发育的'生态位'应包括这样一些因素：自然风物景观、时代精神氛围、社会

---

① [日]小尾郊一：《中国文学中所表现的自然与自然观》，上海古籍出版社1989年，第26—27页。

政治状况、文化传统习俗以及基本的物质条件。"[1] 文学艺术家首先是一个拥有血肉之躯的人，一个生物性的存在，他必然也需要一切生命之物所需要的生存条件：空气、阳光、水、适当的温度、食物等基本的自然条件和物质生活资料。与对社会政治环境和文化环境的关注相比，人们通常认为物质生活条件对于一个作家是无关紧要的，一个富有的作家不见得就能创作出比贫穷作家更好的作品。但是这里人们往往是把作家生长的自然环境与一般物质生活条件混淆了。实际上在作家成长过程中，自然环境的滋养具有重要的意义，特别是作家在童年阶段所处的自然环境及其与自然的亲密程度都在很大程度上决定着他会成长为一个什么样的作家。因为归根结底，文化的基础是基于一定地理环境、生活空间的生产和生活。

　　自然对文学艺术家的影响主要体现在"童年生境"方面。自然滋润作家诗性的心灵，这首先体现在对作家童年阶段的影响上。从心理学的意义上讲，除了遗传基因，儿童时代的早期经验在人的个性形成中发挥着巨大作用。一个儿童作为个体生命降生以后，首先认识的也就是自然界和人类社会中各种各样的生命，他并不认为自己是脱离自然界而存在的，在儿童的眼中，一切生命都是平等的，在原野上赤脚奔跑的感受和在母亲的怀抱里一样，他感受着自然的爱，也对自然充满了爱。但是随着年龄的增长，人们会越来越理性化，慢慢忘记自己与自然母亲的亲密关系。但作家却不然，他们即使在成人后也依然与自然保持着亲密的关系，他与大地一起呼吸，保持着质朴的情怀，向往着自由的生命状态，对一切生命怀有着真挚的爱，这正是作家诗性心灵不同于普通人的特质，或者说是区别真诗人与假诗人的标记。鲁枢元曾指出，对于一个文学家、艺术家的生长发育来说，早期经验更具有重大意义，它可以持久地影响到文学艺术家的审美兴趣、审美情致、审美理想。而如此重要的早期经验正是从一个文学艺术家的童年时代所处的"生境"中获致的。童年所处的自然环境对于作家心灵的濡染确实意义重大，许多作家也都非常认同"写作就是写童年"的观点。

---

[1] 鲁枢元：《生态文艺学》，陕西人民教育出版社2000年版，第210页。

国外有学者通过对上百位天才人物的自传的研究发现，天才一般都回忆起童年时代一段时间，自然界让他们产生一种强烈的共鸣，使他们产生自己与自然过程有一种深刻的联系的感觉。有了孩提时代这段与自然的遭遇，成年后进行创造性活动时，"这些天才常在回忆中返回那个时代，将其作为创造力与创造的冲动的源头以更新自己。他们对这源头的描述是这样一种经历：他们不仅获得了意识之光，而且感到自己与外界有一种充满活力的关系。"① 实际上，我们的遗传基因已为这种与自然的交流做了准备，但这种交流又是如此新颖，使每个人都很独特。孩子会因重新发现自己而兴奋异常，他们主要的兴奋点是自己内在于自然过程的感觉，他们感到自己与自然的联系多于对抗，浪漫多于悲剧。摆弄一根小棍，将石头掷进小溪，生一堆火，带着狗在田野上奔跑，或是观看麻雀——所有这些都能使他们感到自然的戏剧是那么神奇，同时也感到人类能在此戏剧中扮演的角色也同样很神奇。我认为这个关于天才与自然关系的观点用于解释文学天才应该是很恰切的，文学天才的心灵一定会在童年阶段就得到了自然的滋养。托尔斯泰在晚年也曾讲过："孩童时期的印象，保存在人的记忆里，在灵魂深处生了根，好像种子撒在肥沃的土地中一样，过了很多年以后，它们在上帝的世界里发出它的光辉的、绿色的嫩芽。"② 大自然对诗人和作家诗性心灵的孕育正是从童年就开始了的。如荷尔德林在他的诗歌中感叹的："自然的轻柔怀抱培育诗人们，强大圣美的自然，它无所不在，令人惊叹，但决非任何主宰。"③ 无独有偶，海德格尔也在强调大地对于艺术的滋养，使作家的创作具有了根基：

    一种艺术作品在故乡的大地上繁荣一时。思索一下这样一个简单的事实，我们就立刻想到在上一个世纪，上上个世纪，施瓦本的大地造就了伟大的诗人和思想家。我们再仔细想想，就马上清楚了，德国中部以同样的方式是这样的大地，东普鲁

---

① [美] 霍尔姆斯·罗尔斯顿：《哲学走向荒野》，吉林人民出版社2000年版，第471页。
② [英] 艾尔默·莫德：《托尔斯泰传》，十月文艺出版社1984年版，第24页。
③ [德] 海德格尔：《荷尔德林诗的阐释》，商务印书馆2000年版，第55页。

士、西里西亚和波西米亚亦然。……约翰·彼得·海贝尔写道:"我们是植物,不管我们愿意承认与否,必须连根从大地中成长起来,为的是能够在天穹(Ather)中开花结果"(《作品集》,阿尔特魏克编,第三卷,第314页)。诗人想说:在真正欢乐而健朗的人类作品成长的地方,人一定能够从故乡大地的深处伸展到天穹。天穹在这里意味着:高空的自由空气,精神的敞开领域。①

关于故乡对于作家艺术创造的意义,美国当代诗人莱昂也曾经深有感触地说:我,一位诗人,出生在一个特别的地方。它位于阿拉斯加中部一个俯瞰塔那那河的山坡上,在那里我建了一栋房子并度过了22年的舒适生活。从我开始创作以来,那里的很多事物融入了我的诗歌及其他文学作品:空气、岩石、泥土、水流、冰雪以及人类历史、鸟类、动物、昆虫等等。为什么我会选择那里,而不是其他的任何一个地方?我也不能完全答上来。我本可以前往别的地方,成为另一名诗人,做另一个人,但是,没有任何一个别的地方能让我有在北美荒原的非凡体验,我想这是极有可能的。② 莱昂在这里以自身的创作经历向我们揭示了一个艺术的真理,那就是每一首诗,每一个故事都是由产生它的那片土地孕育的,离开那片土地,作家创作出的只能是另外的一种样子的艺术了。

我们强调作家的生命之根在故乡、在童年,并不是说作家只能居住在一个地方不迁移,实际上很多作家都经受了乡野和城市的双重熏陶。在人生经历方面,许多作家童年生活过的地方往往是在乡村,甚至是偏远的、经济落后的地方。乡村环境是人与自然共生的地方,童年在乡村可以与大自然有更多亲密接触的机会,而长大后有机会接受了城市文明的熏染,就具有了两种文明的背景。这种普遍存在的现象说明了一个道理:一个对大自然缺乏深刻而直接的生命体验的人,很难成为一个优秀

---

① 孙周兴选编:《海德格尔选集》,上海三联书店1996年版,第1234页。
② Thomas J. Lyon, *This Incomperable Lande: A Book of American Nature Writing*, Boston: Houghton Mifflin Company, 1989, pp. 366–367.

的作家，尽管这不妨碍他在其他领域可能取得优异的成绩。文学创作主体童年与大自然的亲密接触将使他感受到天地的博大和生命的神秘，获得丰富的爱与美的体验，这些将会从根底上决定了他的文学感受力和表现力。有"中国环境文学第一人"之称的诗人、报告文学作家徐刚出生在长江口的崇明岛，他很小就失去了父亲，但是有母亲的爱、长江的滚滚涛声、崇明岛湿地青青的芦苇和上百种美丽欢快的小鸟给了他充满无尽的诗意的童年。美好的童年记忆滋养着他诗性的心灵，使他对给予他无穷幻想和欢乐的大自然充满热爱和感激。也正是这种渗透到骨子里的爱，使徐刚在作品中对人类的家园倾注了满腔热情。

诗人童年与自然的亲近总是与故乡连在一起的，因此故乡也会成为诗人魂牵梦绕的地方。故乡的最玄奥、最美丽之处恰恰在于这种对本源的亲近。正是在这个意义上，海德格尔说诗人的天职是还乡。人与故乡的感情是如此之深，甚至于还乡意识、归根意识构成了一个诗人之为诗人的标志。当作家陷入精神苦闷、空虚孤独或创造力枯竭之时，常常把返回故乡、亲近自然作为一种重获艺术生命力的方法。史铁生在北京地坛里的沉思默想，韩少功回到当年下乡的山村一边劳动一边写作，张炜有着扎根故土、融入野地的强烈愿望，张承志在内蒙古草原和西北沙漠中扎下他的生命之根，女作家迟子建则是经常返回那个生养她的大兴安岭深处的小山村，而已故作家路遥写作《平凡的世界》时，也先到毛乌素沙漠中重寻创作的原动力……

大自然，无论是故乡还是荒野，都以它的雄浑质朴，自由博大的胸怀始终给求助于它的作家以滋养和支撑。英国作家毛姆的小说《月亮与六便士》中描写了一个经纪人梦想做画家，到荒岛上去，艺术水平大增。这个人物的原型凡·高也正是这样的，与自然融为一体成为一切艺术家的梦想，因为这是艺术生命的源泉。张炜曾经说过："我反对很狭窄地去理解'大自然'这个概念。当你的感觉与之接通的时刻，首先出现在心扉的总会是广阔的原野丛林、是未加雕饰的群山、是海洋及海岸上一望无际的灌木和野花。绿色永久地安慰着我们，我们也模模糊糊地知道：哪里树木葱茏，哪里就更有希望、就有幸福。连一些动物也汇集到那里，在其间藏身和繁衍。任何动物都不能脱离一种自然背景而独立存在，它们与大自然深深地交融铸合。也许是一种不自信、感到自己身单力薄或是什么别的，我那么珍惜关于这一切的经历和感觉，并且一生都愿意加强它寻找它。回想那夏季夜晚的篝火、与温驯的黄狗在一起迎接露水的情景，还有深夜的谛听、到高高的白杨树上打危险的瞌睡，等等；这一切才和艺术的发条连在一起，并且从那时开始拧紧，使我有动力做出关于日月星辰的运动即时间的表述。宇宙间那渺小的一颗微粒，它在迫不得已地游浮，但总还是感受到了万物有寿，感受到了称作'时光'的东西。"① 作家在这里的表述充满感性，但是或许只有这样的描述能够传达出大自然与艺术生命之间最内在的关联，那里有着最细微的情感，又有着非常宏大的境界，充满奥秘而又非常质朴。正是根据自己的成长经历和丰富的艺术创作经验，以及对文学艺术史上的成功作家艺术家的了解和现实中一些误入歧途的失败的文学青年的观察，张炜更加重视艺术与自然的密切关系，强调作家不能脱离大自然。因为一个作家一旦离开自然也就完了，无论怎样都弥补不了脱离自然对艺术质量下滑的根本影响。张炜曾举例讲到一些原本很有才华的文学青年，由于脱离了深沉质朴、生机无限、博大无边的自然大地，混迹在世俗的商场、官场，追名逐利、虚荣浮躁，之后艺术上不但没有任何长进，反而变成没有出息的庸俗的人了。关于这个问题，张炜还曾有一段非常精彩的演讲：

> 作思想与文学工作的人，不一定要生活在中心城市。因为这些地方太闹太吵，声音太多。所以一些优秀的作家大量时间不是待在省会或其他大城市。有些人千方百计往大城市跑，嫌自己的地方小、偏僻、不发达。可是翻一下中国和外国的文学史，发现很少有一个杰出的作家一直或主要生活在所谓的政治经济文化中心。他们生活在比较小的城市或乡村，因为这样的地方能够少受干扰，相对宁静，这些正是思考的条件，好好读书的条件。

---

① 张炜：《绿色的遥思》，文汇出版社2005年版，第102—103页。

……

　　作家避开尘嚣，不往热闹的地方去，求礼于野，这在今天尤其重要，甚至决定了其生死存亡。一些人将来就要毁在热闹上，毁在网络电视这些东西上。曾有几个青年作家，他们写得非常好，有个性有骨气，有文采也有悟性；但他们后来觉得待在一个小地方不行，就去大城市闯荡，还到所谓的文学殿堂学习。结果多少年过去，他们几乎全变了：谈吐变得油滑，痞子气十足，连基本的是非感都没有了。多么好的文学青年，变成了废品，写出的东西一塌糊涂，一堆文字垃圾。①

　　张炜如此重视乡野与安静对于一个作家的重要性，这正是基于他自身多年的创作经验。我们可以对张炜的生态位做些分析，看看他艺术成功的奥秘。从自然生态位方面看，张炜回忆他的童年是在海滨田园和树林中与母亲及外祖母一起度过的，感受了自然的和谐与人性的美好，埋下了爱与美的种子和对理想的和谐生活的渴望；少年时流浪荒野的经历培育了一种自由的胸襟和对底层对大地的深情厚爱；青年时外出求学，特别是在省城工作的经历让他更多感到城市的异化；他在中年时有着强烈的回归故土、融入野地、建设美好田园的愿望。从文化生态位方面看，张炜从小就浸染在齐鲁文化之中，得鱼盐之利、相对富足博大具有海洋特质的齐文化对他影响更大，同时他又广泛涉猎俄、美的优秀文学，获得了中西方优秀文化精神的滋养。正是因为处于这样的自然与文化生态位上，张炜的创作才体现出强大的生命力。

　　从生态文艺学的角度看，每一位艺术家，每一种艺术样式都是在他的生态位上孕育成长起来的。有一位民间山歌艺人说得好："山歌就是大山的旋律。"其实只要对艺术类型的分布略作考察，就不难发现，地域与艺术物种之间具有密切的关系。河阳山歌只能产生于烟雨江南的山水间，蒙古长调只能产生于天高地阔的大草原，陕北的信天游产生于浑厚苍凉的黄土高原，出海的号子只能产生于波涛翻滚的大海上。一切艺

---

① 张炜：《二十年的演变——在中国石油大学的演讲》，见万松浦书院网站，网址：http://www.wansongpu.com/wsp/show.asp?id=18591。

术样式都是植根于它的土地,由大地母亲孕育的。我们还可以举一个最极端的例子来说明这个问题,在汶川大地震中,北川的羌族同胞在地震中损失惨重,许多古老的建筑被摧毁,民间艺人遇难,文化遗产遭到毁灭性的破坏。地质专家认定,他们生活的山地已经是不适合生存的地方,所以应该转移到平坦地带重建家园,但是他们不愿意离开。他们觉得离开山地、搬到平地上之后的羌族就不是羌族了,他们的文化也就失去了赖以生存的土地,将走向彻底灭绝。他们希望继续扎根在那片土地上,获得重生。对于一个民族来说,这是艰难而自然的选择。

古代史诗则呈现了不同地域自然环境所带来的文化精神差异,如古希腊的海洋城邦型史诗、印度的森林史诗、中国的高原史诗等都各具鲜明的自然特色。随着物质生产的发展,艺术的内容也在发生着变化。马克思主义经典理论认为,任何神话都是用想象和借助想象以征服自然力,支配自然力,把自然力加以形象化;因而,随着自然力在实际上已经被人力支配,神话也就消失了。实际上,虽然产生原始神话和史诗的时代早已远去,现代科技的强大力量足以把自然从神龛上清除,但是人类对自然却应该始终怀着敬畏之心。虽然我们不可能返回到神话时代,但是对自然进行生命的复魅、美的复魅永远是需要的。因为无论何时自然都是人类生命的"根"之所在,它不但滋养着人类的生命,而且也是人类一切精神创造的源头。

从根本上讲,文学与艺术之花总是植根于大自然的泥土之中的。我国当代生态学家王如松、周鸿在其所著《人与生态学》一书中,对于文学艺术与大自然之间的关系,曾有一段精彩的描述:

> 被称为西方绘画表现主义先驱的凡·高的画,就是被大自然的美的源泉——太阳所吸引、所启发而绘出阳光作品。这位出生在荷兰的画家曾这样写道:"没有太阳就没有绘画,也许使我成熟的东西就是一轮烈日。"正是西方印象派画家光和色彩的启迪,使凡·高离开家乡荷兰一路南行,到达法国最南部的一座小城,也可以称之为阳光之城的阿尔。在那里,绚丽的阳光和阳光下的麦地、村庄、向日葵和朴素的农民,使这位天

才的画家产生了灵感。在凡·高的笔下，你可以从《向日葵》的每片花瓣中捕捉到阳光，可以从《鸢尾花》那变幻的蓝色妖艳中看到色彩的变换与阳光的关系，而凡·高笔下的人物，从《加歇医生》到纯朴的农妇，身上普通的衣服也被阳光留下独特的韵味，而他们脸上的表情经画笔特殊的光处理以后，有了画家对人生的感悟和理解。可以说，阿尔用阳光塑造了一个伟大的画家，而凡·高的画笔，既体现了阳光，也体现了阿尔。凡·高是太阳神阿波罗托出来的一个画家，这就是生态审美。①

大地母亲孕育着生命。文学艺术作为人类的精神文化创造活动，也充溢着生命的气息，而且它们的生命同样来自于大地，是地地道道的"生命文化"。刘勰说："山林皋壤，实文思之奥府。"这可以看作我们先人的遗训。"向你致敬，大地母亲！"则是古希腊诗人荷马虔敬地唱出的"颂歌"。"生态学"（Ecology）这一概念的希腊文 oicos 原意中含有"居所""区位""环境"的意思。惯常的解释，生态学就是研究生物群落的生境聚居地的学科，研究生物体彼此间及其与环境之间交互关系的学科。在海德格尔的理论体系中，"栖居"（拉丁文为 colcrc），是一个极富生态学意味的诗学命题。"栖居的本质特征是解放、保护"，这种栖居的保护是四重的：拯救大地、顺应苍天、祈盼诸神、正视人生。"栖居通过把四重整体的在场带到万物中来对它进行保护"，"栖居是诗意地居住在大地上"。②"栖居"显然也应当是一个"生态学"的概念，而"生态学"同时应当被接纳进诗学的领域。著名美学家宗白华强调人的创造的活力是自然的内在本质属性，大自然是无往而不美的，他说："我自己自幼的人生观和自然观是相信创造的活力是我们生命的根源，也是自然的内在的真实。你看那自然何等调和，何等完满，何等神秘不可思议！你看那自然中何处不是生命，何处不是活动，何处不是优美光明！……一切有机生命皆凭借物质扶摇而入于精神的美。大自然中有一种不可思议的活力，推动无生界以入于有机界，从有机界以至于最高的

---

① 王如松、周鸿：《人与生态学》，云南人民出版社 2004 版，第 149 页。
② 海德格尔：《诗·语言·思》，黄河文艺出版社 1989 年版，第 154—155 页。

生命、理性、情绪、感觉。这个活力是一切生命的源泉,也是一切'美'的源泉。"①

宗白华还进一步强调,"自然无往而不美"是因为其"处处表现这种不可思议的活力"。而照片却欠缺美感,因为它只摄取了自然的表面,而不能表现自然底面的精神,除非照相者以艺术的手段处理它。但是艺术家的图画、雕刻却又无往而不美,又是为什么呢?宗白华认为那是"以其能从艺术家自心的精神,以表现自然的精神,使艺术的创作,如自然的创作故"。作家徐刚也谈道:"有人留下了德行留下了思想,那是可以被后人传颂的,而且一定是靠近了树木、敬畏大自然的缘故,也就是说人的德行和思想只能在环境中产生,海洋、江河、高山、森林无不都是灵智的发源之所。"② 可以说,自然是真善美的源泉这一观念是有着深厚的文化土壤的。

三、自然对艺术想象力与语言表现力的滋养

自然不但滋养了作家诗性的心灵,而且赋予作家进行文学创作必需的艺术才能,比如想象力和艺术传达的能力。想象力是一切人类创造性活动所必需的能力,艺术创造尤其需要丰富的想象力。英国浪漫主义文学先驱威廉·布莱克十分推崇想象力在诗歌创作中的作用,他认为想象力是一种"足以造就一个诗人"的力量。苏珊·朗格则认为:"想象同时也是一种引起种种不同的洞察力和真正的信仰的源泉。想象或许是人类所具备的一种最为古老的精神活动,它比理性能力要早得多,它甚至还是产生梦幻、理性、宗教和一切概括性观察力的共同源泉。而艺术恰恰也就是人类所具有的这一最为基本的能力——想象能力——产生出来的,当艺术被创造出来之后,它又反过来直接作用于想象力。"③

那么这种如此重要的"最为古老的精神能力"源自何处呢?作家艺术家把目光投向了大自然。席勒在《论素朴的诗与感伤的诗》一文中强调:"诗人或者是自然,或者寻求自然。前者使他成为素朴的诗人,后

---

① 宗白华:《美学散步》,上海人民出版社1981年版,第227页。
② 徐刚:《根的牵挂》,安徽教育出版社2005年版,第6页。
③ [美] 苏珊·朗格:《艺术问题》,南京出版社2006年版,第83页。

者使他成为感伤的诗人。……虽然想象力和理解力的自由使人离开自然的素朴,真实和必然性,但是不仅那通达自然的道路永远为他敞开着,而且有一种不可摧毁的强大冲动不断地促使他回到自然。"丰富多彩、变幻莫测的大自然蕴含了无穷无尽的秘密,它的奇妙超过任何艺术创造,只有大自然才是永恒的艺术宝库,是激发作家艺术想象力的源泉。虽然文学艺术也承载并激发着人类的想象力,但是从根本上讲这一切都源于大自然的哺育。杜夫海纳甚至认为:"人类身上的想象力,当它与理解力相对立时,就是自然的这一部分,但已经是一种创造的自然,甚至当它不用天才的能力来表现时也是如此。"① 作为自然滋养下的文学想象的成果,文学形象得宇宙之精神、天地之大美,如唐诗中的意境,是任何影视形象都无法超越的。而且源于自然、立足大地的想象无论多么奇妙荒诞也不会陷入玄虚或虚妄之中,因为大地的根基性是作家想象力健康的保证。张炜曾深有感触地说:"想象离不开田野,我们无论在脑子里绕开多少弯儿,最后也还是要回到田野上。可是如果离开真实的土地久了,这种想象就落不下来。那就只好一直停留在想象里。"② 他所强调的正是大自然对于健康的艺术想象的重要性。

语言是作家的凭证,是作家艺术创造继续前行的资本,甚至作家的想象力也是以语言为依托得以飞升的,追求具有穿透力和艺术魅力的语言是作家永远的梦想。美国著名生态批评家斯耐德认为真正的好文章应该是用"野生的语言"写成的,"普通的好文章就像一座花园,在那里,经过锄草和精细的栽培,其生长的正是你所想要的。你收获的即是你种植的,所谓种瓜得瓜,种豆得豆。然而真正的好文章却不受花园篱笆的约束。它也许是一排豆角,但也可能是几株罂粟花、野豌豆、大百合、美洲茶,以及一些飞进来的小鸟儿和黄蜂。这儿更具多样性,更有趣味,更不可预测,也包含了更深广得多的智力活动。它与关于语言和想象的荒野的连接,给了它力量。"③ 斯耐德道出了文学语言的真谛。但在现代工业社会中语言越来越标准化,原生态的方言大量消失,"野生语

---

① [法]米盖尔·杜夫海纳:《美学与哲学》,中国社会科学出版社 1985 年版,第72页。
② 张炜:《绿色的遥思》,文汇出版社 2005 年版,第92页。
③ 鲁枢元主编:《自然与人文——生态批评学术资源库》,学林出版社 2006 年版,第992页。

言"更是成了濒危物种。原因正如杰姆逊所说:"在一个不断大众化的社会,有了报纸,语言也不断标准化,便出现了工业化城市中日常语言的贬值,农民曾经有过很丰富的语言,传统的贵族语言也是很丰富的,而进入了工业化城市之后,语言不再是有机的、活跃而富有生命的,语言也可以成批地生产,就像机器一样,出现了工业化语言。"① 丧失本真言说的能力对于一个作家无疑是可怕的,法国小说家福楼拜就曾谈到被语言垃圾包围的痛苦。他发现自己头脑塞满了五花八门的程式化的语言,甚至当自以为自己在思维与表达时,其实只不过是模仿那些早已被接受了的思想和语言。

　　作为语言艺术的创造者,真正的诗人和作家总是力图冲破工业化语言的牢笼,恢复语言早已失去的活力,他们发现还是要回归大自然、回归荒野。作家张炜在《融入野地》中写道:"我所追求的语言是能够通行四方、源发于山脉和土壤的某种东西,它活泼如生命,坚硬如顽石,有形无形,有声无声。它就撒落在野地上,潜隐在万物间。"他发现这种鲜活的语言存在于人的童年阶段,因为那时人还没有完全从自然的母体上剥离开来,还来不及掌握太多的"世俗的词儿",因而反倒能够充满愉悦与大自然交流和沟通。自然所具有的象征性价值可以促进人类语言的丰富与发展,这对于儿童与作家的影响尤其显著,有的学者指出:"自然的象征性价值在人类的语言发展中得到了最有力的体现。语言的复杂性通过指出其中的细微差别和进行精确分类的方式得以呈现。在区分与整理这些极其复杂的差异和次序时所依据的原型就存在于自然界中。自然界能够为语言的发展提供无以计数的差别与机会,特别是在孩子身上。自然界的多样性能够为成长中的孩子源源不断地提供具体的实物,以便使他们在语言技能发展方面得到基本的理序、分类和命名训练。这一功能在学前孩子的语言书和算术书中得到了体现,这些书中有90%的内容都是动物和自然物体的形象。作为教学手段,一只长颈鹿、两只熊、三头象要比一个球、两个盒子和三把椅子更容易激发孩子的认

---

① [美]杰姆逊:《后现代主义与文化理论》,北京大学出版社1997年版,第176—177页。

识兴趣。"① 正如法国作家艾姿碧塔所言："孩子和艺术家住在同一个国度里。"② 拥有本真天性的儿童在大自然中学习的语言本身就是诗。而只有当作家真心地与自然贴近，成为大地上的一个器官，才能摆脱"俗词儿"的困扰，真正找到艺术表达所需要的原生态的语言，因此从某种意义上讲"方言写作是更本质的文学写作"③。张炜还进一步阐释了他的文学方言观："严格一点说，文学的语言就是方言，普通话是一种折中的言说和表达方式。大部分杰出的作品是用方言写成的。当然这里的方言并非一般意义上的土话，而是由作家抓住了本质神采的地域语言。方言不等于土话，方言是一个地方经过提炼概括而成的最生动的语言。"④ 这些论述包含着对方言与文学写作关系的真知灼见。

第三节 自然之道与文学之道

在中国古代哲人的眼中，文艺创造不是一个制作过程，而是一个生命孕育的过程，文艺作品不是造出来的，而是生出来的，是"生气灌注"的生命体，作品中熔铸了作家的生命之气，而作家必须吸取天地之正气，修养纯正之性情。西方也有着丰富的自然论文学思想，近代以来兴起并影响至今的浪漫主义文学思潮和当代学者的文学人类学研究对自然与文学的关系都非常重视。从生态文艺学的角度讲，自然是具有生命属性的生态自然，文学是具有生命属性的精神文化，自然之道与文学之道在生命的意义上是相通的，得天地自然之滋养的文学艺术必然要顺应自然之道，捍卫生命的价值与尊严。

---

① ［美］S. R. 凯勒特：《生命的价值——生物多样性与人类社会》，知识出版社2001年版，第20页。
② ［法］艾姿碧塔：《艺术的童年》，安徽教育出版社2005年版，第1页。
③ 张炜：《书院的思与在》，广西师范大学出版社2004年版，第234页。
④ 张炜：《二十年的演变——在中国石油大学的演讲》，见万松浦书院网站，网址：http://www.wansongpu.com/wsp/show.asp? id=18591

一、中国古代文论中的自然本体论

(一) 以天合天——中国古代艺术与审美的最高追求

学术界普遍认为对于"文学之道"与"自然之道"的揭示是中国古代文论的对世界的一大贡献。刘绍瑾先生认为,"从本体论的层面崇尚自然是中国古代文论的一个重要原则","自然"是中国古代一个潜在的文学理论体系的核心范畴,认识了这一点,我们就会对学术界的一些具有争议的问题有一个实事求是的处理。① 童庆炳也认为,中华古代文论的文学本原论,就其终极而言,源于"天人合一"之道。童庆炳在对《文心雕龙》原道篇的解读中认为,"人文之元,肇自太极"的"太极"就是天道,就是天地未分的那种混沌状况,文学的最深的根源在"天道"中,文学原本是"天地之心",来源于"道心神理"。在他看来,"刘勰的'原道'篇,基本上把'天人合一'的文学本原的超验(同时又是非超验)层次解说清楚了。这是对中华一个很大的贡献。"② 童庆炳在研究中还指出"感物""言志""原道"等几个概念及其联系,对于我们所要揭示的中华文论的文学本原论是最为重要的,通过现代学术的阐发,发现中华文论的文学本原论可以理解为这三个序列的观念的整体联系。

诚如叶朗所言:中国古代哲学就是"生"的哲学;亦如成复旺所言,中国古代文论就是"生"的文论。中国古代文化特别强调自然的"生生之德",即所谓"天地之大德曰生"。而"自然的生"与"文化的生""文学的生",在生生之理上是相通的,都是天地阴阳之气的化育,

---

① 如刘勰《文心雕龙》的"原"之"道",究竟是宗儒还是属道呢? 认为《文心雕龙》之"道"是道家的"自然"之"道"的一个最主要的立论依据,是有见于刘勰所揭示的"文道自然观"。一见到"自然"的字眼,立刻就想到主张"道法自然"的老庄,这似乎成为人们的一种习惯的思维定势。其实,按照我们在上面所指出的,从本体论层面提倡自然、崇尚自然,也是儒家文论的一个重要原则,不独道家为然。……儒家思想对"自然"的美学崇尚的影响主要表现在我们所论述的本体论层面上,而不像道家那样在本体论、创作论、风格论上都有巨大影响。既然从内到外、由情及辞、从内容到形式,是一个自然流布的过程,因此儒家门徒更重视把握根本,"慎其实"、"养其根"、守其本、执其体。由于有了儒家思想的影响,中国古代文论对自然的崇尚和追求走上了具有本体论色彩的理论一路。见刘绍瑾《自然:中国古代一个潜在的文学理论体系》,载《文艺研究》2001 年第 2 期。

② 童庆炳:《文学本原论》,载《江海学刊》2002 年第 2 期。

所谓大化流行,生生不息。自然之道也就是"生"之道,生生不息是自然天道,违逆自然就会导致死亡。正如许多学者所强调的,中国人眼里的宇宙是一个有机体,而使宇宙成其为宇宙的,既不是精神的,也不是物质的,而是二者的统一,是一种既不是脱离了躯体的灵魂,也不是纯物质的生命力。但在试图理解构成自然之活力的血液和呼吸时,他们摸清了其亘古不衰的规律是合并而不是分离,是融合而不是离散,是联合而不是分裂。无数生命力的小溪互相汇合与协作,构成了永恒流动的特色。"生命力"是与血液和呼吸相关联的,所以中国的先哲也常常把"生命力"具体理解成是"气",以此强调生命变化的过程。在中国哲学家眼里,自然就是展现在我们面前的连续、神圣和动态的生命力,这是气的运动演化产生的。杜维明强调中国人的审美体验就是人的生命之气"与天地同流"。

> 庄子要我们用心而不是用耳去听,用"气"而不是用心去听。用心去听就是凭借不受感官支配的知觉,那么用"气"去听凭借什么呢?用"气"去听是否意味着我们同属万物本身?或是我们乃万物内部感应的组成部分而能听得见自然的声音?或用庄子的话把"天籁"当作是来自自我内部的声音呢?还是包容万物的"气"使得天人可以互通声息呢?这样说来,我们所经历过的美的愉悦就不再是个人自己的感觉了,而是正如中国艺术家所体验到的"内情与外物之协调和统一了"。看来,无论在哪种情况下,我们都没有远离自然,没有以漠不关心的姿态研究自然。我们要做的是不仅终止我们的感觉,而且终止我们的各种概念,这样我们就能够敏感地表现自然,让自然把我们亲密地拥入怀中。①

杜维明还指出,与自然进行瞬间交互的审美体验需不断的自我修养。人类虽然有着最高的智慧,但作为社会和文化的存在,人永远不要以第

---

① 杜维明:《存有的连续性:中国人的自然观》,载《世界哲学》2004年第1期。

三者的身份去研究自然。人与自然血肉相连,声息相通,回到大自然不仅意味着记忆、忘却,还意味着无师自通。要加入到大自然生命力的内部感应中去,前提是自身内部的转变。如果不能首先将自己的情感和思想协调统一,我们就无从适应自然,更不用说"与天地同流"了。可见"与天地同流"不是任何人都能达到的境界,它需要主体的修养达到超越现实利益的考虑,进入自由境界。虽然这种境界不容易达到,但是在艺术创造中,作为与天地通灵的作家应该以此为目标。

　　庄子强调人的自由创造就是"以天合天""独与天地精神往来"。《庄子·知北游》说"圣人者,原天地之美",又说"天地有大美而不言""德将为汝美",道是美,天地是美,德也是美,那么由道和天地而来的人性,当然也是美。所以"体道"的人生,也就是美的人生,艺术化的人生。为了和世俗之美相区别,庄子特别称这种根源之美是"大美""至美"。《庄子·达生》还讲了一个艺术创造的故事:梓庆削木为鐻,鐻成,见者惊犹鬼神。鲁侯见而问焉,曰:"子何术以为焉?"对曰:"臣工人,何术之有?虽然,有一焉。臣将为鐻,未尝敢以耗气也,必斋以静心。斋三日,而不敢怀庆赏爵禄;斋五日,不敢怀非誉巧拙;斋七日,辄然忘吾有四枝形体也。当是时也,无公朝,其巧专而外骨消。然后入山林,观天性,形躯至矣,然后成见鐻,然后加手焉;不然则已,则以天合天,器之所以疑神者,其是与!"这段话有两层意思,前面讲"斋以静心"的过程,即通过心斋坐忘进入到纯自然的虚静状态;后面是讲"以天合天"的过程,也就是使人的自然天性与树木的自然天性相合为一,这正是艺术大师们所追求的最高境界,达到了与"道"合一的自由境界,也就是达到了至美,获得了至乐。我们可以这样说,庄子所追求的道,与艺术家所呈现的最高艺术境界,在本质上是相通的,艺术家顺应宇宙创生之道可以成就艺术品,普通人顺应宇宙创生之道可以成就艺术的人生,成为返归人的本源的圣人、至人、真人、神人。正如朱志荣先生所说:"中国美学正是从'天人合一'的生命情调中,即人与自然的亲和中寻求美。用生命的意识去审美,正体现了中国传统的审美思维方式。在审美的层面上,人既不是自然的主宰,也不是自然的奴隶，而是人即自然，自然即人。"①

对于中国文学艺术来说，体现自然之道的天地境界尤其重要。袁济喜曾指出，在中国传统文化和艺术中，自然界对于人类精神产品的一个不容忽视的作用，在于它具备西方宗教意义的超验价值。而这一切是以往研究自然与文艺关系时强调得很不够的。中国传统美学与艺术的人文精神的一个重要表现，便是能够代替宗教意义上的人文关怀，独立承载民族文化心理的安顿。而中国人对于自然界的泛神论般的审美意识与精神，具备了宗教意义上的人文关怀。它使过于世俗化的国民精神，能够穿越尘俗，达到敬天保命、修身养性的境界，在超验中获得精神的升华，而不致堕入尘俗不能自拔。这体现出道家重天道、尚自然的思想对于儒家世俗文化的纠正与裨补。②《礼记·中庸》引孔子的话盛赞："唯天下至诚，为能尽其性；能尽其性，则能尽人之性；能尽人之性，则能尽物之性；能尽物之性，则可以赞天地之化育；可以赞天地之化育，则可以与天地参矣。"作者认为理想的君子一旦具备了这种至诚无欺的道德水平，就可以荡涤胸中的偏私，实现精神的升华，与天长地久、生生不息的日月星辰、江河大地相感应，自我融入那无穷的造化之中，人格境界已不分天人、物我，进入至一的神圣境界，这种境界既是善的境界，也是美的自由境界，这里的大自然已经被赋予了神圣的蕴涵。在中国古代文艺中，人们的精神往往由自然泛神论般的慰藉来承担的。林语堂曾谈到中国文学所具有宗教的意义，他认为，如果说宗教对人类心灵起着一种净化作用，使人对宇宙、对人生产生一种神秘感和美感，对自己的同类或其他生物表示体贴和怜悯，那么"诗歌在中国已经代替了宗教的作用。宗教无非是一种灵感，一种活跃着的情绪。中国人在他们的宗教里没有发现这种灵感和活跃情绪，那些宗教对他们来说只不过是黑暗的生活之上点缀着的漂亮补丁，是与疾病和死亡联系在一起的。但他们在诗歌中发现了这种灵感和死亡。"③林语堂深通中西文化，他认为中国人由于文化精神所决定，难以接受宗教的洗礼，他们是通过诗歌与文

---

① 朱志荣：《中国审美理论》，北京大学出版社2005年版，第112页。
② 袁济喜：《文学的生生不息与自然的超验意义》，载《学术月刊》2005年第6期。
③ 林语堂：《中国人》，浙江人民出版社1988年版，第212页。

艺来接受精神的慰藉与洗礼的。他甚至认为，假如没有诗歌——生活习惯的诗和可见于文字的诗——中国人就无法幸存至今。林语堂对中国诗歌与宗教关系的论述十分精辟，他以文人的眼光，较诸许多哲学家与思想家更直观地感受到了中国诗歌中蕴含的文化精神。这就是通过对于自然界的感受与吟咏来净化精神，感受神圣，慰藉心灵。中国古代的美学与哲学主张将人的价值建构在人与自然的统一之上，中国传统文论和美学具备宗教那样沟通现象与实体功能。蔡元培在近代提出"以美育代宗教"，也是基于对中国文化特点的认识。刚健向上，厚德载物，逍遥独立，中国文化的这些基本价值观念，在中国传统文化与文艺中，都以天人合一的精神境界显示出来。

（二）"自然之道"与"天道"——《文心雕龙》原道篇辨析

魏晋南北朝时期，文学和审美活动不再被看作雕虫小技，而是和经国大业联系起来。曹丕在《典论·论文》中把文章和"经国之大业，不朽之盛事"等同起来，认为文章比"年寿""荣乐"更具有生命力。到了齐梁时代，人们更进一步把文学和天道联系起来。把文章看作与日月星辰相参的事物。《文心雕龙》原道篇开首即道：

> 文之为德也大矣，与天地并生者何哉？夫玄黄色杂，方圆体分；日月叠璧，以垂丽天之象；山川焕绮，以铺理地之形：此盖道之文也。仰观吐曜，俯察含章，高卑定位，故两仪既生矣。惟人参之，性灵所钟，是谓三才。为五行之秀，实天地之心。心生而言立，言立而文明，自然之道也。傍及万品，动植皆文：龙凤以藻绘呈瑞，虎豹以炳蔚凝姿；云霞雕色，有逾画工之妙；草木贲华，无待锦匠之奇。夫岂外饰，盖自然耳。至于林籁结响，调如竽瑟；泉石激韵，和若球锽：故形立则章成矣，声发则文生矣。夫以无识之物，郁然有彩，有心之器，其无文欤？

这一段话开始说天地之文是宇宙大生命的产物，后面讲万物之文是万物的自然生命的产物。文是天地本身的形象体现，是天地生成过程的自然展示，因此文是与天地同时产生的，从有天地开始就有文；同时文也是万物本身的形式，是万物的内在生命的自然表现，所以说文也与万物共生，有其物必有其文。天地万物皆是道所生，而天地万物又皆有其文，所以天地万物之文，皆"道之文也"。"道之文也"这句话在《原道》篇中重复了多次，是关于文的本原问题的核心观点。"道"是化生天地万物之道，宇宙之道；那么所谓"道之文"，也就是说文是宇宙自然生命的产物，是宇宙自然生命的体现。这不只是刘勰个人的观点，中国古代学者在这一点上有着高度共识。《周易》象辞曰："刚柔交错，天文也。文明以止，人文也。观乎天文以察时变，观乎人文以化成天下。"这里就已经明确提出了"文"产生于天地生物之"道"，产生于宇宙大生命的观点，中国古代正是这样看待、要求文艺的，在刘勰之后也有许多学人都重申了这一观点。①

就《文心雕龙》的"自然之道"而言，当然也与玄学自然观有着密切关系。袁济喜认为，自然论作为中国美学的一个重要范畴，在六朝时代有了新的发展。自然论在哲学上有两层含义：一是从本体论上去阐释的。认为万物之本是无，无的存在状态就是自然而然地孕育万物，推动万物发展。自然论的第二层含义就是"顺物自然"，反对强制扭曲。在袁济喜看来，"刘勰从'自然之道'的哲学高度出发，论证了文学的神圣性与合理性，从而使文学的地位获得了不断提高与巩固"，②当然是功不可没的。袁济喜认为，《文心雕龙》美学思想的确立，就与自然之道的启发有关，《文心雕龙》之所以开篇便提出："文之为德也大矣，与天地并生者何哉？"是在向世人反诘，文学作为一种与精神道德密切相关的意识，为什么与天地并生呢？在袁济喜看来，古人所以将人文与天文、地文联为一体加以考察，乃是用心良苦。刘勰认为文学的本体肇自天地自然，天地皆有其文采，人在天地两仪之间，为天地灵气所钟，人文来自于天文与地文。刘勰此时重标"自然之道"，目的是重申人文创作是自然之道的转化，否则就失去了其本体上的存在依据。③ 这里袁济

---

① 参见成复旺《走向自然生命——中国文化精神的再生》，中国人民大学出版社2004年版，第42—44页。
② 袁济喜：《六朝美学》，北京大学出版社1999年版，第14页。
③ 袁济喜：《文学的生生不息与自然的超验意义》，载《学术月刊》2005年第6期。

喜也是继承前人关于文学本原于自然的观点来理解"自然之道",所以他特别强调:"自然不仅为文学立法,而且成为文学生命力的源泉。"①袁济喜对《文心雕龙》文学自然观的解读也是基于他对古代文论中自然的根本地位的认识,他说:"中国古代文论的精神价值的生成,是源自中国古代人类与天地相处,希求与自然界和谐相伴,获得生存与发展的原始心态。之所以将其称作为原始心态,是因为这种心态集情感、认知与欲望于一体,表现出浑然不分、物我为一的特点。"②

但是《文心雕龙》中的"自然之道"和我们今天所要表达的生态批评意义上的"自然之道"是否同义,还有待商榷。关于《文心雕龙》中"自然之道"的不同理解,当代最有代表性的就是徐复观对黄侃的观点的批评。黄侃在《文心雕龙札记》中提出:"《文心》之作也,本乎道。案彦和之意,以为文章本由自然生,故篇中数言自然。"③ 而徐复观在《自然与文学的根源问题》一文中指出,黄侃从《文心雕龙》原道篇得出的文学源于"自然之道"的观点,根本是一种误读:

> 刘勰在《文心雕龙》一开始便是《原道》篇,认为文学是"本于道"。黄先生季刚《文心雕龙札记》以为"文章本由自然生",以"自然"来解释"道",此说多为今日讲授《文心雕龙》者所信守。今欲明黄先生之说乃出于其排斥古文之成见,及对《原道》篇文字的误解,与刘氏之愿意大相径庭,应先说明文学与自然之关系。④

徐复观认为,以黄侃为代表的诸多当代学者在阐释《文心雕龙》中"文"与"自然"的关系时,与刘勰本意大相径庭,这是因为没有搞清楚《原道》篇中的"自然"的含义。因此徐复观强调:欲了解文学与自然之关系,须先了解何谓"自然"。根据徐复观的考证,"自然"一词首见于《老子》,书中共出现五次,其基本含义皆为不受外力所影响和决

---

① 袁济喜:《文学的生生不息与自然的超验意义》,载《学术月刊》2005 年第 6 期。
② 袁济喜:《论中国古代文论的精神特质》,载《求是学刊》2004 年第 6 期。
③ 黄侃:《文心雕龙札记》,中国人民大学出版社 2004 年版,第 3 页。
④ 徐复观:《中国文学精神》,上海书店出版社 2006 年版,第 210 页。

定的"自己如此"。在"自己如此"的意义上,老子把"自然"用到四个方面:(一)以"自然"说明道的形成,即"道法自然"。现象界中的事物,皆以另种事物为其本、为其根,只有作为天地万物本源的道才是"自本自根",亦即是自然。徐复观认为文学与"自己如此"的道之间是无法建立逻辑关联的,说文学本于"自己如此"的道是讲不通的。刘勰《文心雕龙》原道篇中的"自然之道"当然不是这层意义上的"自然"。(二)老子以"自然"说明道创造万物的情形。万物乃道所创造,则万物并非"自己如此",亦即并非"自然"。但道乃以柔弱之力创造万物,弱到让生出来的万物都感觉不到是被创造的,都能自己掌握自己的命运,所谓"夫莫之命,而常自然"。显然,《原道》篇中的道也不是这个意义上的自然之道。(三)老子由政治的要求以言人民的"自然"。此乃老子言自然的本旨。即希望统治者实行"无为而治"使老百姓摆脱政治的强制性,感到"自己如此"。所谓"功成事遂,百姓皆谓我自然"(十七章)。但此项政治上之自然,与文学也无关系。(四)老子以人所得于道于德者,为人生的"自然"。老子以虚静为人得以生之德,虚静即是人的自然。所谓"希言自然"(二十三章),《原道》篇中的"自然"也非此义。道家的另一部经典《庄子》中也常言人生自然之义,但常称之为"德""性""性命之情""常然"等,而很少用"自然"这个词。仅在《德充符》中有"常因自然而不益生也",《应帝王》中有"顺物自然而无容私焉"。这两句中他所说的"自然"指的是"德""性""性命之情"。魏晋玄学则以"自然"一词概括老、庄这一方面的思想。如郭象在注《庄子·逍遥游》一篇时说:"天地以万物为体,而万物必以自然为正。自然者,不为而自然者也"。通过对《老子》《庄子》以及魏晋玄学中使用的"自然"一词的语义考证,徐复观指出:

> 若以《原道》篇的"道",即是指"不为而自然"的天道,第一步是成立的。可惜《原道》篇的"自然之道"一语,很明白地是就人而言;"盖自然耳"一语,明显是就龙凤虎豹、云霞草木而言,不是就道的自身而言。若以《原道》篇的"自然"为文之所本,等于是说本乎人,本乎龙凤虎豹等,而不能

说"本乎道"。①

那么刘勰所用的"自然"一词究竟是什么意义呢？徐复观认为也不是指今天人们常说的"自然界"，因为当时"自然"还没有"自然界"的意义。在《文心雕龙》中《物色》篇才是谈自然景物的。徐复观得出的最后的结论是，刘勰的"自然"是"自然"一词的另一种演变用法，是作为形容词或副词来使用的。用于形容"凡具有某种条件，即会出现某种结果"的情况，与"当然""固然"的用法大概相近，其意义指的是"自自然然的如此"。晋人已经流行"自然"的此用法。与前面列举的四种用法不同的是，前四种中，"自然"一词本身即代表一特定的思想内容，而作为寻常语言的"自然"一词只说明前件与后件的密切关系，密切到后件是前件的"自己如此"，除此没有任何特定思想内容。《原道》篇中两次使用的"自然"，以及《明诗》篇中的"感物吟志，莫非自然"都是这种意义的"自然"，别无深意。

在《原道》篇中刘勰认为文学本于道，但《原道》篇中的"自然"不是"道"的同义语，所以不能像黄侃那样推出"文学本由自然生"的结论。我认同徐复观先生这种在有理有据的分析基础上得出的结论。接下来还有一个问题是，《原道》篇中的"道"究竟作何解释？在《〈原道〉篇通释》一文中，徐复观认为《原道》篇所说的道，很明显的是"天道"或曰"天地之道"：

> 《原道》篇的所谓"道"，不是《老子》"先天地生"（二十五章）之"道"，而指的是天道。但刘彦和因为便于对称性的叙述，却将天地并称，便成为天地之道。②

刘勰所言之道乃天地之道，这一点是毫无疑问的。问题在于，此天地之道的具体内涵究竟是什么？有何意义？徐复观认为："刘彦和为了提倡文应宗经，因而将经推向形而上之道，认为文乃本于形而上之道，这种

---

① 徐复观：《中国文学精神》，上海书店出版社2006年版，第213—214页。
② 徐复观：《中国文学精神》，上海书店出版社2006年版，第217页。

哲学性的文学起源说，在今天看来并没有多大意义。近日研究文学史的结论，大概都可以承认文学起于集体创作的歌谣、舞蹈，远在文字出现之前。这倒是谈我国文学起源的一条新路。"① 但我倒是认为刘勰对文学根源做哲学性的探讨还是有意义的，问题是归结为什么。在那个时代，刘勰把文学的根源归结为天地之道是十分深刻的。因为探讨精神的本源也必然涉及宇宙本源的问题，刘勰没有把文学本源归结过上帝之类，归结为天地之道还是有朴素的唯物主义倾向的。在《中国艺术精神》一书中，徐复观也再三指出，道家特别是庄子所强调的"虚、静、明"之心，"乃是人与自然，直往直来，成就自然之美的心"，而这也正是"艺术精神的主体"。②

我们所说的自然之道与文学之道实际是刘勰那里的天地之道与文学之道。徐复观认为《原道》篇中"自然之道"的"自然"是个形容词而已，《原道》篇所原的"道"应该是"天地之道"。我认同徐复观的这个结论，但同时我认为他所说的"天地之道"与本书中的"自然之道"并不矛盾。因为"天地"正是本书中所讲的作为生命与精神之源的自然即"大自然"的代称。古人所说的天，可以对应我们今天所讲的大自然。清末著名学者王先谦就曾指出："夫天者，万物之总名，自然之别称，岂苍苍之谓哉！"③ 当代学者蒙培元先生也认为："从孔子（老子更不用说）开始，天已经从宗教神学的上帝转变成具有生命和伦理价值的自然界。这正是孔子之所以是孔子，儒家之所以是儒家。孔子说：'天何言哉，四时行焉，百物生焉，天何言哉！'（《论语·阳货》）这里所说的天，就是自然界。"④ 蒙培元还强调指出，四时运行、万物生长是天的基本功能，其中"生"字，明确肯定了自然界的生命意义，但不能仅仅理解为生物学上所说的生。天之"生"与人的生命及其意义是密切相关的，人应当像天那样对待生命，对待一切事物。正是在这个意义

---

① 徐复观：《中国文学精神》，上海书店出版社 2006 年版，第 221 页。
② 参见徐复观《中国艺术精神》的第二章、第三章、第四章，及《中国文学精神》第 10 页作者的一段表白。
③ 王先谦：《庄子集解》，参见鲁枢元主编《自然与人文——生态批评学术资源库》，学林出版社 2006 年版，第 141 页。
④ 蒙培元：《人与自然——中国哲学生态观》，人民出版社 2004 年版，第 27—28 页。

上,成复旺概括中国文学理论的文学观是:"文艺作品是有生命的,有生命的文艺作品是'生'出来的,文艺之道就是自然的生命之道。"①通过这几点,即可见中国古代文艺理论的独特风貌了。如果说中国传统文化是一种以"生命模式"为导向的文化,那么这样的文艺理论就是这种文化的典型体现。

总之,古人所说的"天道"才接近我们今天所讲的"自然之道",刘勰所说的"自然之道"并不是我们今天理解的"自然之道"的意思。徐复观先生对《文心雕龙》中的"自然之道"的语义澄清是非常必要的。看似兜了一个圈子,但这是学术研究应该具备的态度,望文生义是面对古代典籍的大忌。在否定了前人对《原道》篇中所讲的"自然之道"的阐释的同时,把今人所理解的"自然之道"转换成"天道"来理解刘勰,或可更好地揭示了刘勰文艺思想的生态内涵。

(三)"气感说"——中国古代自然论文学观的一个核心观点

我们认为中国古代文论中的自然本体论主要就是"气"本体论,关于"文学之道"与"自然之道"相关联的论述也主要体现在"气感说"中。"气感说"是中国古代文论的重要学说,它从天人一体、互相感应的角度去看待文艺与宇宙的关系,主张在人与自然界的亲和与感应中去吸取文艺的生命精神。"气感说"是从中华古老的原始思维中生发出来的,具有很深的文化蕴涵,对于中国古代文论的生命精神与创作原则有着直接的影响,在今天也不乏其启迪意义。因为在当代世界范围内,无论是有着古老艺术传统的中国,还是西方发达国家,人们在探讨如何重新建构我们的文艺观念与理论时,都不能回避"文艺生命的依据是什么""文艺的内在精神蕴涵源自何处"等问题。在袁济喜看来,文艺的生命源于人与宇宙的生命交流与互动,是生命精神的升华,它既不是简单地反映和静观对象,也不是浅薄地娱悦感官(尽管也有这方面的因素),这是中国古代文论对于文艺本体价值的基本认定。根据袁济喜的考证:

---

① 成复旺:《走向自然的生命——中国文化精神的再生》,中国人民大学出版社 2004 年版,第 18 页。

中国古代文论的"气感说"显然还保留着原始思维的痕迹。上古生民的思维对于人与自然界的关系还停留在彼此不分、物我一体的感觉上，他们从天人一体的朦胧思维中去看待人与自然的关系，在此基础上去看待审美意识问题。所谓"气"，是先秦时代各家都用的一个用来解释宇宙万物与人类自身、精神意识生成与变化的基本概念。庄子尝云：古之人，在浑茫之中。而"气"的概念，正是这种浑茫一体的思维方式下营造出来的带有明显原始思维痕迹的概念。在古人心目中，那种前农业时代天地人浑然不分、氤氲化生、千变万化的生态环境，是一种最高的实在，而浑茫的始基与元素便是无所不包的"气"。"气"的原意是指一种流动的云气，大而化之为"气"，涵括天地人与精神思维一类；分而论之，可以演变成各种自然与人类的具体现象，最典型的便是后汉王充《论衡》中的气论思想。王充《论衡》中将从宇宙到人类社会生活的方方面面都用气的演变来说明，从现代哲学眼光来看，古人早就从世界统一于气的角度来看待生命现象了。特别是两汉思想界的特点，用汤用彤先生的话来说便是气一元论，什么东西都可以用气来解释，而哲学与美学的基本范畴便是"气"。这样也就影响到他们对于作为人类生命精神显现的审美与艺术活动的感受和领悟。①

在中国哲学中，"气"是贯通天地人、物质与精神的本原性存在。老子认为万物生于道，道是由阴阳二气调和化生而成的。庄子则认为精神生于道，而道则是由阴阳二气生成的。正因为阴阳二气组成精神，宇宙间又充塞着气，因此精神不独为人类所专有，而是充满在天地人类之间。"气的本体性，也使它成为整个文化系统和文化形态的生命力之所在，非独个人而已，因此文化的传承，文统的延续，均可以赖气而行"。②儒

---

① 袁济喜：《从古代文论的"气感说"看文艺的生命激活》，载《中国人民大学学报》2004年第5期。
② 彭亚非：《中国正统文学观念》，社会科学文献出版社2007年版，第309页。

家经典《乐记》中讲:"地气上齐,天气下降,阴阳相摩,天地相荡,鼓之以雷霆,动之以四时,暖之以日月,而百化兴焉。如此,则乐者,天地之和也。"这段话中,前面基本是复述《周易》的内容,讲天地如何化生万物,最后落脚于文艺。这些言论主要是为儒家礼乐制度寻找源于天地之道的根据,但同时也表明,在《乐记》的作者看来,天地化生万物本身就是最高的美,因此也就自然而然地是包括音乐在内的一切艺术的本原。诗歌原本与音乐就是一体的,所以诗也是源于天地之和,一切诗性的文学也都是如此。

在文与气的关系阐释中,人们很早就提出了辞与气的关系,但由"气"反省到文学的个性、艺术性,则始于曹丕。因为曹丕的时代文学创作的质量数量达到了一定的水平,儒家的教条被打破,生命力在文学中得到了张扬。曹丕在《典论·论文》中说:"文以气为主,气之清浊有体,不可力强而致。譬诸音乐,曲度虽均,节奏同检,至于引气不齐,巧拙有素,虽在父兄不能以移子弟"。徐复观在《中国文学中的气问题》一文中指出,"文以气为主"的"文"指的是文体,"'文以气为主',是说文章的体貌,乃是由作者的生理的生命力所决定的。这句话,直接触发到了文学的最根本问题。从文学的立场来说,文体是生命力的直接表现,因而文体决定于生命力,这可以说是论文的第一义。"① 在文论中继承了曹丕观点并最先明确阴阳之辨的是清代桐城派古文家姚鼐,他在《海愚诗钞》中曾说:"吾尝以为,文章之原,本乎天地。天地之道,阴阳刚柔而已。苟有得乎阴阳刚柔之精,皆可以为文章之美。"在《复鲁絜非书》中又再次强调:"天地之道,阴阳刚柔而已。文者,天地之精美,而阴柔阳刚之发也。"作家汪曾祺对此非常认同,他曾说过:"中国的文人历来把文学的风格,或者也可以说语言的风格分为两大类。按照桐城派的说法就是阳刚与阴柔。"② 汪曾祺还认为,每个作家都有适合自己气质的语言,"要认识自己的气质,违反自己的气质写另外一种风格的语言,那是很痛苦的事情。"在汪曾祺看来,"桐城派把'文气论'阐说得很具体,他们所说的'文气',实际上是语言的内在的节奏,

---

① 徐复观:《中国文学精神》,上海书店出版社 2006 年版,第 106 页。
② 《汪曾祺全集》第四卷,北京师范大学出版社 1998 年版,第 228 页。

语言的流动感。'文气'是一个精微的概念,但不是不可捉摸。桐城派解释得很实在。"① 郭绍虞也认为,"古文家之所谓的文气,近于自然的音调"。"文气亦有声律的性质","声律也因有文气的性质"。②

曹丕过分强调了先天禀赋的作用,其后的学者更多强调了后天修养、学习的重要,如《文心雕龙》体性篇中讲:"才力居中,肇自血气"。气是生理的生命力,仅此尚不足成就文学艺术,艺术创造还需要具备表现力,这需要学。后代古文家非常重视气,也非常重视学。如韩愈《答李翊书》中说:"气,水也;言,浮物也。水大而物之浮者大小必浮。气之于言犹是也。气盛则言之短长与声之高下者皆宜。"这就是著名的"气盛言宜"的观点。同时韩愈也强调通过学习提高技法的重要,即其文中所说的"虽然,学之二十余年矣"。

在强调"气"的本体地位的同时,古人也指出,气有清浊,性有善恶,所以作家秉持何种气直接关系到其文学的质地,作家必须"养天地正气",才能得"性情之正"。明代宋濂的《文原》下篇讲道:"为文必在养气。气与天地同,苟能充之,则可配序三灵,管摄万汇。不然则一介之小夫耳。君子所以攻内不攻外,图大不图小也。"又说:"人能养气,则情深而文明,气盛而化神,当与天地同功也。"黄宗羲《斜皋羽年谱游录注序》中说:"夫文章,天地之元气也。"都是强调诗文禀赋着天地自然的大道与生机。养气首先是从天地中得元气正气,养天地浩然之气。当然中国文化的一个根本的信念是,凡是人的本性都是善的,也大体都是相同的,因而由本性发出来的好恶,便彼此相去不远。所以一个伟大的诗人的基本条件,就是不失其赤子之心,不失去自己的真性情,这便是"得性情之正"。能"得性情之正",则性情的本身自然会与天下人的性情相感相通,发出深藏在天下人心灵深处的好恶,这即是由性情之正而得好恶之正。按照中国传统的观点,感情越接近于纯粹而少有个人的私心杂念在里面,就越接近于感情的"本真"状态,也就越能表达人性的某一个方面,由此也就具有了社会共同性。所以"性情之正"还是根于"性情之真"。当然这需要在"性情之真"的基础上进一

---

① 《汪曾祺全集》第四卷,北京师范大学出版社 1998 年版,第 11—12 页。
② 郭绍虞:《文气的辨析》,见《郭绍虞说文论》,上海古籍出版社 2000 年版,第 37 页。

步加强文化修养和人格提升,创作出有担当有道德的文章。或者讲得自然天地正气滋养的作家至少不会心理变态,不会以丑为美地创作一些无病呻吟的虚无之作。

(四) 自然论文学观的当代传承

当代文学史家林庚、胡兰成等对中国重自然的文论传统进行了继承和发扬。林庚在《中国文学史》和《林庚推荐唐诗》序言中都特别强调自然的价值,推崇一种生命自由向上的"青春精神"。胡兰成指出,"对大自然的感激"是中国文学的重要表现内容,《诗经》《楚辞》《易经》中的一些篇章和《老子》《庄子》"皆是世界上最好的文章,皆是直接写的大自然。"而"宋儒很败坏了中国文学的传统,因为宋儒只知在那里天理与气,但是不知天意,又不知大自然的象与文言,变得人事压没了自然。"[1] 他还指出:

> 中国文学是人世的,西洋文学是社会的。人世是社会的升华,社会惟是"有",要知"无"知"有"才是人世。知"无"知"有"的才是文明。大自然是"有""无"相生,西洋的社会惟是物质的"有",不能对应它,中国文明的人世则可对应它。文明是能对应大自然而创造。[2]

同时,胡兰成还概括了大自然的五项基本法则:第一,大自然有意志与息,而意志亦即是息;第二,阴阳法则;第三,有限时空与无限时空统一法则;第四,因果性与非因果性统一法则;第五,循环法则。胡兰成对这些基本法则做了进一步的阐释,并且在中西自然观的对比中指出了西方文明和文学悖逆自然天道的恶果:"文明是当初发明了轮,至今用之不尽,但西洋人自己的作为则都是直线的,他们用数学也求证不得一个圆。现在的环境污染就是因为不能物质还原。"[3] "西洋文学的低俗就在于其有人事而无天意。西洋的古代文学没有写自然风景,近世的有写

---

[1] 胡兰成:《中国文学史话》,上海社会科学院出版社 2004 年版,第 16 页。
[2] 胡兰成:《中国文学史话》,上海社会科学院出版社 2004 年版,第 3 页。
[3] 胡兰成:《中国文学史话》,上海社会科学院出版社 2004 年版,第 4 页。

自然风景，如托尔斯泰写俄罗斯的大雪旷野中的马车，如英国王尔德童话中的写月光，但皆是只写了物形，没有写得大自然的象。那情绪也是人事的，不知自然是无情而有意，所谓天意。近世西洋的画家想要脱出物形，但亦还是画不得大自然的象。想要弃绝情绪，但亦还是画不得大自然的意思。"①

在胡兰成看来，作家悟得了大自然，即是与神灵相通。如果诗人离开了大自然，也就失去了神助。"古人是离神近，而后世的人们则渐渐离神远了。""忘记了文明之始是怎样的，这就渐渐隔离了大自然，渐渐离开了神了。"正如老子所说："五色使人目盲，五音使人耳聋，五味使人口爽，驰骋畋猎使人心发狂。"在胡兰成看来："物理学上今是机械应用技术的发达遮没了知性的阳光，以致原理的发现力萎死了。罗丹与海明威是以人的肉体的生命力自隔于大自然的无际限。陀思妥耶夫斯基是以人的肉体生命的情知求与神对面，不知是要你身上一无所有才可到得神前。人身本来亦是大自然的空与色，所以人身为神所造，然而历史上到了衰颓之世，人被肉体的男女情欲淹没了，不复知男女之始是有大自然的阴阳清肃。老子所以提醒人到时候需要又来一次原始返本。"②

二、西方文论中对自然与文学本原关系的重视：以浪漫主义为例

中国古代文论以自然为宗主，西方文论中也不乏对自然的关注。前面讲过，古希腊的文学艺术也充满对自然的感情，但是占据古希腊文化主导地位、对中世纪和近代思想产生根本影响的希腊哲学确实是忽视自然的。直到西方近代浪漫主义思潮的兴起，西方哲学的自然审美观才有了一个彻底的改变。受哲学制约的西方文论中也是从浪漫主义思潮开始对自然的本体论价值重视起来，自然取得了近似于上帝的地位。浪漫主义是西方近代文学最重要的思潮之一，它始于十八世纪末到十九世纪三四十年代，其最先形成于德国，而后波及英国、法国和俄国，在短短的十多年里，迅速发展成为一场风靡欧洲的文学运动，相继产生了许多有

---

① 胡兰成：《中国文学史话》，上海社会科学院出版社2004年版，第16页。
② 胡兰成：《中国文学史话》，上海社会科学院出版社2004年版，第74页。

影响的作家和作品。鲁枢元先生曾经对浪漫主义的含义和价值做出过如下概括:"简单地说,这是一种与启蒙运动的思维定向、价值取向唱反调的文学,一种与方兴未艾的现代工业社会反其道而行的文学。这一时期的浪漫主义文学表现的主要思想倾向是:重精神,轻物质;重情感,轻理智;厌恶工业文明,珍惜生存的诗意;崇尚自然心灵,敌视现代科技;背对现实,追忆往昔;热衷于回归乡土、回归民间、回归自然、回归传统,其作品的情调往往是悲悯的、感伤的,且多采取想象的、夸张的、幻化的乃至神秘的创作方法。"① 鲁枢元先生的这段话较好地揭示了浪漫主义文学与自然之道的内在关系,浪漫主义文学的旗帜就是"返回自然",自然在浪漫主义者那里具有诗性家园的意义。

与以往的文学思潮不同的是,浪漫主义的影响远远超越了文学领域,涉及社会政治生活和道德生活多个领域。英国著名学者以赛亚·伯林认为:"完全可以肯定浪漫主义运动不仅是一个有关艺术的运动,或一次艺术运动,而且是西方历史上的第一个艺术支配其他方面的运动,艺术君临一切的运动。在某种意义上,这就是浪漫主义运动的本质。"② 在伯林看来,浪漫主义的发生是西方世界意识形态领域的一次转折,发生在十九、二十世纪历史进程中的其他转折都不及浪漫主义重要,而且它们都受到浪漫主义的深刻影响,"浪漫主义的重要性在于它是近代史上规模最大的一场运动,改变了西方世界的生活和思想。对我而言,它是发生在西方意识领域里最伟大的一次转折。发生在十九、二十世纪历史进程中的其他转折都不及浪漫主义重要,而且它们都受到浪漫主义深刻的影响。"③ 在浪漫主义的诸多重要意义中,最为突出的一点还是浪漫主义者"萌发出了一种对待自然的全新态度"④,法国作家卢梭和英国诗人华兹华斯、柯勒律治就是其中的代表人物。

一般认为是卢梭开了对现代文明或现代性进行批判的先河。美国著名学者列奥·施特劳斯在论现代性危机时就曾指出:"现代性的第一次

---

① 鲁枢元:《关于文学与社会进步的反思——兼及"退步论"文学评估》,载《文艺争鸣》2008年第5期。
② [英]以赛亚·伯林《浪漫主义的根源》,译林出版社2008年版,编者序第3页。
③ [英]以赛亚·伯林:《浪漫主义的根源》,译林出版社2008年版,第9—10页。
④ [英]以赛亚·伯林:《浪漫主义的根源》,译林出版社2008年版,第9页。

危机发生在让·雅克·卢梭的思想中。"① 卢梭认为文明社会的形成即是人类堕落的开始,而现代性非但没有校正此罪恶,反而使人类在迷途上越陷越深。湖畔派诗人华兹华斯和柯勒律治秉承了卢梭关于回归自然的理想,他们追求未受文明污染的自然的生活和自然人。苏文菁在《华兹华斯诗学》一书中认为:"华兹华斯的自然就是田园山野,就是作家个人的心灵与情感,沉思自然就是思索人的生存状态。"②

丹麦著名文学批评家勃兰兑斯在《十九世纪文学主流》"英国的自然主义"一节中对19世纪英国浪漫主义文学思潮中推崇自然的创作情况做了描述:

> 英国诗人全部都是大自然的观察者、爱好者和崇拜者。喜欢把他的癖好展示为一个又一个思想的华兹华斯,在他的旗帜上写上了"自然"这个名词,描绘了一幅幅英国北部的山川湖泊和乡村居民的图画,这些图画尽管工笔细描,却自有一番宏伟景象,司各特根据细致入微的观察,对大自然所作的描写是如此精确,以致使一个植物学家都可以从这类描写中获得关于被描绘地区的植被的正确观念。济慈尽管对古代风格和希腊神话非常热爱,却是一个感觉主义者,天生具有最敏锐、最广阔和最细腻的感受能力;他能看见、听见、感到、尝到和吸入大自然所提供的各种灿烂的色彩、歌声、丝一样的质地、水果的香甜和花的芬芳。……甚至像拜伦的《唐璜》和雪莱的《倩契》那种作品的最强烈的倾向,实际上也都是自然主义。换言之,自然主义在英国是如此强大,以致不论是柯勒律治的浪漫的超自然主义、华兹华斯的英国国教的正统主义、雪莱的无神论的精神主义、拜伦的革命的自由主义,还是司各特对以往时代的缅怀,无一不为它所渗透。它影响了每个作家的个人信仰

---

① 转引自赵刚《波兰文学中的自然与自然观》,外语教学与研究出版社2007年版,第29页。

② 苏文菁:《华兹华斯诗学》,社会科学文献出版社2000年版,第13页。

和文学倾向。①

特别是在诗人华兹华斯的诗歌中，充分地表达了诗人对自然强烈而真挚的爱。勃兰兑斯指出，由于华兹华斯对一切外在的自然现象天生具有特殊的感受能力，因此禁不住要大声疾呼："大自然啊！大自然啊！"以此作为他的口号。在华兹华斯的诗中，"十八世纪所推崇和颂扬的有教养的人失去了踪影，却出现了被新时代认为和飞禽走兽草木岩石同出一源、互为亲属的人类。基督教要人们爱自己的同类，泛神论却要人们爱最卑微的动物。"② 当然，十九世纪浪漫主义文学思潮对大自然的钟爱，不仅体现在英国诗人那里，而且也体现在同时代的其他欧洲诗人那里。正如勃兰兑斯所说："对于大自然的爱好，在十九世纪初期像巨大的波涛似地席卷了欧洲。"③ 浪漫主义文学背后的哲学观念非常值得重视，当时一些著名哲学家的思想对浪漫主义起了理论导向和支撑的作用。

一是哈曼关于神话与自然关系的观点。伯林在《浪漫主义的根源》一书中对约翰·乔治·哈曼寄予了很高的评价，称他是"第一个以最公开、最激烈、最全面的方式向启蒙主义宣战的人""启动了浪漫主义进程"。哈曼特别重视神话的文学价值，他认为，神话既非孟浪之人用来迷惑视听的邪恶发明，也非诗人捏造出来粉饰诗作的巧言丽辞。神话是人类用来表达他们对于不可言喻的大自然之神秘感受的，他们无法用其他方法表达他们的感受。因为使用一般的言辞，总会言不及义，破坏所要表达的对象本身，也就是说，破坏了生命和世界的同一性、连续性和生机。神话使用艺术意象和艺术象征而非词语来传达生命和世界的神秘，把人同自然的神秘性联结起来。简单地说，这就是哈曼的观点。④ 根据伯林的分析，哈曼的思想源于一种古老而神秘的生机论，这种信仰认为，上帝通过自然向人类传递声音，所以人类可

---

① [丹麦] 勃兰兑斯：《十九世纪文学主流》，第四分册：英国的自然主义，徐式谷等译，人民文学出版社1984年版，第6—7页。

② [丹麦] 勃兰兑斯：《十九世纪文学主流第四分册：英国的自然主义》，人民文学出版社1984年版，第44页。

③ [丹麦] 勃兰兑斯：《十九世纪文学主流第四分册：英国的自然主义》，人民文学出版社1984年版，第41页。

④ [英] 以赛亚·伯林：《浪漫主义的根源》，译林出版社2008年版，第54页。

以从大自然和历史里感知上帝的声音。所以说这位堪称浪漫主义之父的人正是对这种古老的信仰做了延伸，发展成了浪漫主义时代的泛灵论思想。

二是谢林哲学中关于自然与艺术关系的观点。德国哲学家谢林的思想对奔放的浪漫主义的最终爆发影响巨大。谢林持一种神秘主义的活力论自然观，在他看来，自然本身是有生命的，是一种精神性的自我发展。自然是无意识的意志，人则是逐步获得自我意识的意志。正如二十世纪英国著名哲学家伯林所说："谢林的观点对于德国美学和艺术哲学产生了深远的影响；因为如果自然界的一切都是活生生的话，如果我们不过是自然中最具自我意识的代言人而已，那么艺术家的职责就是挖掘他自己，最重要的就是挖掘他自身里面黑暗的无意识的力量，通过痛苦而暴烈的内部斗争把无意识提升到意识的层面，这就是谢林的观点。自然内部存在着斗争，火山喷发、电磁效应，这些现象都被谢林解释为某些盲目神秘的力量为了证明自身价值所做的斗争，只可惜人类对此只有一知半解。对谢林来说，真正有价值的艺术作品，是那些类同自然之作，能够传达出那些尚不具备完整意识的生命的悸动。这种观点深深影响了柯勒律治以及他的那一辈的艺术家。按照谢林的看法，具有完整自我意识的艺术作品类似于摄影。任何艺术作品，如果只是一种复制，只是一种知识或科学的类似物，只是细心观察和缜密记录之物，产生于清晰精确的科学模式，那么艺术就死了。艺术作品的生命（也是艺术作品共有的品质）与自然中令人仰慕的东西相似，是某种喷薄而出的力量、动力、能量、生命和活力。这就是伟大的绘画、雕塑、音乐作品之所以伟大的原因，因为通过它们，我们看到的不仅仅是表面，不仅仅是技艺，不仅仅是艺术家有意为之的形式，更有艺术家本人可能没有完全意识到的事物，即他自身内在的某些无限精神的悸动，艺术家本人恰恰能使它得到特别的表达并成为自我意识的代言人。退一步说，这种精神的悸动也是自然的悸动，因此当人们观看绘画、倾听音乐的时候，艺术作品能够施与他一种类似于自然现象的活力。当艺术作品缺乏这种活力，当艺术只是墨守成规时，当艺术受制于完全自觉的意识——艺术家完全知道自己的创作行为时，艺术产品必定是典雅对称的，也必定是僵死的。本质上说，这就是浪漫主义的、反启蒙主义的艺术观。"①

谢林还特别谈到神话与自然的关系："神话是任何艺术所不可或缺的条件和原初质料"，"所谓神话，无非是尤为壮伟的、其绝对面貌的宇宙，名副其实的自在宇宙，无非是神祇形象创造中那种生活与奇迹迭现的混沌两者之景象；这种景象本身即已构成诗歌，同时又是自我提供的诗歌质料和元素。它（神话）既是世界，可以说又是土壤；唯有植根于此，艺术作品始可吐葩争艳、繁荣兴盛。"谢林这段话主要表明了：神话本身就是一种古老的文学样式，同时它又是诗歌和一切艺术的土壤和源泉。谢林还提出了神话是艺术和自然之间的中介的观点："艺术和自然所处的地位极为相近，而神话则似为艺术和自然两者的中介。"神话的这一"中介"使命主要是通过"原始思维"实现的。原始思维是人类童年时代的思维，所以也被叫作"童年思维"，也可以称之为是一种诗性思维。②

三是康德的哲学美学思想中对自然价值的辨析。康德把一种新的并带有某种革命性的自然观留了下来，他的自然观在欧洲思想中占据了相当重要的位置。在他之前，人们对待自然的态度大体上都是友善和尊敬的，不管"自然"这个词意指何物——一些学者曾做过统计，仅在十八世纪附着在"自然"一词上的意思就不下两百种。自然被视为一个和谐的系统，或至少是个均衡、构造合理的系统，谁与自然脱榫，谁就遭殃。因此，人们犯了罪或遭遇不幸时，救治的办法就是让他们回到本来应该待的地方，或者说让他们回到自然的怀抱里去。在康德看来，"这简直是一派胡言。"③康德认为美的艺术是一种当它同时显得像是自然时的艺术，"在一个美的艺术作品上我们必须意识到，它是艺术而不是自然；但在它的形式中的合目的性却必须看起来像是摆脱了有意规则的一切强制，以至于它好像只是自然的一个产物。在我们诸认识能力的、毕竟同时又必须是合目的性的游戏中的这种自由情感的基础上，就产生那种愉快，它是唯一可以普遍传达却并不建立在概念之上的。自然是美

---

① [英]以赛亚·伯林：《浪漫主义的根源》，译林出版社2008年版，第101—102页。
② [苏联]叶·莫·梅列金斯基：《神话的诗学》，商务印书馆1990年版，第14页。
③ [英]以赛亚·伯林：《浪漫主义的根源》，译林出版社2008年版，第79—80页。

的，如果它看上去同时像是艺术；而艺术只有当我们意识到它是艺术而在我们看来它却又像是自然时，才能被称为美的。"①

康德甚至还把对大自然的美的感受力与一个人的灵魂的美丑联系起来："自然美对艺术美的这种优点（哪怕前者在形式上甚至还可能被后者所胜过），却仍然单独唤起一种直接的兴趣的优点，是与一切对自己的道德情感进行过培养的人那经过净化和彻底化的思想境界相一致的。如果一个人具有足够的鉴赏力来以最大的准确性和精密性对美的艺术产品作出判断，而情感离开一间在里面找得到那些维持着虚荣、至多维持着社交乐趣的美事的房间，而转向那大自然的美，以便在这里通过某种他自己永远不能完全阐明的思路而感到自己精神上的心醉神迷：那么我们将以高度的尊敬来看待他的这一选择本身，并预先认定他有一个美的灵魂。"②

康德还认为大自然的美的形式本身就是"某种更高意义的语言"，并且是人工艺术无法取代的："美丽的自然界中种种魅力如此常见地和美的形式仿佛熔合在一起而被碰到，它们要么属于光的变相（在着色时），要么属于声音的变相（在发声时）。因为这是两种唯一的这类感觉，它们不仅允许感性情感，而且也允许对感觉的这些变相的形式所进行的反思，因而仿佛含有大自然带给我们且似乎具有某种更高意义的语言。所以百合花的白颜色似乎使内心情调趋于纯洁的理念，而从红色到紫色的七种颜色按照其次序则使内心情调趋于（1）崇高、（2）勇敢、（3）坦诚、（4）友爱、（5）谦逊、（6）坚强、（7）温柔这样一些理念。鸟儿的歌唱宣告了欢乐和对自己生存的满足。至少我们是这样阐释自然界的，不论它的意图是不是如此。但我们在此对美所怀有的这种兴趣绝对需要的是，它是自然的美，而一当我们发现有人在欺骗我们，它只是艺术而已。则这种兴趣就完全消失了；这样一来，甚至就连鉴赏也不再能在这上面感到任何美，或视觉也不再能在这上面发现任何魅力了。有什么比在宁静夏夜柔和的月光下，在寂寞的灌木丛中夜莺那迷人而美妙的鸣啭，得到诗人更高赞美的呢？……那必须是自然，或被我们

---

① [德] 康德：《判断力批判》人民出版社 2002 年版，第 149 页。
② [德] 康德：《判断力批判》人民出版社 2002 年版，第 142 页。

认为是自然，以便我们能对美本身怀有一种直接的兴趣，进一步说，如果我们甚至可以指望别人也应在这上面怀有兴趣的话：这就是实际上发生的事了，因为那些对自然美没有任何情感（因为我们就是这样称呼在观赏自然时对兴趣的感受性的），并在餐饮之间执着于纯感官感觉的享受的人，我们就把他们的思想境界看作粗俗的和鄙陋的。"①

十八世纪初期的主流美学理论认为人应该拿一面镜子照自然。这样的表述显得相当粗糙，也使人误解。……实际上他们说的自然意指生活。而且他们所说的生活并非已然的现实生活，而是"一种值得奋争的东西，人生向往的某些理想形式"②。十世纪的勒内·拉潘说过，亚里士多德的诗学无非是"自然还原为方法，良好的判断还原为法则"。蒲柏在他的著名的诗行里也重复了这一观点：以往的法则被发现，而非被证明，自然依旧是自然，但自然变成了方法。大体上说来，这是十八世纪的正统学说，也就是说要在自然本身中发现方法。……画家依照自然矫正自然，依照自然的完美范型矫正自然的不够完美之处。③ 亚历山大大帝总比某个瞎了眼和瘸了腿的乞丐俊美，因此，比起自然一失手所造成的乞丐来，他更应该受到艺术家的青睐。自然总是趋向完美。我们凭借内在的感觉知道何谓完美，完美使我们明白什么是规范的，什么是反规范的；什么是理想的，什么是有悖理想的。……作画的目的在于通过描画不断探索智者或灵魂来表达自然的趋求。自然趋求美，自然趋求完美。那个时候的人们都这样认为。自然可能无法实现这些理想，特别是，人类显然也无法达到理想状态。但是通过审视自然，我们能发现自然发展的总体趋向，我们看得出它的努力能够产生什么。我们知道一棵发育不良的橡树和一棵根深叶茂的橡树之间有什么差异。发育不良就是没有长成自然本身所预定的样子。④ 这种对自然美的理解是与对上帝的理解出自同一个思路，不同于"自然全美"的观点，也不是完全从生态法则的合理性出发的。自然生态中老鼠和老虎一样美，一样有价值，大树和树下的小草一样美，而鳄鱼吃羚羊的残忍画面也一样是生态的，但

---

① [德] 康德：《判断力批判》，人民出版社2002年版，第144—145页；
② [英] 以赛亚·伯林：《浪漫主义的根源》，译林出版社2008年版，第32页。
③ [英] 以赛亚·伯林：《浪漫主义的根源》，译林出版社2008年版，第33页。
④ 参见 [英] 以赛亚·伯林《浪漫主义的根源》，译林出版社2008年版，第34页。

不是美的，说"自然全美"不符合人的精神上的善的要求。

　　实际上在浪漫主义者眼中，自然也并非总是友善平和的，自然也有两极性，既是柔风细雨的慈母，也可以是恐怖的破坏者，它的丰富多彩让浪漫主义者不断发出感叹。浪漫主义者认为自然本身具有创造价值的能力，而且它有能力通过特定语言将此种价值传递给人。浪漫主义强调自然中蕴含的力量，强调它对于人的独立性和它的广阔与神秘。这个自然是独立的，远比试图认识它、理解它、表达它的人类宏大、深邃得多。

题记：今天的人类的文艺精神被商业与技术化所淹没，远离自然界，迷恋于自娱自乐，这不仅使人的精神俗化，而且造成国民精神的无根，失去灵魂的安顿与精神家园，长此以往，后果将是严重的。

——袁济喜《文学的生生不息与自然的超验意义》

第三章

文学的失根状态

老子曰："重为轻根，静为躁君，……轻则失根，躁则失君。"[①] 在工具理性主义横行和消费主义急剧扩张的时代背景下，"现代文明"背离了文明的本意，走向了野蛮，人类的生存根基——大地母亲被肆意践踏。随着自然的破败与生命的异化，作家与大众都普遍背离自然之道和"生命文化"，而热衷于物质功利和"死亡文化"。在"死亡文化"的挤压和生态危机的催迫下，文学艺术的生命也岌岌可危，甚至许多文学艺术也蜕变成了"死亡文化"，表现为形式化、技巧化、技术化、市场化、商业化、媚俗化；脱离自然大地与乡土、脱离生命与情感、脱离底层与文化传统，在现实面前缺乏批判性与责任担当，逐渐走向死亡。作家进行艺术创造的最大资本就是质朴而深沉的感情，如果没有了质朴的感情，那么他所创造的文学作品也就失去了灵魂，失去了生命。文学如果与自然和生命疏离质量就会下降，同时如果自然本身破坏了，生命本身异化了，那么文学家即使不与自然疏离，诗性生命也会日渐枯萎，因为大地已死。当然，在今天这个物质功利化时代，文学的问题不只是作家创造力与作品质量的下降，还有大众对物质与欲望的狂热，对精神的文

---

① 《老子》第二十六章。

学艺术的疏离。这是文学所处的整个时代的问题。

本章将从三个方面揭示当下文学无根状态的成因与表现：首先，现实的自然生态严重恶化，大自然与人的个体生命的异化都将导致诗性资源的丧失和诗性生命的夭亡。其次，由商业主义、技术主义与权力主义造成的"逆自然"的精神生态导致文学存在的诗性土壤困乏，物质化功利化的时代精神必然造成文学艺术的质量下降。最后，文学创作与文学批评中的科学主义和反自然倾向直接表现出的文学失根状态。

第一节 自然生态的恶化与诗情的枯竭

大自然以其博大的胸襟孕育了生命，也孕育了人类的诗性精神。大自然在人类现代工业文明的挤压下越来越失去往日的风采，也越来越失去孕育生命和精神的生殖力。随着自然生态的恶化，人的生命力和艺术创造力也不可避免地走下坡路。诗性的生命往往需要城乡两种文明的熏陶，如果城乡的自然生态都破坏了，诗性生命的成长孕育环境就会恶化。"生态位"出现了变异，依托一定的自然环境的诗性生命和艺术物种都面临生死存亡的考验。

一、自然生态的恶化与天地大美的消逝

自然生态危机表现在诸多方面，其中很多就是对生命存在的直接威胁。例如，世界野生动植物保护协会专家的最新研究报告指出，气候变化导致12种致命疾病流行，这12种疾病是：结核病、裂谷热、昏睡病、"赤潮"病、禽流感、巴贝西虫病、霍乱、埃博拉病毒、黄热病、超导寄生虫、莱姆病和鼠疫。可以说每一种病的流行都会给人类带来巨大的灾难，使人的生命遭到严重的打击。而有关专家们认为，上述12种疾病仅仅是人类对气候的"攻击"带来的众多恶果中的一些较为突出的例子，这份名单还有可能继续扩充。[①] 地球上的哺乳动物物种的四分之一正濒临灭绝，这无论对于人类生命的现在还是未来都是一个坏消息。还

---

① 《气候变化导致12种致命疾病流行》，载《参考消息》2008年10月11日第7版。

有一篇报告则是预言了人类沦为"生态难民"的可怕前景。根据联合国的估计，到二十一世纪中叶，全球将有两亿多人因为气候变暖所引发的干旱、洪水以及海平面加速上升等生态灾难，被迫沦为生态难民，将给全世界带来难以预料的后果。① 不幸的消息接踵而至，人们已经多少有些见怪不怪、麻木不仁。大自然母亲的健康遭到损害，紧随其后的必将是人类。先哲早就警告过我们："天作孽，犹可违；自作孽，不可逭。"如果人类继续不知悔改地肆意破坏自然，最终人类将彻底灭绝，人类创造的文学艺术当然也不复存在。

在自然环境的恶化中，作为生命之源的水资源的匮乏与污染是最突出、最致命的，从城市到乡村很难见到干净的江河湖泊，从黄河、长江到太湖、滇池，从京杭大运河到姑苏城内的河道都污染了，或许只有鱼缸里的鱼还生活在干净的水里。另一个突出问题是大地变得越来越贫瘠，过度砍伐带来了严重的水土流失，化肥和农药的使用导致土壤板结、土质下降，而钢筋混凝土构筑的世界则更是寸草不生。另外，大气质量也严重恶化，绿地森林减少氧气减少与汽车尾气烟囱粉尘增加。城市、乡村与荒野的三重破坏，失去了青山绿水，不见了红日初升之壮美，繁星满天之神秘。大自然爱与美失落了。自然生态变异对于童年与诗性的伤害最为严重，从童年开始见不到自然的美与勃勃生机，于是诗性早早就夭折了。"文气"变质，作家量级必然下降。人的精神的焦虑与苦闷，生命处于忧虑无奈绝望之中，诗意必然沦丧。

在中国传统文化中，一直把宇宙看作是一个大生命，一个统一的生命大家庭。成复旺先生认为这种宇宙观包含两个要点："一是认为宇宙自有生机，即认为宇宙是由它自己的生机，生生不已地繁育而成的，而不是由一个外在的造物主创造出来的；二是认为万物皆有生命，即认为万物皆禀赋着宇宙之生机，皆具有生命之灵性，而不是静止状态的死物。"② 上述两个要点又可以归结为一个核心观点：造物者与被造物者的统一。或者说，宇宙万物，都既是造物者，又是被造物。庄子曰："天

---

① 《人类面临"生态难民"难题》，载《参考消息》2008年10月14日第7版。
② 成复旺：《走向自然生命——中国文化精神的再生》，中国人民大学出版社2004年版，第28页。

地有大美而不言，四时有明法而不议，万物有成理而不说。圣人者，原天地之美，而达万物之理。是故至人无为，大圣不作，观于天地之谓也。今彼神明至精，与彼百化。物已死生方圆，莫知其根也。扁然而万物自古以固存。六合为巨，未离其内；秋毫为小，待之成体；天下莫不沉浮，终身不故；阴阳四时运行，各得其序；惛然若亡而存；油然不形而神；万物畜而不知：此之谓本根，可以观于天矣。"（《庄子·知北游》）但是今天，"天地之大美"与"四时之明法"都遭到了空前严重的破坏，文艺的生命之根基将出现塌陷。

宋代大诗人苏轼曾在被贬黄州时所写的《赤壁赋》中感叹人生的短暂，天地的长久："寄蜉蝣于天地间，渺沧海之一粟哀吾生之须臾，羡长江之无穷"，在此基础上他进一步在大自然中找到了精神归宿，悟得了人生的审美自由境界："唯江上之清风，与山间之明月，耳得之以为声，目遇之而成色。取之不禁，用之不竭，是造物主之无尽藏也，而吾与子之所共适。"这段话集中体现了大自然在中国古代文人心目中拥有的精神家园的地位。到了清代的郑板桥那里，也有诗曰："汲来江水煮新茗，买尽青山做画屏。"依然有对自然的强烈的审美意识，但一个"买"字已经显得比苏轼的境界差了一截。而今天，苏轼泛舟的长江早已"高峡出平湖"，壮美的江河已经被污染得很严重了，或许没有谁敢直接用江里的水煮茶喝了。而青山又剩多少了呢？或者真的有人有钱买到青山，那可能也是要建别墅而不是"做画屏"的。今天整体的自然生态已经恶化，天长地久的世界渐渐远去，天地大美日渐黯然失色。当代诗人于坚在他的诗歌中直接表达了对自然之美丧失的绝望，他在《那人站在河岸》一诗中写道："那人站在河岸/那人在恋爱时光/臭烘烘的河流/流向大海的河流/一条黑烟/从城市里爬出/爬向大陆边边/爬进蔚蓝的大海/那人的爱情/一生一次的初恋/就在这臭烘烘的河上开始/一开始就长满细菌……/他想起中学时代读过的情诗/十九世纪的爱情也在这河上流过/河上有鸳鸯天上有白云/生活之舟栖息在树荫下/那古老的爱情不知漂到海了没有/那些情歌却变得虚伪……"这首诗强烈地呈现了自然的变化与人的情感体验的内在一致性。自然恶化了，托自然之物起兴的情歌也失去了情感依托，变得虚伪了，这也正反映了艺术与自然之间的紧密关系。

当代西方学者对于生态恶化所带来的生存家园的丧失也有着清醒的认识,麦克基本在《自然的终结》一书的序言中说:"我们应该从消费的迷惑中觉醒过来并且有所行动","我们的欲望将会使形势变得令人绝望。我们要有效地控制我们的人口和欲望。"① 但是在现实中人们又是绝不愿意停下来的。这似乎也并不奇怪,因为几乎对于世上一切美好的事物,人们都是在失去之后才知道珍惜。从拥有大自然时的歌颂吟唱,到丧失大自然之后的哀叹反思,人类感受到了大自然终结带来的无尽哀伤。今天自然已经终结了,"当我说我们已经终结了自然的时候,很显然,我的意思并不是自然的过程已经停止了。阳光还那样灿烂,风还在刮,万物还在生长着、衰败着,光合作用还在继续着,呼吸还在进行着。可是,我们至少在现代社会里已经终结了为我们所界定的自然——与人类社会相区别的自然。"② 麦克基本还指出,当处女地正在消失的时候,没有人晓得处女地是美国人生活中的重要力量,可是,当处女地已经不复存在的时候,人们才真正理解了它的重要。其原因之一就是人们对于自己周围的自然界非常缺少关注,它一如既往地存在,我们也假设它还会存在。当它消失以后,它的基本的重要性便一目了然了,这和那些日常生活中从不想起他们的父母,只有在为父母举行葬礼的时候才有了异样的感受的人是一样的。③

面对自然的终结,人们的感受有多种方式。如果自然的意义就是因清新流畅之美而产生快慰的话,自然的消失就是人类无尽的悲哀。如果自然对我们是一种精神家园,那么自然的沉沦也就是信仰的丧失。今天不但是一向缺乏宗教信仰的中国人视自然为精神的家园,而且一直有着基督教信仰的西方人,也或多或少地离开了原有的宗教信仰而把上帝置于自然的位置上来理解。如麦克基本所言:"从季节的变换,从自然的美、从不可改变的衰朽与生命……从整个自然界,我看到了许许多多永恒的一瞬、美妙的设计和慈悲之心。"随着时间的推移,西方人开始赋

---

① [美] 麦克基本:《自然的终结》,吉林人民出版社 2000 年版,序言。
② [美] 麦克基本:《自然的终结》,吉林人民出版社 2000 年版,第 61 页。
③ [美] 麦克基本:《自然的终结》,吉林人民出版社 2000 年版,第 66 页。

予上帝以人的形象，但是对上帝的感情却依附于森林、田野、鸟类和狮子，这也正是西方人为什么会因为人们对环境的"亵渎"而感到悲伤的原因。人们的感觉中上帝并不是存在于"上帝的房间里"，而是存在于他的室外，"存在于阳光普照、松针满目的山坡上，存在于激流拍岸的浪花里"。上帝是一种关于自然的意义，这种感情在都市时代已经淡化了。梭罗曾说："在现时代，上帝已经达到了他的顶点，伴随着时光的流逝，他已经永远不会变得更加神圣。通过我们周围真实的自然持续不断地灌输和浸润，我们已经能够完全地理解庄严与崇高的意义。"① 当上帝消逝之后，自然就具有了上帝的意义，但是假如自然也死了，那人类就只能彻底走向虚无。所以麦克基本强调，以自然取代上帝必然要求人们更加关注"生命之网"的价值：

> 在那种科学可以代替宗教成为人类与自然对抗的一种方式的希望背后，真实的希望是用自然取代上帝，从而成为人类精神与智慧的源泉。和谐、稳定、秩序以及我们在自然秩序中的位置——科学家为此曾像约伯一样孜孜不倦地探求着，他们持续关注着"生命之网"和生与死的庄严循环。可是，自然最终被证明是脆弱的：人类可以使它本末倒置，以至于它不再是不可改变的，也不再是"站在生命的一边"。原子弹证明，通过一种新的和令人感兴趣的方式，使某些元素聚合，产生了消灭大部分生命的可能。②

可见，自然不但是美的源泉，也是失去了上帝的现代人灵魂的家园。但是现代社会"流动性太大的城市生活的一大病症，就是人们因没有自己所属和属于自己的地方而感到的迷失。了解自己，实际上也就是了解自己所在的地方；而在孤身一人的时候，人很快地弄清自己的所在"③。在以城市化为主导的现代社会发展进程中，最具破坏力之处是切断了人与

---

① 转引自［美］麦克基本《自然的终结》，吉林人民出版社2000年版，第68页。
② ［美］麦克基本：《自然的终结》，吉林人民出版社2000年版，第79页。
③ ［美］霍尔姆斯·罗尔斯顿：《哲学走向荒野》，吉林人民出版社2000年版，第407页。

自然的联结："现代西方世界的人驱逐神灵，割断我们与世界网络的联系，不再认为自己与大地、万物、地球家庭性灵相连；相反，我们超越了身体，活在自己的脑袋里，在这个缺乏生气、沉闷的世界里，我们只和同类相连。人类过于仰赖心智的结果是创造了惊人的物质文化：城市、高速公路、烤面包机、果汁机、电脑科技、医疗科技、回纹针、来复枪、电视机……我们发现自己越来越孤立、破碎、寂寞、畏惧死亡，还为这种状态创造了一个名词：'疏离'。我们是世间的陌生人，不再有归属感；又因为割断了与自然的联系，便对它为所欲为、巧取豪夺，尽情利用它、肢残它、破坏它。因为在我们看来，自然是客体，是'它'！我们破坏自然，可能会感到内疚、难过、沮丧，却无法改变我们的生活习惯。"① 正如法国思想家莫兰所言："大自然天然地是诗人的领地"，我们可以想象，诗人如果失去了大自然的庇护将是多么的无助。

二、自然生态的恶化与艺术创造力的衰退

人类精神与心智的无限发展依赖于环境的丰富，因为只有自然才是生命的根源。地球生态环境的复杂性特别是物种的丰富性与人类生命的丰富性密切相关的，人类复杂的生命是环境复杂性的产物，也以环境的复杂性为其支撑。这种复杂性并非仅是生物性的，而且也是精神和文化方面的。正是在这个意义上，罗尔斯顿说："其他物种的完整使得人类的生命更加丰富。"② 反之，自然的恶化在导致生命物种单调的同时，也必然带来人类诗性精神的贫乏。美国学者谢泼德在《颠覆性的科学》一书中则明确指出："对于人类生态学来说，那种认为自然的复杂性与人类复杂性之间成相反相成关系的思想是核心的。人是自然创造的秩序的一个实例，但这秩序同样体现为物种与生境的繁多，体现为自然景观（包括繁茂和萧条的景观）的丰富。就是沙漠和冻原也增加了地球的丰富性……这样推论，则这种多姿多彩如果被消减，那就是人受到了肢解。如果我们把所有"荒芜"地带（如沙漠、河口湾、冻原、冰野、湿

---

① ［美］大卫·铃木、阿曼达·麦康纳：《神圣的平衡——重寻人类的自然定位》，汕头大学出版社2003年版，第194页。
② ［美］霍尔姆斯·罗尔斯顿：《哲学走向荒野》，吉林人民出版社2000年版，第29页。

地、大平原和沼泽）都变成耕地和城市的话，那将是使生命更加贫乏而非更加丰富；这不仅在生态的意义上如此，在美学的意义上也如此。"①

　　自然的丰富性对于人的生命的美学意义，主要体现为它可以丰富人的审美体验。美国学者凯勒特认为，丰富的大自然和生物多样性可以在多种不同的情况下，稳定地激发出人们这样强烈的审美感情："峰峦起伏的轮廓、灿烂漫天的晚霞、一条鲜鱼沿海岸边疾掠而过让人感受到的那股生机……我们可以在那么广阔的范围中领会大自然带给我们的美，体会这种感受的复杂与力量。对大多数人而言，任何形式的美学体验都能引起他们一种强烈的感情共鸣，激发起强烈的愉悦感，甚至会对自然界的壮丽生出畏惧。"② 反之，凯勒特也指出，破坏自然必然导致思想和表达的贫瘠。因为很多源于自然界的词汇大大丰富了人类的日常用语，所有的语言都利用了自然界的东西，以使人与人的交谈更为生动，更具说服力，很多词汇都是源于大自然，即便我们并不了解它们的词源来历。对自然的这一象征性利用能给我们带来诗化的和富于朝气的语言，极大地促进了我们的市场经营与产品销售。各种不同的媒体之间有着一个共同之处，就是它们都使用在动物与自然意象基础上形成的"数以千计的形象化的引语、短语、方言和新词"。凯勒特进一步论证了自然的恶化对精神与情感可能造成的严重损失：

　　　　假定我们已拥有现代社会惊人的人为虚构能力，那么今天的人们要在多大程度上依赖于与自然界进行象征性交流与思考？当然，这一问题也影响到所有关于生物多样性的价值观。确实，几个世纪产业的发展还不足以影响到本来不很相关的生物编码反应，这些反应皆已走过了数十百万年的发展历程，大自然是其中促使人类成熟的唯一媒介。此外，即便在今天，人类的情感和智力差异上的需要，似乎也只有自然界丰富的多样性和复杂性能够相应予以满足。人为的虚构只能造出一个先天

---

　　① ［美］谢泼德：《颠覆性的科学》，转引自［美］霍尔姆斯·罗尔斯顿：《哲学走向荒野》，吉林人民出版社2000年版，第28页。
　　② ［美］S. R. 凯勒特：《生命的价值——生物多样性与人类社会》，知识出版社2001年版，第16页。

不足的替代者。实际上，如果人造物成了人们象征灵感的唯一源泉的话，那么其结果可能就是发育不良的思考能力。①

虽然还很难预测人类与自然界之间日益减少的相互作用会在哪些方面影响到以自然经验为基础的热爱生命天性，但是如果我们继续现有的对大自然的破坏政策的话，就必然意味着人类的语言将越来越少地在形象上参照动物——最终导致思想和表达的贫瘠。

正因为丰富的自然生态与旺盛的生命力是爱与美的源泉，所以作家生命力、创造力的衰退必然导致艺术质地的下降。过去我们所面临的情况就是发展主义至上、消费主义流行、技术主义横行、官僚主义肆虐，快速的工业化、商业化、现代化、城市化进程中对自然和生命的严重破坏。对于作家来说非常重要的生命的激情、质朴与自由的情怀、爱与悲悯的能力等等，都是与自然紧密相关的。张炜就认为："艺术的本质是诗，是幻想；每一次真正意义的创作，都是一次生命的激情的喷吐，就像闪电一样。"② 而关于生命的激情与精神创造的关系，英国哲学家罗素也有一段经典的名言："三种简单但又极为强烈的激情支配我的一生：对爱的渴望、对知识的追求和对人类苦难的不堪忍受的悲哀！"我认为这种激情的根还是在于大自然。正是因为今天人的生命离自然越来越远，加上全球性的环境污染，生命的性质发生了异变，爱的能力降低了，艺术的质地与作家的量级必然改变。张炜曾经对此有过一段较为全面的论述：

> 可能今天的世界上还没有产生过十九世纪以前那样的伟大作家。比如说托尔斯泰、歌德这一类的人物，这种量级的作家可能还没有产生。好像二十世纪以后产生过一些大作家，但是很难再产生像歌德、但丁、拜伦这一类巨人了。不论写得多么巧妙、哲学上多么高明，仍然让人觉得分量不够。毛病出在哪

---

① ［美］S·R·凯勒特：《生命的价值——生物多样性与人类社会》，知识出版社 2001 年版，第 22 页。

② 张炜：《绿色的遥思》，文汇出版社 2005 年版，第 83 页。

个地方？这需要好好探讨。要探讨，就要说到生命，说到生命的性质。

好像我们这个星球在进入本世纪以后已经悄悄地改变了什么。比如污染问题——它来自各个方面：噪声污染、化学污染，各种各样的污染，使我们这个星球在品质上已经改变了许多。不言而喻，我们这个星球上产生的生命和十九世纪以前那时候的不一样了。环境改变了，生命的性质就要改变，创造的力量也必然改变。用来创造的生命的激情改变了，于是作家的量级也就随之改变了。①

当然，衡量一个作家伟大与否并不是一个简单的问题，而人的生命性质的变化也不是从进入二十世纪才开始的，但是进入二十世纪后，问题确实变得更加复杂。张炜认为古典的作家"更多地关怀一些形而上的东西，关怀一些本原的东西。像这个世界的来龙去脉，生活的终极意义，整整一个民族的去向……这你可以从一些存留的古典作品中很清楚地看出来。你可以重温屈原，重温古希腊史诗"，而"后来的作家尽管写得很技巧化，也不乏主义和哲学，都不约而同地跟哲学家结缘了，但是你仍然感觉他们缺少点什么，分量轻。到底出了什么毛病？要害的问题在哪里？分析到最后，还是要回到我们的生存的环境上来。这好比一块变化了的土地，已经长不出原来那种苗了。"张炜在这里做了一个很生态学的比喻，他所说的生存环境，首先就是作家脚下的土地。现代社会大地性质所遭到的改变和破坏是作家个体无论怎样努力都无法超越的，"二十世纪的现代主义思潮，最终还是这块土地的性质决定了的。我们作家总的看变巧了，也变小了，即便从创作规模上看是这样。"这种情况的出现是因为："作为一个人，他的生命力减弱了，他创造的激情就要消退，那么关怀的事物就会缩小，劳动的数量就会下降。他已经没有那么大的力气和抱负了。随着我们赖以生存的这块土质的改变，你饮用水的水质不行了，泥土上长出的参天大树也越来越小，再没有一个

---

① 张炜：《绿色的遥思》，文汇出版社 2005 年版，第 79 页。

很好的自然环境保养你，滋润你。"①

自然的危机就是生命的危机，表现在人类的生命力上，从生育到哺育，对于人工技术的依赖越来越严重，生育能力和哺育能力严重下降。而另一方面则是铺天盖地的壮阳、丰乳广告，这不能不说是现代文明对人类生命的巨大嘲讽。于坚的诗《那人站在河边》展现了年轻的情侣在臭河沟边谈恋爱的尴尬，一种流传千古的"杨柳岸情意绵绵"的美好经典被无情地打碎了；而人类作为哺乳动物的哺乳能力的降低也导致"你用那甘甜的乳汁把我喂养大"这样的赞美母爱的歌词逐渐失去了生物学的基础。爱情是美好，母爱是伟大的，这种伟大与美好也是诗性的源泉，但这一切都是要建立在健康的自然环境和生命力的基础上。如张炜所言："作家天生就是一些与大自然保持紧密联系的人，从小到大，一直如此。他们比起其他人来，自由而质朴，敏感得很。这一切我想都是从大自然中汲取和培植而来。所以他能保住一腔柔情和自由的情怀。……一个作家一旦割断了与大自然的这种联结，他也就算完了，想什么办法去补救都没有用。当然有的从事创作的人并且是很有名的人不讲究这个，我总觉得他本质上还不是一个诗人。"② 张炜还特别强调，温柔和勇敢的人都是有"故乡感"的人。大自然是所有人的"故乡"，但是并非所有人都有"故乡感"。③ 因为有的人已经遗忘了这个关系，有的人干脆遗弃和嘲弄这个关系。他们即便走入了自然的怀抱，也不曾有被拥抱感，而是用陌生费解的、疏离的目光去观察四周的一切。大自然柔长和蔼的触角最终也不会触摸他们，这无疑是他们生命中一种最大的损失和不幸。

作家的生命健康状态对于文学创作有着更直接的影响。张炜曾谈到他在阅读美国作家安德森的《小城畸人》时感觉到"作者的敏感和精细达到了不可思议的地步"，他由此判断作者在创作这部作品的时候，"他的精神一定处于最冷静、他的身体也处于最健康的那么一个时期。他完全回避了世俗的纷争而又能够深深地沉浸在艺术之中，它是这种时期的

---

① 张炜：《绿色的遥思》，文汇出版社 2005 年版，第 80 页。
② 张炜：《绿色的遥思》，文汇出版社 2005 年版，第 102 页。
③ 张炜：《大地的吃语》，东方出版中心 1997 年版，第 300 页。

产物。"① 张炜强调："搞艺术什么都不太靠得住，唯有激情才是百发百中的东西。"② 而激情从哪里来呢，只能是来自于生命，健康的生命才有健康的激情。如果滥用激情，或者随着生命力的衰减激情本身减退了，那艺术创造力也就必然减退。我想这种由作家基于自身的创作经验对文学创作的判断应该是有说服力的。从某种意义上讲，文学创作就是作家洋溢生命力的过程，如果一个作家的生命异化了，酗酒、吸毒、醉生梦死、沉迷情色、空虚焦虑，他还能创作出诗性的文学吗？

从作家语言表现力的角度看，健康的生命也是诗性语言的基础，因为对于以语言安身立命的作家来说，"心灵应该时刻呼应着语言的音韵。音韵是语言天才才会关注和理解的。一般的语言操作者只满足于把话说清楚，说漂亮，而不去注意他的音响和韵律，如同音乐般的回旋神秘，在心灵的空间穿越。它的节奏、平仄、色彩和重量，都敲击在心上，都会引起震荡、喜悦或惊讶……音韵往往不可言表。它存在时，只可以感觉。它是一个生命的节律，随着生命的波动而起伏，与生命的轨迹完全一致。"③ 每个人的音律节奏都不相同，每个人并非都能自觉地感觉到这种韵律。而作为一个写作者，一个艺术家，他却必须对此有敏锐的思悟和把握。他应该自如地回到生命的律动上来，随波逐流，一个写作者、文学家、诗人，应该是一个足踏大地的行吟者，如果生命的节律错乱了，文学语言必然失去诗性的表现力。如果一个文学家的语言与他的生命过于分离，"这种语言势必会走向矫揉造作。语言有自己的独立性、分离性，但是应该仅仅是适当的、毫不过分的"。④ 自然的恶化除了会导致诗性与语言表现力的降低，也导致诗人精神家园的丧失。自然对于中国人具有生命之源和信仰之源的意义，而西方随着宗教作为终极归宿越来越受到质疑，自然的对于生命的终极意义也越来越受到重视。因此今天自然的破坏就不只是自然家园的破坏，也是精神家园的丧失，是人类诗性生命和终极归宿的丧失。

现代工业文明导致自然危机的同时，也带来了爱与美的危机，这对

---

① 张炜：《大地的呓语》，东方出版中心1997年版，第91页。
② 张炜：《大地的呓语》，东方出版中心1997年版，第279页。
③ 张炜：《大地的呓语》，东方出版中心1997年版，第289页。
④ 张炜：《大地的呓语》，东方出版中心1997年版，第289页。

文学是更直接的威胁，因为这是美好的诗性心灵，即真善美的危机。日本学者今道友信认为："内燃机的诞生带来了工具的自动化运动。从此，时代的特性发生了变化，在自动机械力量的驱使下，人类的生活更趋向机械化了。……在人类和自然的世界中，加进了一个技术关联的世界。人类、自然、技术关联三个世界并行存在。……在这样的时代，爱的思想史是被中断了的。在这样的时代产生出了这样一些新的问题，如人的异化与爱，以及现代病态的爱等。"①"现代的特点就在于机能主义。""爱本来就不执着于机能，而更看重实体"，所以，"不朽之爱的基础瓦解了"，"就说海底吧，多少垃圾被扔到大海中，海底世界不在变吗？类似这样的物，什么不在变呢？这就是我们这个时代，一切一切的基础都动摇了。"②

或许有人会说：面对生态恶化时代，作家也可以进行控诉，也可以写出伟大作品，所以生态恶化不但不会导致文学终结，反而可以成就伟大作家。这样说看似有道理，但实际上似是而非。我们必须认识到生态恶化的危险性不同于一般的威胁，这是真正地将自然和一切生命连根拔起，抛向空中！在这种情况下，坚持艺术创作，控诉生态危机的作家，更像是在笼中绝望地哀鸣的小鸟，可以鸣叫一时，但最终是会因声嘶力竭而死的。生态环境好的时候讴歌自然的作家就像保护得很好的在森林中鸣唱的鸟儿。不要说锁在笼中，即使是在大自然中，如果森林破坏了鸟儿也不会再发出欢快悦耳的鸣叫，如卡森所说的那个"寂静的春天"。诗人也像林中的鸟儿一样，只有健康的自然生态中才能保有"素朴的诗"的艺术生命，"感伤的诗"毕竟是难以持久鸣唱的。

自然生态恶化也将会导致一些在自然环境孕育下的文化和艺术物种的消亡与异化。莫斯科维奇在谈到美洲印第安文化遭到破坏而支离破碎的现状时，曾经深有感触地说："对自然的任何破坏都伴随着对文化的破坏，所以任何生态灭绝——其后人们就开始用这种说法——从某些角

---

① [日] 今道友信：《关于爱和美的哲学思考》，生活·读书·新知三联书店1997年版，第4—5页。
② [日] 今道友信：《关于爱和美的哲学思考》，生活·读书·新知三联书店1997年版，第7—8页。

度看就是一种文化灭绝。"① 莫斯科维奇讲的自然灭绝与文化灭绝的情况在现实中普遍存在着，一些地方戏曲的存活都很艰难，而山歌民歌也大量消亡。

第二节 精神生态的恶化与诗意生存的消解

"精神生态"这一概念的是鲁枢元先生较早在国内提出的，近年来，这个概念受到了学术界越来越多的重视，出现在许多学者的文章和著作中。钱中文、雷达、王先霈、王岳川等诸位先生在谈到当前文学的境况时都把"精神生态"作为一个核心命题。这一方面体现了"精神生态"这个概念所具有的巨大阐释空间和生命力，另一方面也体现了当代人文学者对文学所处的时代精神状况的关注。在《生态批评的空间》一书中，鲁枢元曾对"精神生态学"下过这样一个定义：

> 这是一门研究作为精神性存在主体（主要是人）与其生存的环境（包括自然环境、社会环境、文化环境）之间相互关系的学科。它一方面关涉到精神主体的健康成长，一方面还关涉到一个生态系统在精神变量协调下的平衡、稳定和演进。②

在鲁枢元看来，"精神生态"是与自然生态、社会生态并列的地球生态圈的重要组成部分，并具有调节整个地球生态系统的作用。"精神生态"也就是地球"精神圈"或"文化圈"。我认为文学面临的无根状态不仅因为它处在一个恶劣的自然生态中，也因为它处在一种粗鄙化的"精神生态"之中，这主要表现在三个方面：一是消费主义与商业文化的侵蚀；二是技术主义与图像文化的挤压；三是权力主义文化的渗透。这导致了精神生态的恶化，"死亡文化"甚至压倒了"生命文化"，而文学也往往会随波逐流，遗忘天地大美，也就很难扎下生命之根。

---

① [法]塞尔日·莫斯科维奇：《还自然之魅——对生态运动的思考》，生活·读书·新知三联书店2005年版，第20页。
② 鲁枢元：《生态批评的空间》，华东师范大学出版社2006年版，第93页。

一、消费主义对文学的自然之根的戕害

资本主义消费社会的时代精神是金钱至上、享乐至上。资本家为了获取更高利润,想尽办法刺激人的消费欲望。在物质消费领域如此,在精神文化领域也是如此,随着艺术活动日益深入地市场化、商业化与产业化,文学的诗性精神在消费文化的侵袭下日渐流失。

(一) 商业消费文化对自然与生命的漠视

法国当代著名思想家埃德加·莫兰曾指出,当前社会的发展出现了恶劣的商品化,由此带来的后果是严重的:"继水、海洋和阳光之后,人体器官、血液、精子、卵子、胚胎组织也成了商品。正如马克思所指出过的,把所有东西商品化在文明方面造成的后果是:赠予、无偿、帮助、服务趋于衰亡,非货币的东西几乎丧失殆尽。除了唯利是图、投机钻营和贪图宝贵等信念以外,其他所有社会价值都受到了侵蚀。"[①] 自然界与人的生命的商品化导致生命价值的沦落,而文化与文学的商品化造成的精神危害就更加明显了。在 20 世纪的最后 20 年,高档服务行业成了产生巨额利润的行业。因为人口中前 20% 的富有者已经不再问:我们希望拥有什么? 他们已经拥有了。他们要问的是:我们希望体验什么? 当然这种满足体验需要的所谓文化消费品是为富有阶层准备的。正如有些学者所指出的那样:

> 世界人口的最前面的五分之一在体验上花的钱与在货物和服装上花的钱一样多。我们转向有利可图的文化商业:旅行和旅游业、主题公园、目标娱乐中心、电影、电视、录像、计算机、万维网、体育、游戏、烹调、甚至社会理想也成为其中的内容。我们花钱购买填充我们生活的故事。然而,这里有这样一个讯号:如果新的资源是文化资源,那么一旦我们耗尽了资源,潜在的后果是什么? 文化多样性和生物多样性同样重要。在 19 世纪和 20 世纪,我们破坏性地消耗了物种,栖息地和物

---

① [法] 埃德加·莫兰、安娜·布里吉特·凯恩:《地球·祖国》,生活·读书·新知三联书店 1997 年版,第 64 页。

理资源。我们得到的结果是基因库的巨大缩小和全球变暖。在21世纪，美国在线、时代华纳和维旺迪转向了内容；这包括发掘、开采、使用几千年的人类故事，使之商业化。但文化多样性可能被耗尽；当这种情况发生时，就将是永久的，一如我们当初失去了生物多样性。①

在人类文化商品化的过程中，原本植根于自然生命的质朴的文化面临着被毁灭的危险，我们面临的最大问题是如何保持文化的多样性和文化的生命力。有人说，文化和商业之间的斗争是二十一世纪的重大斗争之一，我认为说得更准确一些这种斗争应该是根于自然的"生命文化"与商业化的"死亡文化"之间的斗争。如果商业将整个的人类故事分解为商业费用时，将会发生什么？当文化被完全放到商业舞台上时，文明是否还能够存活下来？对此我们不能不画一个大大的问号。张炜在他的长篇小说《刺猬歌》中就表达了深重的忧虑。小说中海岛上原本富有自然生命力和平民精神的渔歌艺术被这个时代的黑恶势力操纵之后以赚钱为目的，变得低俗不堪，艺术与艺术传人同时被现实的丑恶侮辱和损害。实际上，今天社会上存在着许多被商业操纵的伪民间文化、伪生态文化。例如作家韩少功发现，在现代商业社会里想要回归质朴的生活也是很奢侈的想法，甚至是不可能的。他想在乡下盖房子时使用老式的青砖，但是买不到真的，因为很多老式的砖窑已经废弃，工匠已经转行。结果买到的仿制品不但很贵，而且不过是为了满足一部分人的需求，为了获取暴利依靠现代技术大规模烧制的，已经失去了青砖古朴的原意。再如东北赫哲族人的桦树皮画，年轻人不愿意向老艺人学这种技艺，因为还不如出去打工挣钱。其中有一个学得好有培养前途的中途也放弃了，后来他又回来接着学，是因为他发现可以把桦皮画开发起来，规模化、商业化来挣大钱。年轻人和老艺人的观念大不相同，老艺人不是就为挣钱，而是有文化、意义、乐趣在里面，年轻人中即使是那位学得不错的也表示，他根本谈不上热爱这个技艺，只是想挣钱，如果不能挣钱

---

① 热罗姆·班德主编《价值的未来》，社会科学文献出版社2006年版，第169—170页。

他会坚决放弃。通过这些我们看到商业化之后的艺术会遭遇什么命运呢，无论张炜小说《刺猬歌》中的海岛上渔歌的命运，还是现实中韩少功寻找青砖失败的无奈，抑或赫哲族的桦树皮画，都体现出在商业化之后，一些民间艺术物种将很难存活或名存实亡的命运。

（二）商业消费文化对诗情的消解

随着市场经济、商品经济的快速发展，在我们的生活中，"日常生活中诗情的消解"也愈演愈烈。即使在被看作人类文明圣殿的大学校园里，在本应该诗情荟萃的大学文学院、中文系里，诗情也已经所剩无几。就连二十世纪八十年代曾经一度活跃在大学校园里的"诗社"也全都销声匿迹了。令一些诗心未泯的文学教授无限感慨的是，在年终岁末的时候，摆在案头是层出不穷的数字和表格：年度教学工作量统计表、年度科研工作量统计表、年度岗位聘任考核表、研究生指导教师简况表、科研项目进度表、横向科研调查表、国内外学术活动登记表、获奖登记表、重点学科申报表等等，而作为文学工作者应有的诗情却被日渐忽视和淡忘了。

蔡翔早就曾经论证过，在二十世纪八十年代到九十年代在市场经济转型过程中，"日常生活的诗情消解"的现实，他认为"日常生活的诗情消解"是一种文化的困窘和精神的退化，是理想主义的受挫和乌托邦激情的衰落，也是一种终极性关怀的丧失，"在日常生活的诗情消解背后，则是对浪漫主义的排斥，对乌托邦的怀疑，对知识分子传统的人文目的的消解，是对'解放人类'与'解放自己'的双重拒绝，并且不自觉地与日常生活准则达成'妥协'，个人只剩下了自己的'日子'，'活着'就是目的，它成了一个不可逃避的存在符号。"① 鲁枢元认为当下日常生活中"诗情消解"是一个毫无疑问的事实，但他同时指出，责任不仅仅在于作家们一厢情愿的选择，因为任何选择，必然是在一定时代背景、社会环境之中的选择。在"诗情"与"市场""金钱"之间似乎原本就存在着一个"不相容原理"，正是在经济快速发展的这个时代，诗歌和文学却走向了困顿。有人说"少女可以歌颂她失去的爱情，财主却

---

① 蔡翔：《日常生活的诗情消解》，学林出版社 1994 年版，第 32 页。

无法歌颂他失去的金钱",同样的道理,人们可以歌颂乡间的小路而很难歌颂城市中的马路。因为乡间小路更接近生命和精神的自由,而走在高楼林立、车水马龙的城市马路上,人们更多的是匆忙和小心。这里很难生长诗情画意。市场化和城市化不但不会产生诗情画意,也不会理会文学家基于诗意理想对功利现实的批判。自19世纪以来,在所谓"批判现实主义文学"一浪高似一浪的批判声中,市场的开拓与货币的增殖所向披靡,文学却越来越边缘化,甚至获得诺贝尔奖的作家作品也少人问津。在当前社会里,货币正在奠定它在人类社会中从未有过的至高无上的地位。在人们的内心,货币从一种纯粹的手段和前提条件成长为最终的目的,金钱已经完全支配了人类生活的各个方面及全部进程,用德国哲学家西美尔的话说:"金钱越来越成为所有价值的绝对充分的表现形式和等价物","金钱是我们时代的上帝",人们相信金钱万能,就如同相信上帝万能。在当下社会里,货币凭借着它的"非人格""无个性"才势如破竹地取代其他的一切价值,成为现代生活的语法形式,所有高贵的东西向低俗的东西看齐。但是当各具特色的事物都一样能兑换成金钱时,事物本身最具特色的价值就必然遭受损害。金钱只是通向最终幸福的桥梁,但人是不能栖居在桥上的。把桥梁当成了目的地,这正是当代社会很多人的生命悲剧。如西美尔所说:"钱在口袋里,我们是自由的。然而正是这种自由,有多少次同样也意味着生活的空洞和缺乏实质意义。"① 当代社会艺术生命与金钱的关系就是如此。金钱的法则与诗情的法则相对立,诗情的法则屈服于货币的法则,西美尔认为这就"可以说明为什么一个具有纯粹审美态度的个性人物会对现代深感绝望"。② 西美尔在他的《货币哲学》一书中还多次悲哀地指出:个体文化中的灵性、精致和理想正在日益萎缩,现代货币制度下,再也容不得一个尼采,甚至也容不下一个歌德。对此鲁枢元曾感慨地说:"感性、情感、直觉、个性、人格色彩、独创精神以及心灵深处那些幽微奇妙的震颤悸动,该是文学之所以是文学、诗歌之所以是诗歌的基本的、内在的属性。在现代社会里,一个强大而又严密的货币体制从釜底抽薪,抽去了

---

① [德] G. 西美尔:《金钱、性别、现代生活风格》,学林出版社2000年版,第7页。
② [德] G. 西美尔:《金钱、性别、现代生活风格》,学林出版社2000年版,第73页。

文学和诗歌的赖以是其所是的自因和本性,诗歌的生命枯萎了,这很可能是诗情在当代日常生活中渐渐消解的更为深刻的原因。"①

当一个社会的文化和艺术置于金钱之上的时候,是非常令人忧虑的。金钱成了一切的等价物,似乎没有不能用钱买不到的东西,精神的天空彻底塌陷了,这样的时代生活将变得非常沉闷与空虚。我们的时代正在接近这种状态,与此相关的现象是,现代社会中人们对数量的价值越来越推崇,纯粹的计算多少的兴趣正在压倒品质的价值,虽然只有品质的价值才是社会进步和人的生命所需要的。这也正是为什么年终文学教授的案头充斥的是各种数据统计表格,而诗性却越来越少的深层原因。海德格尔曾指出,当代人类文化"根基性持续的丧失来自我们所有人都生于其中的这个时代的精神"。② 商业时代是一个金钱至上的时代,许多文学刊物被推向了市场,大多数作家也难以逃脱物质享受的诱惑。他们希望获得更多的稿费和版税。书商成了作家与广大受众之间的中介,于是整个文学活动也就商业化了。文学成了消费品,越能刺激人的感官销量越高。相比而言,承担一定的社会责任,达到一定的艺术水准的文学则要承担相当的风险并付出艰苦的劳动,作家们越来越不愿意干这种费力不赚钱的活了。当作家的眼中越来越没有这个时代的苦难,没有了责任的承担,他们创造的文学还有什么意义可言。文化评论家朱大可曾指出,由于市场对作家的操纵导致当下的中国文坛成了"一个庞大的垃圾场",他说:"当下的文学生态,就像一个'工业化'的垃圾生产流程,跟用激素、化肥、杀虫剂弄出来的农作物一样。出版物很多,看起来琳琅满目,可以拿来吃,但却大多是问题食品。现在也丧失了基本的检验标准。文学的核心价值究竟在哪里?它人间蒸发了,完全不能支撑作家灵魂的内在超越,作家书写的目标只是基础价值,也就是市场和版税,而不是终极价值,甚至不是中间价值。中国文坛是空心化的,它已经荣升为一个庞大的垃圾厂。"③

处于当前这个文学转型社会的作家面临着多重困境。文学评论家雷

---

① 鲁枢元:《生态批评的空间》,华东师范大学出版社2006年版,第83—84页。
② 孙周兴选编:《海德格尔选集》,上海三联书店1996年版,第1235页。
③ 朱大可:《中国文坛已成为一个庞大的垃圾厂》,原载《财经时报》2007年7月9日。

达指出,当代消费文化的勃兴迫使小说进入一个批量制作时代。为了不被浩如烟海的文字垃圾淹没,精神焦虑的作家们不得不拼命地写,自己也加入垃圾制造者的行列,在伪写作的狂欢中喘息。雷达先生批评的指向是市场对文学创作的负面影响。作为一个佐证,某著名图书策划人在报道里也提道:"如果传统作家不跟读者一起成长,会越来越快地被畅销书市场抛弃。"① 也就是说,文学创作除了受制于各种传统的文学枷锁,如今还被戴上了新的市场镣铐。而文学一旦向金钱、向时尚靠拢,那只能自蹈死地。

（三）商业消费文化对童心的异化

商业消费文化对于诗性精神的消解还表现在对天真烂漫的童心的异化上。现代儿童大多生活在都市之中,虽然享受着比前辈更加丰裕的物质生活,但是却越来越远离自然。日本的一则调查显示,百分之七十以上的城市孩子没有看过日出;② 而在英国对10—12岁儿童的调查中,发现有超过七成的孩子不认识喜鹊,与此形成对比的是,10个孩子中有9个知道《星球大战》中的尤达大师,90%的能脱口说出科幻片《神秘博士》中机器人的名字。③ 虽然中国还是发展中国家,但是在文化全球化的时代背景下,加上独生子女享有越来越好的物质生活条件,各种现代文化与生活方式的介入甚至不亚于发达国家,所以面临的问题也越来越严重。现在伴随着童年越来越多的是电子玩具和卡通片,而真正接触大自然的机会则越来越少,这样的情况必然会扼杀人的艺术天性。试想假如丧失了在大自然中才能获得的真实体验,如何能再写出"日出江花红胜火""红日初升其道大光"这样的诗句。甚至于讲,接下来感受这些诗句的美,理解这些诗句的含义都会出现问题了。

美国学者拉塞尔·雅各比认为,"想象力滋养了乌托邦思想",而"想象力很可能取决于童年,反之,童年也依赖想象力。"④ 也就是说,

---

① 《文学转型社会作家的多重困境》,载《新京报》2006年8月10日。参见:http://culture.163.com/06/0810/08/205CRM3600280004.html。
② 参见刘锋杰选编《回归大自然》,北京大学出版社2006年版,序言第2页。
③ 《七成英国儿童不识喜鹊》,载《环球时报》2008年7月11日第5版。
④ [美]拉塞尔·雅各比:《不完美的图像——反乌托邦时代的乌托邦思想》,新星出版社2007年版,第31—32页。

没有了想象力的童年就失去了最自由最本真的内涵,等于被剥夺了童年。我们知道文学艺术家的诗性心灵往往是奠基于童年阶段的,童年想象力的衰退将引发严重的诗性危机。而今天的社会正在用什么培育孩子的童年呢?尼尔·波兹曼在《童年的消逝》一书中认为,除了内陆城市以外,美国孩子的游戏都已经变得越来越正式化、仿职业化,而且过于严肃了。孩子们自己玩耍的游戏遭到了侵蚀,女孩玩具的性感化与男孩玩具的暴力化问题越来越严重,已经对儿童心理的健康产生了诸多负面影响。而商家是不管这些的,他们只是想着怎样谋取更大利益。为了销售出更多玩具,玩具商投入的广告费用是惊人的,据统计:

> 在短短的五十年里,孩子们花在电视和电脑前面的时间已经从零飞升到每天3到4个小时。与此同时,玩具制造商的广告预算也由零飙升到数十亿美元。广告商们将目标锁定儿童,因为他们已成为一个主要市场。这就导致了朱丽叶·B·肖尔所说的童年的"再塑"或"商品化"现象。1955年,一家销售额达5 000万美元的大型玩具制造商只需花几百美元做儿童广告。如今,单单是针对儿童的电视广告预算,就已达到十亿美元。"每个美国孩子平均每年收看3万条以上的商业广告,大约平均每天82条。"①

童年最应该是和小伙伴一起游戏、和大自然亲密接触的阶段。但是现在孩子的童年的许多时间就这样处在商家的电视广告和成人设计制造的各种玩具包围之中,赋予想象力的自由游戏时间大大减少了。我们小的时候泥巴、纸片、玻璃球、木棍都是很好的玩具,还有打雪仗、爬树、看彩虹、数星星、捉蚂蚱、捉迷藏等等数不尽的游戏,我们蹦呀、跳啊、跑啊、窜啊,什么目的也没有,就是那样自由自在地玩。即使是在大人看来好像"无聊"的时候,孩子也许正在自己的角落里自由想象。但是今天如果谁家的孩子这样"什么也不做",他的父母大概会觉得难以接

---

① [美]拉塞尔·雅各比:《不完美的图像——反乌托邦时代的乌托邦思想》,新星出版社2007年版,第36页。

受，一定要给他报一些辅导班才行，一定要把孩子的时间填得满满的才善罢甘休。正如有人所批评的："一个不能让孩子独处的社会是一个肮脏可耻的社会。孩子应该懂得，他们不需要每时每刻都不停地做什么。"① 在玩具越来越多的同时，大量室外的自然活动场所却消逝了。特别是在所谓的城市化进程中，原来居民区附近的一片草地或小树林、小池塘很可能几年不见就变成了一片居民楼或城市广场。于是居民，特别是孩子，失去了休闲和玩耍的天然乐土，人们只好在钢筋混凝土构筑的狭小的空间里苟且偷生。在如此的生存环境中，诗性的生命岂能不遭到扼杀。我们认为，与自然融为一体的无拘无束的童年会滋养想象力，想象力又会滋养乌托邦思想，滋养诗性的心灵，那么第一个环节的黯然失色必然会损害最后一个环节，对儿童的时间和空间的殖民化，必然会破坏他们自由无羁的想象力和乌托邦梦想。

商业社会以物质为中心的繁忙生活也是导致以爱与美为内核的童心和诗情消解的直接原因之一。儿童对爱的情感需求体现了人类生命最本真的一面，而成年人却往往遗忘了这一点，迷失在物质世界的繁忙中。有一则寓言更形象地说明了这个道理：

小兔子跳到大兔子跟前，伸出手臂对大兔子说："抱抱。"

"你没看到我正在忙吗？"大兔子说，"我要把阳光织成毛衣给你穿，让你永远不会感到寒冷。"小兔子点点头，坐在边上等啊等。

阳光纺成了线，织成了暖意融融的毛衣。小兔子并没有马上去试穿毛衣，而是伸出手臂对大兔子说："抱抱。"

"你没看到我还要忙吗？"大兔子说，"我要把彩虹做成秋千给你玩，让你可以高高地飞起来。"小兔子点点头，坐在旁边等啊等。

蓝蓝的天空挂起一道七彩的秋千，如烟火般绚烂。小兔子并没有马上去坐秋千，而是伸出手臂对大兔子说："抱抱。"

---

① 转引自［美］拉塞尔·雅各比《不完美的图像——反乌托邦时代的乌托邦思想》，新星出版社2007年版，第39页。

"你没看到我要继续忙吗?"大兔子说,"我要把花香做成点心给你吃,让你享受独一无二的美食。"小兔子点点头,坐在旁边等啊等。

点心做好了,散发着栀子花的香甜。小兔子并没有马上去品尝点心,而是伸出手臂对大兔子说:"抱抱。"

"你没看到我又要忙了吗?"大兔子说,"我要把云朵做成房子给你住,让你有一个最幸福的家。"小兔子点点头,坐在旁边等啊等。

软软的云房子做好了,安全又舒适。大兔子终于忙完了所有的事情,等回过头才发现,小兔子已经坐在地上睡着了。

这则寓言中的大兔子身上其实很典型地体现了现代人的观念与困境,她忙忙碌碌不停地劳动,希望用自然中最美好的材料给孩子做出最好的衣服、玩具、食物和房子,却忽略了自然天地的大美和孩子最美好、最简单的情感需要。孩子只想要一个最自然、最本真的"抱抱",而大人的回答总是一个"忙"。当一切物质的条件都已经准备好了时候,孩子却在漫长而孤独的等待中睡着了,或许她在梦中不是梦想着要这些好吃的好玩的等等物质的东西,而依然是梦想着妈妈的一个充满母爱的拥抱。儿童对爱的情感需求体现了人类生命最本真的一面,而成年人却往往遗忘了这一点,迷失在物质世界的繁忙中。中国台湾学者蒋勋在谈生活美学时曾经说过:"美应该是一种生命的从容,美应该是生命的一种悠闲,美应该是生命中的一种豁达。如果处在焦虑、不安全的状况,美大概很难存在。"① 蒋勋在他的书中还对"忙"这个字进行了拆字分析,"忙"的左边是"心",右边是"亡",所以是"心亡曰忙"。如果人的心已经死了,那么怎么还会去关心爱与美呢?现代社会是机械化的市场化的社会,物质的欲望越来越被推到首要地位,虽然都希望拥有最美好的生活,但是却忽略了最基本的爱与美的需求。

在匆忙而焦虑的现代生活中,美的存在所需要的空间和时间条件慢

---

① 蒋勋:《天地有大美》,广西师范大学出版社2006年版,第11页。

慢都被消解掉了,当然更很难停下脚步欣赏美创造美。更严重的问题是,现代社会的忙碌的法则也加到了孩子的头上,而且孩子也越来越忙,比如参加各种各样的学习班特长班,学钢琴、学舞蹈、学绘画、学奥数、学作文……,大家都唯恐被这个高度竞争的社会抛在后面,这样的生活下孩子很少有快乐,更多的是焦虑。现代人在繁忙的生活中对大自然越来越疏离,质朴的爱的情感也越来越匮乏,虽然吃的住的用的都是取材于大自然,但是大自然也只是作为工具和材料而存在,只是为了满足物质欲望的需要,而不是真正对大自然的亲近。很难见到红日初升所带来的壮美震撼、夕阳西下所带来的无限遐想,这一切源于自然的情与思都已经远去了。可以想见,一个童年里没有见过繁星满天的人是很难具有艺术想象力和创造性的,这将不只是文学艺术的而且也是科学创造方面的阻碍,因为真正的科学思维在最高的层面上与艺术思维相通。

(四) 商业消费文化与"娱乐至死"

当前国内外文化产业普遍存在娱乐化,甚至在文艺的制作与接受上,出现"娱乐至上"乃至"娱乐至死"的倾向。通过技术手段和高投入、广告炒作等制作宏大场面的伪艺术、无根的艺术大行其道。越来越多的文艺形式沦落了,小品中没有了对于民生疾苦的同情,大多是插科打诨,让人们笑笑而已。相声本来是最富批判讽刺精神的文艺形式,但是现在也多是所谓的说学逗唱、东拉西扯。这样的文艺让人如何忍受呢?不要忘了他们是我们这个时代最火的公众人物,他们是从事精神生产与传播的人。笑有很多种,但文化人不应该是简单地出来卖笑的。所以,我们有理由要求他们的创作中发出我们这个时代最需要听到的声音。批判性是文艺的生命,没有了批判的立场,只是给人浅薄的欢笑。事实正如张炜所言:"在商业消费时代,必然会是一个文学势利眼的时代。这样的时代要真正保持个人的品格和操守可能很难。要看有钱人怎么说,看强势国家和强势群体怎么说。贬低一部杰出的作品又不犯法,昧着良心吹捧一部劣作同样也不犯法。这里唯有所谓的良知良能在起作用。"[1]

---

[1] 张炜:《二十年的演变——在中国石油大学的演讲》,见万松浦书院网站,网址: http://www.wansongpu.com/wsp/show.asp?id=18591。

"娱乐至死"的最后恶果,就是连此种文化的创造主体也难逃被摧残致死的命运。称这种在资本控制下的消费主义文化生产体制"吃人"也不为过。近年来韩国以文化产业的发展繁荣著称,但是这几年韩国演艺界接连发生的自杀事件也让我们看到了事情的另一面。特别是2008年震惊韩国的著名女艺人崔真实的自杀,在韩国社会引起了强烈反响。演员自杀的原因是多方面的,但是一个重要方面就是因为在残酷的资本主义商业法则控制下,韩国艺人在星光熠熠的背后是凄惨人生,内心非常孤独,这成为导致自杀率居高不下的重要原因。正如《南方周末》的一篇文章所分析的:"做韩国人难,做韩国艺人更难。如何在贫富差距日益悬殊的韩国社会里出人头地,不少年轻人把演艺圈当作一个不错的选择。但韩国艺人要比普通人承受更为严苛的职业压力:从十四五岁开始残酷地培训整容,到十六七岁成熟出道,淘汰率在50%左右。女歌手李秀英去年在SBS电视台节目《夜心万万》中说:出道时公司勒令她必须减到'一碰就碎',支撑她连续进行'跑10公里、游泳两小时、跳绳1000个'魔鬼式训练的信念是,多跑一公里就能胜过一个竞争者。顺利出道并不等于万事大吉。撞上暴力压榨的公司,收入的七到八成会被克扣。2001年,'神话'组合的Andy吞了六十多粒头痛药,自杀未遂,坊间流传他曾被东家SM公司虐待,一次还被老板打得下巴缝针。"[①] 在巨大的精神压力下,韩国演艺界吸毒、酗酒、纵欲等现象普遍,著名歌手、演员自杀的悲剧更是接连发生。这并非只是韩国一个国家的现象,在金钱享乐至上、资本统治一切的现代社会,这种现象是具有普遍性的。演艺界如此,文学界亦然,在资本控制一切文化活动的社会条件下,我们当然也就很难指望艺术家们为社会创造出多少具有真正的精神价值的艺术作品。

当然,我们并不是简单否定一切商业文化或者商业电影。因为我们无法否定的是好莱坞电影中也有不少思想和艺术水准是很高的,所以简单地否定商业运营模式是错误的。应该否定的是低俗的、粗鄙的、唯利是图的、不讲道德的商业化。

---

① 《韩国式自杀与〈崔真实法〉》,载《南方周末》2008年10月23日第28版。

二、技术主义对文学的自然之根的伤害

(一) 失去自然之根的技术主义文化对生命价值的漠视

在人类学的意义上，文化首先依赖于我们出生在何地，我们的父母所说的语言，依赖于传承给我们的若干态度和习俗，文化无论如何发展都不能背离自然与生命。但是在历史发展中，东西方的文化却走上了不同的路。成复旺认为，西方文化是"技术模式"主导的文化，而中国传统文化则是"生命模式"的文化。法国学者莫斯科维奇则认为，西方近代以来以物理学为代表的技术主导型的文化实际上是一种"死亡文化"。如德国学者科斯洛夫斯基所说："科学与技术不能提供审美与伦理导向的帮助"①，因为科技在揭穿了自然物的奥秘的同时，也涤荡了自然的审美意味。西方当代生态批评家一般认为，科学不仅进一步加剧了人与自然的疏离，强化了人对自然的统治，而且科学技术也成了统治人、压迫人的工具，造成了严重的社会问题，使人成为单面人。文艺复兴以来"大写的"人与"无言的"大自然构成了逆自然的"死亡文化"的图景。

海德格尔认为，随着现代科技的发展，生命体在培育和利用中被对象化了，特别是原子物理学对各种生命体的实验与进攻也在大量进行中，"归根到底，这是要把生命的本质交给技术制造去处理"②。技术生产的不伦不类的产物涌现于敞开者面前，旧日成长的事物迅速消逝。这些事物一经对象化之后就不再能现实自身的特色了。我们至今还处于海德格尔所讲的这个"贫乏时代"，而能够推动世界发生根本转变的力量，在我看来就是生态运动。诗人与作家也必将以自己的方式参与到生态运动中，为实现人的"诗意地栖居"而努力。上帝已死，但是人类生命栖居依托的地球生态不能任其恶化，自然不能再沉沦。

一种文化需要在与其他文化的交流中获得生机，但是文化的技术化则会导致文化死亡。如有的学者所言"人们如何使文化技术化，将文化降低到一系列统一物，并断言那仍然是文化？一个克隆的文化是一个无

---

① [德] 彼得·科斯洛夫斯基：《后现代文化》，中央编译出版社1999年版，第139页。
② 孙周兴选编：《海德格尔选集》，上海三联书店1996年版，第430页。

结果的文化。当文化停止成为关系，它就停止成为文化。关系是文化主要的定义性标记。文化是杂交，而杂交是克隆的对立面。"① 这里提出的文化创造中要杂交不要克隆的观点具有鲜明的生态学色彩，自然生命的"杂交"会带来更强大的后代，而不同文化生命的交融杂交也会为各自原来的文化注入新的活力。但是"克隆"绝对是违背自然生命进化的需要的，对于文化生命来说也是一样。自然生命物种的克隆会导致生物进化的停滞，而文化产品的克隆更是创造力萎缩的标志，是文化死亡的前奏。

（二）技术主义文化对诗情的消解

在许多理论家看来，现代社会的日常生活是一个在科技至上和资本至上原则下被彻底规范化、物欲化的领域，因此它也就异化为压抑创造性活动的力量，它与真正的艺术审美精神是格格不入的。韦伯早在二十世纪初就预见到了现代生活被工具理性的"铁笼"牢牢控制的凄惨景象，他哀叹道："没有人知道未来谁将生活在这个牢笼之中，或者，在这场巨大发展告终时，是否会出现面貌一新的先知，或者还会出现旧观念、旧理想的大复兴；如若两者皆非，是否会出现病态的、以自我陶醉为粉饰的机械僵尸。因为就这种文化的最后发展阶段而言，确实可以这样说：'专家没有灵魂，纵欲者没有肝肠，这种一切皆无情趣的现象，意味着文明已经发展到一种前所未有的水平了。'"② 可以说这段话正是对毫无情趣的现代生活的逼真写照。阿多诺也对现代社会这个"被管理的世界"持否定的态度，他认为："在现代社会中，生活已经堕落为单纯的消费，不再涉及美好生活的理想，个人不过是庞大的工业社会机器的一部分，讨论真正的生活已经变得很困难了。"③ 而且"那种对全社会，对人类最终命运，对环境问题、艺术、历史等的关注已经消失了。"④

---

① 热罗姆·班德主编：《价值的未来》，社会科学文献出版社2006年版，第276页。
② ［德］韦伯：《新教伦理与资本主义精神》，陕西师范大学出版社2002年版，第176—177页。
③ 转引自俞吾金《现代现象学——与西方马克思主义者的对话》，上海社会科学院出版社2002年版，第52页。
④ ［美］阿拉·古兹利米安编：《在音乐与社会中探寻——巴伦博依姆、萨义备谈话录》，生活·读书·新知三联书店2005年版，第91页。

在这种情况下，人们采取各种各样的方法试图冲破这种僵化乏味的生活秩序。据说法国社会常见到这样的现象：公司的秘书喜欢在上班时间写情书，工人常常从工厂中私自拿一点儿木料为自己做点小东西。而他们这么做的原因并不是没有时间写情书或者喜欢占小便宜，真正的原因在于通过违反制度规定的小动作能够带来新奇的体验和创造的乐趣，他们采用这种迂回的方式表达自己对强大的压迫性的体制的反抗与不满，从而缓解统治主体施加给他们的压力。但是这样的反抗方式毕竟是不足取的，而且也不可能对现行秩序和个人生存状态带来根本的变化。

海德格尔也认为现代人处于一种凄惨生存境况中，日常的存在是一种可悲的沉沦，日常生活中人们是被"抛入"到世界中的，是一种"常人"状态，所谓"常人"状态是一种不具备主体性的、庸庸碌碌的人生状态。常人是失去了本真存在的人，他说无个性的平均状态，他卸除了责任，没有自己的思考和判断，处于人云亦云、唯他人马首是瞻的状态。这进一步导致了三个后果：首先是人与世界的物化，人和世界都失去了本真性，都成为被计算使用的物质；其次是人与世界的分离，人成为主体，而世界成为人的客观对象，自然成为人的资源提供者和能量加油站，主客体之间是紧张对立的关系；第三是社会的齐一化、平均化，生活越来越单调乏味。总之，主体是处于平常状态的常人，已经失去了与真理世界敞开的通道。那么该如何重建一种有意义的生活呢？海德格尔断言：唯有艺术与真理还保持着亲密的关系，艺术可以通达于澄明无蔽的本真存在的世界。诗性的尺度是根本，技术的尺度不过是末梢。所以只有艺术才是拯救现代社会人类的良方。他引用荷尔德林的诗句说："请赐我们以双翼，让我们满怀驰骋，返回故园。"实现在大地上的"诗意的栖居"是现代人走出生存困境的根本出路。

技术与市场的合谋削平了个性差别，导致世界的平面化、齐一化。海德格尔说："技术统治之对象事物愈来愈快、愈来愈无所顾忌、愈来愈完满地推行于全球，取代了昔日可见的世事所约定俗成的一切。技术的统治不仅把一切存在者设立为生产过程中可制造的东西，而且通过市场把生产的产品提供出来。人之人性和物之物性，都在贯彻意图的制造范围内分化为一个在市场上可计算出来的市场价值。这个市场不仅作为世界市场遍布全球,而且作为求意志的意志在存在的本质中进行买卖,并因此把一切存在者带入一种计算行为之中,这种计算行为在并不需要数字的地方,统治得最为顽强。"① 可以说,精于算计的工具理性对于诗性领域的侵蚀是很强烈的,技术主义渗透到文学观中。海德格尔还把审视的目光对准现代社会中"技术的本质",在他看来,技术不仅仅是人类达到目的的手段和工具,技术还体现为人与自然之间真实存在着的一种"关系法则"。在现代社会里,人们并不总是能够控制他所发明的技术,更多的时候人反而陷入了技术的"框架"之中,技术控制了人。在高度发达的现代技术面前,人进一步沦落,成了工具的工具。

在日常生活审美化论争中,一些学者对技术力量在艺术与审美中表现出的强大作用持无条件的肯定态度。鲁枢元先生对此提出了批评,他引用莫兰和舍勒关于技术对人的控制以及由此造成了"价值的颠覆"来批判这种技术主义的审美观。法国当代思想家埃德加·莫兰认为"技术控制了现代人""人的认识论已经被技术化",技术因此变成了以合理性自居的、无意识的、被普遍化了的认识论的支柱。技术的本性是"操纵"和"摆布","我们随着技术的发展发明了新的和十分微妙的操纵的方式,在这种操纵方式中对事物的操纵同时需要人类接受操纵技术的奴役。"② 还不只是"认识论",莫兰说微电子技术、数字与网络技术已经为我们的社会建造了一个"神经系统","这个神经系统与我们身体上用来控制我们细胞的神经系统同样灵敏"③。那其实就是说,技术不但控制了我们的认识论,同样也控制了我们整个的神经系统,控制了我们的视觉、听觉,控制了我们的趣味和爱好,控制了包括我们用来审美在内的一切知觉和情绪。莫兰指出,现代技术已经成了一个"怪物",这个怪物怪就怪在它就是我们自身的一部分,而我们也是它身体的一部分,人,以被征服的方式与技术"一体化"了。莫兰的结论与"审美日常生活化"论者的观点其实是基本一致的,不过是"技术与人的一体化"被

---

① 孙周兴选编:《海德格尔选集》,上海三联书店1997年版,第432页。
② [法]埃德加·莫兰:《复杂思想:自觉的科学》,北京大学出版社2001年版,第81页。
③ [法]埃德加·莫兰:《复杂思想:自觉的科学》,北京大学出版社2001年版,第85页。

置换成"审美技术与日常生活"的一体化。二者之间所不同的，仅只是对此做出的价值判断及所持的态度。"审美日常生活化"论者欢呼这是"一场深刻的生活革命""一种新的日常生活伦理"的诞生；而在海德格尔、莫兰们看来，在技术的全面控制中，人可能变得毫无保障，人可能"在虚无中被击得粉碎"；这"不仅是一个思辨的问题，而且是一个对于人类的前途生死攸关的问题。"①

同样看到了"技术对人的控制"，为什么人们对此做出的价值判断却存在如此巨大的差异？舍勒在他的前期现象学研究中，曾经围绕信仰、哲学、科学三者之间地位的消长、关系的变化进行了多方面的剖析，从而得出了这样的结论：在古代，"哲学"是"信仰"的婢女，同时却又是"科学"的女皇。作为婢女和作为女皇都是哲学的荣誉。"经过一段漫长的时间，哲学由作为信仰的'自觉自愿的婢女'渐渐地变成了信仰的僭越者，并同时成为科学的婢女。"② 在古希腊时期，信仰代表着绝对价值、终极真理，哲学是关于世界的基本的解释，科学只不过是关于具体事物的证实。自文艺复兴运动和启蒙运动以来，随着科学在实证、实用领域的节节胜利，尤其在技术应用领域的胜利，信仰开始被指责为一种虚妄，上帝被宣布为已经死去，尘世中的及时享乐取代了宗教中对于来世幸福的许诺，哲学——无疑也应当包括美学——抛弃旧主迎合新贵转而为科学技术的统治寻求合理性的依据。舍勒断定这是一次严重的价值取向的"颠倒"：

> 哲学与信仰和科学之间的新型关系颠倒了欧洲精神形态曾经达到的真正关系，这种颠倒既深入彻底，又影响广远。
> 使哲学成为一种与信仰为敌，甚至要取代信仰的"世俗智慧"（文艺复兴）和越来越成为不是这种、便是那种科学（如几何学、数学、心理学等）的低贱的奴隶和妓女，这样两种过程是同时进行的……只有作为信仰的"自觉自愿的婢女"，哲

---

① [法]埃德加·莫兰：《复杂思想：自觉的科学》，北京大学出版社2001年版，第86页。

② [德] M. 舍勒：《价值的颠覆》，生活·读书·新知三联书店1997年版，第298页。

学才能保持住作为一切科学的女皇的尊严；如果哲学胆敢充任信仰的主人，那么它必须成为"一切科学"的婢女，甚至奴隶和妓女。①

在舍勒看来，这个"颠覆"过程，还同时表现在道德领域、制度领域、历史领域以及艺术领域。在一个以"效率"和"进步"为尺度的社会环境里，体现不出"效率"的哲学和展示不出"进步"的宗教都在被冷落被淘汰之列，只有不断生产出大量物质财富与不断更新换代的科学以及技术，才有资格坐上"皇帝"的宝座。站在舍勒的立场上看，这种因科学技术进步引发的文学艺术走向"审美日常生活化"，不但不是人类的进步，恰恰是人类价值的一次令人忧虑的颠覆。

（三）文艺的技术化与艺术生命力的衰退

作家生活在现代技术统治的社会中，如果不自觉抵御技术文化的侵蚀，很容易导致想象力、情感力等艺术原创力的衰退。正如文学评论家雷达所说，原创力的匮乏已经成为普遍的社会文化现实，而文艺创作中的复制化、批量化、拷贝化、克隆化现象正日益严重，原创力危机甚至已成为无所不在的时代性的精神焦虑。雷达强调，文学原创力中的"原"字格外重要，"它强调原初性，即一切来自本源，根本，大地和生命，作品有其不可复制性和排他性，它是新鲜的，独一无二的，又是反抗平庸、陈旧和重复的，它是一种新的对世界和人生的把握角度，一种新生命形式的艺术显现。古今中外一切经典的或者卓越的作品，应该都是具有原创的品质，而一切伪劣之作无论怎样包装，欺世，其缺乏原创性的致命弱点是无法遮掩的。"② 现在的不少作家，最缺的不是技术而是经验，因为他们不是关在书斋里，就是飘浮在都市的小圈子里，把写作当成生活本身，于是也就有了靠碟片和新闻刺激写作的秘诀。作家张炜也指出："现在的人们越来越热衷于用第二手、第三手甚至是第四手的材料去构筑自己的经验，表达自己的看法，认识周边的生活；靠一个冷

---

① ［德］M. 舍勒：《价值的颠覆》，生活·读书·新知三联书店 1997 年版，第298—299页。
② 雷达：《原创力的匮乏、焦虑，以及拯救》，《新华文摘》2009 年第 2 期。

冰冰的电脑屏幕、电视荧屏去认识世界，而且当成了我们的全部世界。然而这是一个伪装的世界。在这样的世界里生活、思考，然后再去创造，这样的文学怎么会不变得越来越小、越来越虚假、越来越游戏化娱乐化？面对真正的血与沙、真正的大地、真正的高山峻岭的那种感觉没有了，所以文学的情感力量和浓度肯定要大大降低，这种降低使我们今天的文学越来越走向渺小、内向、游戏；……这是我们这个时代精神的水和空气。阅读在变化，创造在变化，整个精神的水和空气都在变化，于是不可能有产生伟大作家和伟大读者的那种机制。我们已经丧失了那样的一个时空。"① 波兹曼在《娱乐至死》中曾指出，在电视文化来临之前，语言在人们的政治和文化生活中非常重要，当时的演讲和辩论是在"狂欢节般的气氛中进行的"，演讲的场合同时也是重要的社交场所，"在这些听众的社会生活中，文化生活和公共事务已经有机地融合在了一起"。波兹曼描述的这种环境事实上就是最适合文学发展的文化环境，因为这是一种以语言活动为中心的文化环境，而文学就是语言的艺术，要想锻炼一个人的出色的语言能力，没有繁荣的文学文化和文学活动是不可思议的。但是现代电视文化却改变了这一切，因为"电视文化中的人们需要一种对于视觉和听觉都没有过高要求的'平白语言'，有些时候甚至要通过法律规定这样的语言"②。

在目前这个科技发达的电子传媒时代，被电子科学装备起来的信息收集、检索、传播技术，在大大开拓了阅读对象、阅读范围的同时，也使个体的阅读行为开上了"高速公路"。尤西林教授曾把当前研究领域出现的这种由高科技支撑的"快速阅读"称作类似"炒股、摸彩票、麻将热、泡吧、追星"的瘾嗜，认为这是"现代文化时尚化、肤浅化、快餐化、图腾化的深层结构"，因为"高速竞争的现代性时间压抑并强行改塑着人的自然生命节律"，造成了严重的"生态失衡"。③"超速阅读""高频交流""巨量书写"冲击掉的，不但是作为学术研究内在根基的"思的状态"，亦即生命的自然状态，而且也是作家艺术家的内在生命自

---

① 张炜：《三十年的文学演变》，原载《文学报》（沪）2008年10月23日第4版。
② 参见陶东风《文学与公民议政能力的培养——读波兹曼〈娱乐至死〉有感》。网址：http：//wenyixue. bnu. edu. cn/html/yanjiuchengguo/zhongxinchengguo/2008/0401/2106. html。
③ 尤西林：《匆忙与眈溺——现代性阅读时间悖论》，载《文艺研究》2004年第5期。

然节律。文学创作主体同样在这种外界物质与技术因素的诱惑与挤压下，渐渐遗弃了自己的"自然的生存状态"，也就是丢失了自己对于美的体验力和对于艺术的感悟力，乃至文学书写的能力。而今天又堪称是一个电子媒介横扫一切的时代，艺术物种在当代的灭绝与艺术多样性的丧失成了无法回避的现实。

除了消费主义与技术主义的因素，政治上的专制主义也会对文学的生命之根造成严重伤害。封建社会的政治专制必然产生文化专制，"因言获罪"的肃杀之气也必然会造成文艺百花园的凋零和死寂。诚如刘锋杰所言："文学一旦被限制，就会死亡。"① 从秦始皇的"焚书坑儒"开始，历朝历代的"文字狱"对文学的扼杀都非常严重，对文学艺术家的生命的伤害也是严重的。

三、诗情的消解与文学的虚无主义趋向

在消费主义、技术主义和专制主义意识形态的侵蚀下，文学艺术被技术俘获，被资本控制，被权力异化。商业化与技术化导致文学脱离生命之根，质量很难提升，权力化导致艺术卑躬屈膝、苟延残喘。在中国文化的语境中，谈艺术修养必然要涉及天地之气、性情之正等等与自然和生命质地相关的东西。但是当下的文学艺术家普遍忽视自身的修养问题，而更多关注的是印数、版税、市场占有率和轰动效应，因为这些是和收入直接挂钩的。而文学本质上是拒绝轰动效应的，脱离了自由博大的自然生命的文化与文学必然是"死亡文化""死亡文学"。

胡兰成早就对现代文学和现代人的精神境况做过一个非常悲观甚至绝望的判断：

> 第二次大战后这三十几年来，世界性的产业国家主义社会的庞大物量，最后把人的智慧与感情都压灭，家庭之内断绝，人与人断绝，对物的感情断绝，连到言语的能力都急剧地退化了。文学上已失了在感情上构成故事的才能，只可以犯罪推理

---

① 刘锋杰：《人的文学及其意义》，江苏人民出版社 2005 年版，第 239 页。

小说的物理的旋律来吸引读者。连这个也怕麻烦了，继起的是男女肉体的秽亵小说，但这也要疲惫了，因为秽亵虽不用情，但也要用感，现代人是连感官也疲惫了。于是出来代替不用思考，也不用感官的报告文学，但是报告的还有事件，而人们今天对事件也漠然了，漠然到像猫看电视。现代人是已到了人的生命都被破坏了。于是小说让位于漫画，现在日本是大学生在电车里看漫画。秽亵小说也让位与秽亵漫画。秽亵也已钝了刺激性，人们仍旧看它，只当是与打拍金珂一样，为填满时间与空间的空虚。这里文学上如果还有一点人性的记忆，那是嬉皮的不信。不信，不信，现代人是对什么都不信，而能有着不信的自觉，哪怕是极其渺小的，飘忽的，已是可贵的了。然而单单靠这，到底不足以建立文学，柏拉图一派以外的十八、十九世纪以来被视为主流的、西洋小市民文学，到此遂也告终了。①

在胡兰成看来，文学终结还是根于精神的虚无，而非科学主义观念或传媒技术进步。胡兰成所说的这种情况在当代似乎更加严重了。针对文学精神根基的坍塌问题，孔范今曾明确指出：当人们执迷于形形色色的"现代主义"和"后现代主义"而不无焦虑之时，却没有注意到，"他们的立足点已经远离了文学之成为文学的基本点，或者说，当他们在斑驳陆离的光与色中急于采撷时，文学所赖以安身立命的东西已在其视界内相对地变得模糊了。"孔范今直率地指出，当前文学创作最缺的就是作为文学基本点的"爱心"和"真情"。② 袁济喜也曾指出，今天的人类的文艺精神已经被商业与技术化所淹没，远离自然界，迷恋于自娱自乐，"这不仅使人的精神俗化，而且也将造成国民精神的无根，失去灵魂的安顿与精神家园，长此以往，后果将是严重的"。③ 还有人进一步指出，自然可以分为人的自然和外在的自然。外在自然又分为原始自然与人工自然。现在，原始的外在自然越来越少，人工自然和人迹化自然几

---

① 胡兰成：《中国文学史话》，上海社会科学院出版社 2004 年版，第 38 页。
② 孔范今：《对当前文坛四个问题的省思》，载《山东文学》1997 年第 1 期。
③ 袁济喜：《文学的生生不息与自然的超验意义》，载《学术月刊》2005 年第 6 期。

乎成了外在自然的全部。随着自然的人化进程加快，自然正在消失，但与此相反的是，人的内在自然化过程却在急剧发展。在当前形势下，人们以"文化"的名义所进行的感官消费，其人欲横流无疑是这种人的自然化的现实表现。但人的这种内在自然的满足仍以对外在自然的无休止的掠夺和破坏为前提，这样一来，所谓"自然的人化"与"人的自然化"之间所构成的"美妙循环"就无情地断裂了。"人的自然化"成了对"自然的人化"的谎言。① 总之，当文艺远离自然界之时，作为其灵魂的诗性精神也必然流失掉了，这是一种不可避免的命运。

现代人走出精神虚无的一个重要路径就是：返本归真，顺应自然之道，让生命重新植根于大自然。但是在一些作家那里，复归自然变成了复归身体，他们仅仅把身体欲望看作是文学生命力的本原，把表现人的生命本能作为返归艺术本原的一种方式。这样的创作实际上是误入歧途，看似回归了生命，但实际上创作出来的却是"伪生命文化"。毫无疑问，生命本能的核心之一是性本能，性属于人类生命的自然生殖力层面，是人类生命力的核心要素之一，对于人类的生存发展具有重要意义。如何保持性的生命价值并且积极地升华为精神创造力，这是当前文学界艺术界面临的一个很有意义的课题。但是现代社会中性逐渐成了一种机械的活动，其作为生命之爱的内涵却逐渐流失了。美国心理学家罗洛梅曾经指出了当下让人们奇怪的是："在我们的社会里，男女间共建一种亲密关系——共同分享着喜好、梦想、幻景，一起寄望于将来，一起分忧于过去——这一切，似乎比男女一起勇敢上床还更令一些人感到害羞及尴尬。"② 即便现实如此，以精神秩序的建构为旨归的文学也不应该丧失对现实的超越性。但是在2000年度引起很大争议的"下半身写作"，主张人的生命就是下半身：我们只要下半身，它真实、具体、可把握、有意思、野蛮、性感、无遮拦。他们还提出：诗歌从肉体开始，到肉体为止。只有肉体本身，只有下半身，才能给予诗歌乃至所有艺术以第一次的推动。这种推动是唯一的、最后的、永远崭新的、不会重复

---

① 王建疆：《人与自然关系的嬗变对文学发展的影响》，载《学术月刊》2005年第6期。
② ［美］罗洛梅：《爱与意志》，甘肃人民出版社1987年版，第56页。

和陈旧的。因为它干脆回到了本质。① 对于此种主张，王晓华从他的哲学观点出发批评道："被剃掉了大脑的身体已经丧失了其完整性，无法表征人类身体的独特处———一种自我设计的主体性存在。它仅仅将身体当作欲望的具体化，忽略了身体作为主体的总体性。身体有欲望，更有理性、梦想、使命感和信仰，有对其他身体和万物的爱。性欲、食欲、占有欲不过是众多身体欲望的构成。身体永远多于它们。由于对于身体多出性欲、食欲、占有欲的部分缺乏完整的呈现，上述身体写作就只能是身体对自己的局部观照和呈现：它割裂了人的上半身和下半身，将人领受为无头的肉体。事实上，这种割裂是非法的：头脑天然地是身体的一部分，企图将头脑与身体整体分开不可能成功。"② 针对70后诗人的"下半身写作"，罗振亚先生也曾一针见血地指出，其"只有动物本能的宣泄，丝毫感觉不到知识、文化、思想的存在"，这种写作实质上"是一种迎合娱乐业、色情业的广告炒作模式"，最终将会"窒息诗歌"，"损害诗歌的健康和尊严"，"把诗歌推进享乐主义深渊"。③ 早在二十世纪初，托尔斯泰就在《艺术论》一书中针对当时欧洲的文学艺术的娱乐化、病态化倾向提出了尖锐批判："我们这个时代和社会的艺术已经变成了一个荡妇，……我们的艺术正如荡妇一样，无论何时都浓妆艳抹，可以随时出卖自己，蛊惑人心，危害社会"④，这种"艺术的内容变得越来越贫乏，形式变得越来越不可理解，在最近的艺术品中，艺术经已丧失了其应有的全部特征，取而代之的是艺术的相似物。"⑤ 在托尔斯泰看来，艺术是人类生活中的一种不可或缺的精神工具，它应该有益于促进人的精神境界的提高。而那种损害人与人之间爱的艺术、导致人粗俗与堕落的艺术无异于耗费人的劳动与生命。毫无疑问，托尔斯泰对当时欧洲文坛的评论对于今天的文学家和评论家都依然有着启迪作用。

专注于物质欲望的文学必然走向虚无。如丁帆教授所说，表现九十年代中国社会的精神虚无问题是新时期"实验小说"和"新写实小说"

---

① 沈浩波：《下半身写作与反对上半身》，载诗歌民刊《"下半身"》2000年创刊号。
② 王晓华：《主体缺位的当代身体叙事》，载《文艺争鸣》2008年第9期。
③ 罗振亚：《朦胧诗后先锋诗歌研究》，中国社会科学出版社2005年版，第268页。
④ [俄] 列夫·托尔斯泰：《艺术论》，中国人民大学出版社2005年版，第163页。
⑤ [俄] 列夫·托尔斯泰：《艺术论》，中国人民大学出版社2005年版，第94页。

之后渐成气候的"晚生代小说"的一个文学母题。"晚生代小说"代表作家主要有韩东、朱文、何顿、徐坤、刘继明、毕飞宇、邱华栋等人。他们的作品在对既有的价值系统进行解构方面对"新写实"和"实验小说"有所承续,但它在表现虚无方面却又有所推进。"晚生代小说"确证了精神虚无问题在中国九十年代普遍而严峻地存在着,但是其表现方式,却是形而下地试图通过欲望的满足来"克服"虚无。尤其突出的是,他们更多的是通过描写性来表现欲望对虚无的抵抗,以及这种抵抗本身的虚无。在韩东的《障碍》和朱文的《我爱美元》中,故事情节既是对最为基本的伦理准则即"障碍"的逐步"克服",同时也是欲望的逐步扩张。在"障碍"与欲望的对决中,胜利的总是后者,但是个体生命在丧失价值依归的欲望获得满足后,还是难以逃脱最终的虚无。韩东《障碍》中的"我"在拆除所有"障碍"之后所体味到的,仍然不过是一片虚无:"我只想睡觉。我太疲倦了。接着我想起来了,韩东的一篇叫《利用》的小说是这样结尾:哦,朝霞,他们被它明确的无意义和平庸的渲染浸润了。然而此刻,某种无意义的感觉只属于我。"朱文《我爱美元》中的"我"在最后获得的,依然是一片虚无:"恍惚之中,我忽然觉得自己在这已经过去的一天里什么也没做,哪里也没去,只是和一个三十四岁的女人在虚无的中心终于干完了一件可以干的事情。"用欲望抵抗虚无必然终归于虚无,这样的结局是无疑的。欲望如何能抵抗得了虚无呢?如果欲望能抵抗虚无,理想的价值何在?对欲望只能给予合理的满足和积极的引导,导向文明的创造,才能促进人生的自由幸福和社会的文明进步。

正如有的学者所批评的:"文学艺术,当然可以写虚无,可以写高深莫测,但如果缺乏理想之光的照耀,一味宣泄,或故弄玄虚,只能徒增人生的迷茫与烦恼。"[①] 徐复观曾指出,那些流行的"意识流"的小说和"白日梦"的诗,从他们要把生命中原始感情不打折扣地表达出来的这一点来说,这也可以说是更迫近到小说、诗的本质。他们的问题是,只承认原始的感情(即潜意识、意识流)是出自人的生命,但是道

---

① 杨守森:《艺术境界论》,上海人民出版社 2008 年版,第 118 页。

德理性和认识理性为什么不是出自人的生命，而一定要把两者贬斥于人性之外？艺术可以说是以感情为主，但感情之与理性，为什么在一个人的生命中是冰炭不容，一定要很用力地把它们自然而不可少的交流、换位的作用加以阻隔？并且为了达到隔断的目的，乃至求之于梦中，甚至乞怜于药剂的注射，以求自己在精神恍惚中的创造呢？这完全违反了人的生命的自然发展，是出于末世纪感的心理变态的现象。①

事实上，某些"晚生代"作家也从内部对"晚生代"写作严重的"无意义"倾向提出了尖锐的批评，如刘继明就曾指出："当写作成了一种纯粹的生存欲望和功能性需要，不再指向任何意义之后，就等于否认了写作是一种精神活动，同时也等于否认了写作的精神品质。一种不指向任何意义的写作是虚无的写作，它给这个无意义之痛苦日趋严重的世界出示的是消解一切意义的话语证据，尽管这种证据是虚拟的。从道德层面来看，这样的写作是不负责任的——无论对自己，还是对别人。因为对一个愿意承担责任的写作者来说，他可以通过写作来表达或揭示这种无意义的生存状况，但没有权力将这种无意义状况作为一种'普遍经验'推广或强化，这样做的结果，势必会造成对读者的侵犯——这种'无意义侵犯'与那些把'绝对意义'强加于人的写作对人性的侵犯从本质上是一致的。"② 这种认识体现了"晚生代"作家对自身的深刻反思，包含着真知灼见。后来的"晚生代小说"在自我反省的基础上也出现了一些试图通过某种"意义"来抵抗虚无的作品。当然，这里的"意义"，已经超出了旧的意义系统，它或者是一种微茫而遥远的事物（何顿《荒原上的阳光》《喜马拉雅山》），或者只是一种朦胧的超越意向（鲁羊《出去》）。无论如何，这总是对文学正途的回归，正如丁帆教授所指出的："在意义崩解之后的虚无之境和以欲望来抵抗虚无的失败之后，放弃'欲望的旗帜'而重新建立新的意义，也许正是'晚生代小

---

① 徐复观：《中国文学精神》，上海书店出版社2006年版，第341页。徐复观还举了一个例子：1961年，日本报纸上报道一位现代画家，为了表达现代画的创作精神及过程，出现在电视上，先注射一种药剂，使自己的精神陷入于恍惚幻想的状态中，挥笔如飞地创作。及药性减退，挥笔渐慢。随意识之完全恢复而即完全停止。徐复观认为，"这不是一个笑话，而是现代艺术精神的集中的体现。"

② 刘继明：《相对主义时代的写作》，载《长江文艺》1998年第5期。

说'进行转型的重要起点。"①

陶东风认为,从二十世纪八十年代末九十年代初开始,大众文化与消费主义的流行,以及新传播媒介日益普及,导致精英文化陷入严重危机,新时期文学开始进入了去精英化时期。去精英化的矛头指向的是"启蒙文学"与"纯文学",去精英化否定和消解的是关于启蒙、自主性和自律性的神话以及由这种神话赋予文学的那种高高在上的崇高性、神秘性和稀有性。总之,它要为文学"去魅"。去精英化以后的文学没有了"启蒙文学"那种严肃的政治主题和沉重的使命感,也没有了先锋文学对形式迷宫的迷恋。去精英化后的文学领域几乎没有"作家",而只有"写手",甚至没有了"文学",只有"文字"。当然去精英化文学的大面积流行更得力于大众传播手段的迅速发展,同时更与全社会对民生民主的冷漠、消费主义的高涨、娱乐工业的畸形发达、精神价值的真空状态联系在一起的。在陶东风看来,中国式的畸形消费主义的特点是:"政治上的冷漠和经济(物质)上的消费主义、生活方式上的享乐主义同时并存。一方面是消费领域和娱乐领域的开放以及媒体为进入、参与这个领域提供的便捷,另一方面则是大众在重大的公共事务领域的参与仍然存在相当大的限制。"因此,大众常常自觉或不自觉地把自己的参与欲望发泄在娱乐与消费领域。正是因为政治领域和消费、娱乐领域的分裂,大众对于"哪些领域有自由,哪些领域没有自由"有着清醒的认识,于是沉溺于所谓"消费自由"的人们在生活方式和心理上表现出强烈的犬儒化、无聊化倾向,大众传媒上到处弥漫的是一种无聊与焦躁,这与八十年代沉重的精英文化形成了巨大的反差。当然,陶东风也强调:"我们不能认为去精英化的文学与文化就一定是醉生梦死的大众文学、大众文化,更不认为大众天性中就没有参与公共事物的能力和兴趣。人们的无聊感是特定的社会环境在人们心理造成的直接结果。"②

我认为,日益恶化的自然生态是造成中国文学生命力衰退的原因,而且是更深层的原因,这一点往往为人们所忽视。当然,人们对生态恶

---

① 参见丁帆、何言宏《二十世纪八九十年代的中国小说与现代性问题》,中国学术论坛网,网址:http://www.frchina.net/data/detail.php?id=11603。
② 陶东风:《新时期文学三十年》,网址 http://www.hanyusuo.com/w_view.asp?id=4464。

化的冷漠与消费主义的高涨也正是造成自然生态恶化的根本原因，而自然生态的恶化必然危及生命，危及文学。由此，自然、社会与精神三个领域一起恶化，并进而产生恶性循环。

第三节 文学活动对自然之道的背离

除了自然生态与精神生态的恶化导致的文学失根，文学创作与批评自身对自然之道的背离也是导致文学失根的重要原因。王建疆认为"人与自然的关系是整个文学发展的中轴"[①]，具体地说，在中国先秦，自然未能作为独立自主体而存在，相反只是抒发情感、谈理论道的帮衬或工具。到了魏晋南北朝时期，由于"越名教而任自然"的时尚，人与自然之间的关系开始从先秦时期的工具和帮衬关系进入朋友甚至是亲情关系，人与自然完全平等，自然作为独立自主体而非人的附庸与人形成诗意的交流。到了唐代，更是产生了大量基于人与自然的和谐的意境深远的诗篇。但是到了近现代，随着资本主义工业文明在全球的推进，人类对自然的侵犯越来越严重，人与自然的和谐状态逐渐消失，中国古代天人合一的文学艺术境界随着西方现代主义艺术技法和思想在国内的传播逐步消失，畸形的城市生活、病态的人生描写已逐渐取代山水田园的诗意。自然在文学中虽非完全退出历史舞台，但也早已式微。

在西方，从古希腊到中世纪，文艺作品中所表现的人与自然的关系虽然有对立的一面，但主要还是一种亲近的关系。但从文艺复兴开始，自然逐渐转变为人这一"万物灵长"的附庸。从十八世纪末开始的浪漫主义思潮提出了"回归自然"的口号，热情讴歌自然，对工具理性主义自然观起到了一定的反拨作用。但是现代化的进程却势不可挡，现代艺术中也出现了将自然抽象化、象征化、隐喻化，文学意象已经从诗意般的抒情言志变为抽象的说理和玄奥的象征，实际上是以自然的名义遮蔽乃至放逐了自然。这种情况伴随着以传播和复制为特色的现代媒介技术

[①] 王建疆：《人与自然关系的嬗变对文学发展的影响》，载《学术月刊》2005年第6期。

的推进造成了全球文艺的非诗意化。从技术主义和消费主义的后现代来看，我们正处于审美消费化的图像时代，自然之景已被人工涂图覆盖。电视、广告、虚拟、数码等传媒正在对诗情画意的自然给予致命的一击。伴随疏离自然的图像增殖和文学的危机，文艺中的自然不仅被遮蔽而且被谋杀。人们似乎已经忘记了文学中呈现的天地大美，而只是惊叹凭借技术所制造那些离奇的图像所带来的视觉的"眩"，这种割裂人类艺术精神与自然关系的现代艺术无疑是令人忧虑的。瓦莱里曾提倡作家应该以精神秩序战胜世界的混乱，但是二十世纪的文学主流却是提供与生存的混乱对等的东西。这一方面是由于城市化导致的作家对自然的疏离倾向，另一方面还是因为自然本身的破坏伤及了日月经天的亘古秩序，导致了文学存在的精神根基的陷落。

一、脱离自然之道的科学主义文学观念

科学主义文学观念对文学的生命与精神属性非常忽视，受理性主义的影响，科学主义的文学观念重视技巧、形式的分析，把文学视为载体、媒介、文本、技巧、结构等。一旦这些可以被更先进的科技手段取代，印刷的纸本文学就终结了。但终结的只是一种文学观念。

二十世纪八十年代以来科学以其强势文化的地位对文学艺术的渗透与侵蚀非常明显。南帆在《电子时代的文学》一文中曾经举过计算机"深蓝"战胜国际象棋王子的故事，他还引证了 C. P. 斯诺曾经在《两种文化》一书中提出的科学文化与艺术文化对立的观点。斯诺认为，科学文化和文学艺术是互相蔑视的，并且它们还拒绝互访。南帆认为从目前看来科学文化，尤其是科学文化中的工具理性，已经占据了绝对优势，对文学是居高临下的关系。南帆指出，"的确，人们还无法估计，计算机是否能在不久的将来写出更为精彩的诗或者话剧，人们毋宁说暂时退却到另一个问题：即使可能，人类是否有必要实现这样的技术——人类是否愿意有所不为？更具体地说，人们是否已察觉不到文学写作的乐趣，以至于将这样的苦役移交给计算机？如果编制出种种情感程序，人类是否考虑聘请计算机代为写情书、恋爱、愤怒和忧伤？显然，这是一个事关重大的选择，这个选择的意义远远超出了文学的承担范围——

有朝一日，这或许会成为计算机所无法回答的问题。"① 这里南帆强调的是文学与人的生命、情感的关系，而这些复杂丰富、变幻莫测的人性的情感绝对是计算机所无法复制的，所以无论技术如何进步，文学也是无法取代的。根据国际象棋的规则，按照指定程序运行的计算机也许能够战胜国际象棋大师，输入了某种语言的语法规则和词汇的计算机或许也能写出所谓的"诗"，同时我们还看到用计算机给人算命的也不少，这能说明什么呢？只不过是算命先生也越来越懒了，算命的人也越来越机械化了而已。真正的命运之神不是计算机，也不是操作计算机的人，计算机下国际象棋或电脑算命的过程结果不过是一个按照程序运行的游戏，而文学却不是这样的游戏，文学是充满激情的生命创造，是充满灵性的精神律动，是不可重复的灵光闪现。

海德格尔认为："技术统治之对象事物愈来愈快、愈来愈无所顾忌、愈来愈完满地推行于全球，取代了昔日可见的世事所约定俗成的一切。技术的统治不仅把一切存在者设立为生产过程中可制造的东西，而且通过市场把生产的产品提供出来。人之人性和物之物性，都在贯彻意图的制造范围内分化为一个在市场上可计算出来的市场价值。这个市场不仅作为世界市场遍布全球，而且作为求意志的意志在存在的本质中进行买卖，并因此把一切存在者带入一种计算行为之中，这种计算行为在并不需要数字的地方，统治得最为顽强。"② 可以说，精于算计的工具理性对于诗性领域的侵蚀是很强烈的。技术主义渗透到文学观中，而技术主义的文学观必然导致艺术的生命属性、精神属性的减弱，爱与悲悯的流失。③

美国学者米勒认定传统意义上的文学将在飞速发展的科学技术逼迫下归于覆灭。与人类生命、人类语言、人类精神同根并蒂生长着的人类文学，竟会如此仓促地被某些尖端电子产品轻轻抹去？我认为要么不可能抹去，要么就是被错误地抹去！眼下地球生态系统的状况已经证明，人类在整体上不但会犯错误，而且会犯根本性的错误。米勒对于这个问

---

① 南帆：《电子时代的文学》，见《隐蔽的成规》，福建教育出版社1999年版，第321页。
② 孙周兴选编：《海德格尔选集》，上海三联书店1996年版，第432页。
③ 胡志红：《西方生态批评研究》，中国社会科学出版社2006年版，第72页。

题的回答，其实仍然是困扰在"西方中心主义""理性主义""行为主义"的纠葛之中的。首先，米勒为文学划定一个严格的界限，他认为："现代意义上的文学发端于西方"，"文学指的是一种相对而言属于近期的、并且受历史条件限制的行为方式"，"文学于西方式的民主的兴起有关联，与人们的读写能力的传播有关联，与印刷术的发展有关联，并且与言论的自由有关联。"其次，从早年的"新批评"立场出发，米勒始终"渴望用一种类似科学的方式，去解释和理解文学"。① 在米勒和一些西方文艺理论家看来，文学就是结构，就是文体，就是一种叙述方式、一种用文字印刷的文本，甚至是一种建立在生产技术之上的流通商品，一旦生产技术革新了，文本的形态改变了，经营方式改观了，文学也就不存在了，文学就注定会被新技术生产制作的电影、电视、广告、卡通、网络文学、电子游戏所替代。在他看来，这是一个必然的规律，尽管这个"规律"对他来说可能是痛苦的。米勒甚至以收入多少和流行程度作为评价作家的根本出发点，他认为"如今最受尊敬、最有影响力的中国作家，显然是其小说或故事被改编成各种电视剧的作家。"② 米勒以他看到的表面的现象作为评价中国作家水平的标准，竟然认为"最受尊敬的作家""显然是"某个作品被改编成电视剧的人，这分明已经放弃了对文学评价的起码标准。

文学性在本质上就是诗性，那是人类原始生命的出发点，同时也是人类精神提升的制高点。不幸的是，沉溺于尖端技术和市场经济中的现代人，已渐渐丢弃了自己出发时的故乡家园，也已经渐渐迷失了自己曾经神往的崇高理想。用西美尔的话说，现代人只是沉溺在路途之中、由自己临时搭建的那座"桥"上。"桥"上有的是富足和豪华、快感和玩乐，缺乏的是质朴的诗意与自由的憧憬。唯有发自人类生命"最深处"与"最高处"的文学、诗歌以及其他艺术形式，才能为滞留在"桥"上的现代人回溯人性的源头、展望人类的前程。那才是人类的有机完整、完善完美的生存，或曰：诗意的栖居。如海德格尔所言："在真正欢乐而健朗的人类作品成长的地方，人一定能够从故乡大地的深处伸展到天

---

① ［美］西利斯·米勒：《为什么我要选择文学》，《社会科学报》2004年7月1日。
② ［美］米勒《文学死了吗》，广西师范大学出版社2007年版，第16页。

穹。天穹在这里意味着：高空的自由空气，精神的敞开领域。"①

迪萨纳亚克认为艺术与人类的生命进化之间有着特别重要的联系，她对忽视这一联系的丹托、德里达、米勒进行了批驳。迪萨纳亚克对当代艺术理论的一些关键词和观念做了深入考察后发现，"它们甚至比从前的哲学术语更是出自有关人类心理和精神的一种有限的和狭隘的观点之中"。"由于天生就是'被除根'的和疏异的，我认为它们不再能够描述人类努力或人类艺术的整体，正像现代以'病例'为指向的医学没有资格对人类身体的治疗发表意见一样。"迪萨纳亚克认为：

> 后结构主义和后现代主义公开地和无条件地专注于读写。德里达机器追随者们充分意识到了口头语和书面语的不同，他们认为，书写对有关现实与我们达到、进入和把握它的能力之间的差距的后现代意识来说是最为重要的。因此他们关于一切事物、所有文化产品——形象、礼仪、制度——都可以被看成文本的主张是脱离现实的，正像艺术的言辞和作品与它们试图描绘的现实事物形成反差一样。②

因为艺术作品是通过艺术文本的符号系统传递信息和发挥作用，这就要求观众和读者做出积极反映，来填充、增加，依赖暗示的成分，提供外在的历史、个人和社会的参照，而不是像旧式的现代主义或非文字社会中那样，把自己带入艺术家最初创作或者作品本身反映那个历史时空中去。在迪萨纳亚克看来，和后现代主义原则中的"文本"和概念结合在一起的是"含混得让人担心却又频频被使用的一个词'解构'"。对一个文本的解构主义阅读旨在暴露文本潜在的假设，尤其是它正在谈论或表现的现实的任何托词。解构主义的阅读强调，尽管文本好像自然而然地涉及现实，但实际上涉及的是其他文本，所有这些文本必然掩盖着未经核实的意识形态假设和形而上学假设。如"作者""作者意图""历史""人""现实"和"自我"之类的概念被表明只是心灵的构造，由于语

---

① 孙周兴选编：《海德格尔选集》，上海三联书店1996年版，第1234页。
② ［美］迪萨纳亚克：《审美的人》，商务印书馆2004年版，第289页。

言结构产生而来——因而必然是可以解构的。迪萨纳亚克指出"作为后现代主义哲学或文学理论的例证,当今的艺术作品公然无耻地表明它们对其他作品的依赖,它们的暂时性,它们的可重复性或可取代性,它们的无聊或琐细,它们的杂糅,它们的缺乏共鸣和权威。正如罗兰·巴尔特所说,艺术家必须使意义的表象裂开。"① 今天我们的许多影视作品就是这样失去了大地和现实之根的艺术,如《夜宴》对哈姆雷特的模仿,《满城尽带黄金甲》等甚至连故事都不会编造,艺术的生命在这些作品中已经终结了。

在迪萨纳亚克看来,由于后现代主义者把索绪尔的理论推向了极端,所以导致的一种主张:即意义根本就不在语言(或艺术)所表现或反映的世界中。如这一运动的杰出代表人物希利斯·米勒所说:"不存在先于语言的'在世界和时间中生存的经验'之类的东西。我们的一切'经验'都被预言渗得透之又透。"如果他"意味着"说他所说的意思(这是有关后现代主义书写的诠释中的一个永恒问题),那么他就是在断言,我们拥有意义和经验仅仅因为我们有一种语言来容纳它们。而且由于语言先于我们而存在,由于我们诞生在一种被我们继承的文化之中,这一文化具有一种已经存在的、需要我们学会然后用它表达我们的意义和经验的语言,所以我们实际上是我们语言的产物,而这一语言本质上是不能"说"、看或把握的现实。② 根据这类后现代主义的圣经,人们从来不可能抵达或到达一个没有经过中介的现实。迪萨纳亚克对这些后现代主义的荒诞言论进行了辛辣的批驳。她说:

> 他们的哲学发现就真正是不可思议的,但他们用无聊的议论来讨论这些东西,是与一清二楚地说明的书面理想背道而驰的。后现代写作者任性地、博学地、甚至丧心病狂地玩弄着语言,并且带着能够觉察出来的对其聪明的沾沾自喜。虽然这种书写是别出心裁和富有想象力的,但它必须被指出是和古老的口头模式无关的。没有那个称职的行吟诗人或民谣歌手会用这

---

① [美]迪萨纳亚克:《审美的人》,商务印书馆2004年版,第290页。
② [美]迪萨纳亚克:《审美的人》,商务印书馆2004年版,第291页。

样的迷惑术和迷宫般的晦涩性。他会明白听众很快就会向他投掷石榴或生橄榄,或者至少在刚开始几句之后就开始悄悄溜掉了。后现代主义书写是人类交流中的某种新东西:它是以书写为基础却又破坏并颠覆书写的一种书写。正像蔑视和批判其父母的实利主义的富家子弟却按月接受使其波西米亚式的生活方式成为可能的施舍一样,后现代书写者们咬的正是给他们喂食的手。①

迪萨纳亚克把上述"以文字为中心的否定思维系列"放在物种中心论下来审查,强调世界是现实的、可知的,感觉是真实的而绝非虚无:"虚无吗?火是烫的。饥饿是糟糕的。小宝宝很好。"实际上解构主义者提出"作者之死"的观点是二十世纪文论重形式、轻阐释近而轻内容、轻意义的发展趋势使然。解构主义假借读者阐释的名义促使作者死亡,但这实际上也意味着最终的读者之死。因为作者之死实际是意义之死,而意义之死受害最深者、被麻痹最重者是读者,最终导致的结果是读者之死。文学没有了意义就意味着文学的死亡。回头再看黑格尔关于艺术消亡论的预言,文学的终结留下的空白如果只能由知识、技术、哲学、宗教来填补,那么诗意的丧失将是一个严重的问题,特别是对于有着悠久诗文传统的中国人来说。

有论者认为:二十世纪文学批评的巨大缺憾是,对于文学现象,我们一向阐释得过多;对于文学的生成,我们已经遗忘得太久。以至于当作者之死被提出之后,很长时间里人们处于迷茫状态。我们认为作者之死的提出及其所产生的影响与文学的衰弱和边缘化应该是有联系的。找出其中的症候和原因是应该的,"有说服力的文学理论的建构也许还是要从关于文学和作家的基本命题开始。文学是因人而产生的,因作家的书写而存在。文学的状况与作家的境况是密切相连的。"②

所以,重新找回文学的意义,唤回人们对文学的热情是非常必要的。由对文学意义的阐发回溯到对作家的重视,也就回到了源头。从文

---

① [美]迪萨纳亚克:《审美的人》,商务印书馆2004年版,第292页。
② 刁克利:《诗性的拯救》,昆仑出版社2006年版,第4页。

学的源头开始,是一个可以而且可能的途径。由此寻找文学感动人心的力量,寻找回来文学对生命对人类的关怀和热忱。文学是一种恢宏的软实力,作家可以以诗性的倡导来恢复人性、对抗物化,让更多的人能在凡俗人生和技术理性的时代体会到生活的诗性和诗意。自然本身蕴含着的超越的力量,我们应该以自然的、本真的、有机的、生命的、整体的力量超越过度人工的、技术化的、理性化的、机械的、分裂的现实。著名英国诗人布莱克就曾明确反对理性主义对人的情感生命的压制。在他看来,艺术等同于爱,因为"艺术是生命之树……科学是死亡之树",在欧洲十八世纪下半叶的英国,身在樊笼中的布莱克对社会的感觉是快要闷死了,他写下了下面著名的诗句:"一只知更鸟身在樊笼/整个天堂陷入狂怒之中","未来世界的孩子/当他们阅读到这些愤怒的诗页/便知/曾几何时/爱情/那甜美的爱情曾被当作罪孽"。① 布莱克所说的"樊笼"指的正是当时的启蒙运动,过于专制的理性主义扼杀了人类的美好情感,布莱克和许多浪漫主义者一样,想要重新夺回精神的控制权。他认为,由于毫无想象力的数学家和科学家,如洛克和牛顿这些人类灵魂的杀手的邪恶工作,人类精神已经石化,人类已经堕落。所以让生命重获生机与自由,就成为所有受制于严整的科学秩序、快要闷死的人们发出的呼声。虽然严整的科学秩序是毫不理会人类灵魂深处的这些难题,但是真正的诗人绝不会放弃为生命而歌的神圣权利。

二、工具理性主义支配下漠视自然的文学创作

在科技至上的工具理性主义支配下,许多现代作家也往往把改造世界、征服自然作为自己的指导思想,对自然生命采取漠视甚至敌对态度,这造成现代文学对自然的脱离越来越严重。罗尔斯顿认为,在整个生态系统的背景中,人的完整性是源自人与自然的交流,并由自然支撑,现代人与大自然脱离后造成了生命完整性的丧失和严重的精神空虚,而现代文学对自然的漠视必然导致文学自身的虚无。罗尔斯顿说:

---

① [英]以赛亚·伯林:《浪漫主义的根源》,译林出版社2008年版,第55页。

生态的观点非常彻底地否定了现代文学中那种把自然视为基本上没有方向的、无情的、需要人来监管和修复这样的异化。现代文学的基本看法是：现代人虽然有巨大的技术力量，却发现自己远离了自然；他的技艺越来越高超，信心却越来越少；他在世界上显得非同凡响，非常高大，却又是漂浮于一个即使不是敌对，也可以说是冷漠的宇宙之中。人类的世界往好里说是一个巨大的加油站，往坏处说则简直是一座监狱，或者是一片"虚无"。但用生态眼光看世界的人完全不是这样的：他们带着一种尊敬来面对一个价值为自己所认同的共同体，从而再一次找到了自己的家园。①

在这里，罗尔斯顿这位"哲学走向荒野"的倡导者也为现代文学走出虚无指出了一条亲近自然之路，只有返归本真的自然当下的文学才能找回艺术的本真生命。中国文学历来就与自然具有非常密切的联系。当代哲学家张世英认为，在中国文化中主要是道家思想滋养了艺术和审美，而融入自然的审美境界才是人生的最高境界。但是在新的历史条件下，中国人在生态危机中觉悟得却很晚。二十世纪七十年代，当世界上的有识之士试图控制二氧化碳进入大气层时，中国的诗人们还在对着烟囱唱赞歌，说那是一支支高耸入云的大笔，而烟囱里冒的滚滚浓烟则是写在蓝天上的诗句，这在今天看来这是多么可笑又可悲的赞歌。我并不怀疑诗人的真诚，因为那时国人心中理想的现代化生活就是那样的，就是要超英赶美，过分迷信于西方的现代化。而文学把歌颂经济发展，歌颂改天换地当成了自己的使命，出发点就错了。

张炜曾讲到他年轻时发表的第一首长诗就是歌颂海滨大开发的，现在谈起这首诗他感到当时确实是很无知的，那时的人们还根本没有意识到生态恶化的严重后果。② 以前的是不知者不怪，但今天已经是生态危机很严重、敬畏生命的生态伦理观念也成为普世价值的时代，作家即使不去推动生态观念，也不应该公然违背已经为人类接受的现代生态伦理

---

① [美]霍尔姆斯·罗尔斯顿：《哲学走向荒野》，吉林人民出版社2000年版，第32页。
② 参见《张炜王光东对话录》，苏州大学出版社2003年版，第207页。

观念，否则就是对生命的反动。

当德国思想家施韦泽在《敬畏生命》中为自己童年没有和同伴一起用弹弓打鸟而庆幸时，我们的大文豪鲁迅先生还在津津有味地讲着少年闰土捉鸟的故事，他的讲述当然不是引导孩子们去爱护鸟类，爱护生命和大自然，而是把捉鸟讲成了一件令孩子们向往的趣事。很难说这样的故事引导着多少中国孩子在做着同样伤害鸟类和生命的事，因为小孩子的天性中既有对生命的爱，也有以摧残生命为乐的恶劣的一面，所以伦理观念的引导是很重要的。当然这不能简单地埋怨鲁迅，因为任何人都是很难超越自身的历史局限的，从十九世纪末到整个二十世纪的中国社会，缺少让作家思考如何善待其他生命的土壤，如何与自然和谐相处。战乱对自然环境造成的负面影响自不待言，到了新中国成立之后，中国走上了建设工业强国的道路，首先也是要向大自然索取。除去"文革"十年，无论是建国后的17年还是改革开放的40余年，都是以发展经济，实现现代化为重心，大自然一直是征服和改造的对象，人们只是把大自然看作可以任意开采和利用的资源，对于国家和民族自身的长远发展比较欠缺长远的考虑，更谈不上对自然界中其他生命权力的尊重。

毫无疑问，二十世纪是中国社会剧烈变革的一百年，也是生态环境恶化最严重的一百年。自然生态系统的濒临崩溃与时代精神的贫血，同时也导致人间诗性的枯竭。就如同板结的土壤、沙漠化了的土壤、被化肥农药侵蚀了的土壤再也生长不出优良的农作物一样，由于生命异化、创造力萎缩、想象力沦丧、精神生态恶化，文学也渐渐失去它赖以生长的土壤。过度理性主义、实用主义、功利主义的时代精神堵塞了人心通向自由之境的主渠道，造成了文学的无根状态，从而致使当代文学生产力出现实质上的衰败。

文学的自然之根——生态批评视域中的文学寻根
WENXUE DE ZIRAN ZHIGEN

题记：某物生长之处，便是它植根之处，便是它发育之处。植根和发育隐蔽地、寂静地在其时间内发生。

——海德格尔《技术的追问》

第四章
文学之根的培护与生态批评

如前所述，当前文学存在自然之根缺失、生命力匮乏的问题。这一方面是因为大自然本身的恶化，另一方面则是因为一些文学家的艺术创造悖逆了自然之道，屈服于这个时代占据主流的物质功利文化。所以这个时代特别需要艺术家有对生命、对自然的爱，来对抗技术和商业时代的空虚、异化和死亡，甚至包括文学家自身的萎靡与死亡。文学艺术要获得重生就必须扎根于自然，捍卫自然和生命的尊严。要恢复文学艺术的生命力必须从培育和养护文学的自然之根做起，这主要包括三方面工作：首先要深化生态运动，恢复大自然的勃勃生机；其次就是作家在文学创作上顺应自然之道，自觉地在自然中吸取精神的养分和力量；第三就是通过生态批评话语的介入，促进文学与精神的绿色化。

第一节 生态运动：文学之根的培护

生态运动对文学的自然之根的培护主要体现在生态理论的建构与生态实践的深入发展两个方面。

一、生态理论的建构：走向深层生态学

生态学的历史虽然并不长，但它已经成为对人类影响深远的一门学科。生态学"在与人类学有关的方面，它恢复了'自然'概念的崇高地

位，使人生根于自然。自然不再是无序、被动、无定形的环境，它是复杂的整体。人对于这个复杂的整体不再是封闭的实体，而是一个开放系统，以组织形态上的自主—依存的关系处于生态系统的内部。"[1] 而就其对失控增长后果的批评而言，生态学更是已经成为"一门颠覆性的科学"。失控的增长与资本主义、技术和进步等概念相关，而这些概念在过去200年里一直在西方文化中享有崇高的威望。生态运动的目光旨在恢复曾被工业化和过量人口打破了的自然的平衡。它强调我们需要生活在自然的循环之中，与永远进步、开发的线性思维相对立。它强调进步的代价、增长的极限、技术决策的缺陷以及自然资源之保护和回收的急迫性。[2] 在生态学人文转向的背景下，生态哲学、生态伦理学、生态美学、生态政治学等新兴交叉学科不断出现。生态理论的核心思想是超越人类中心主义，走向生态整体主义的存在论；超越人类作为自然征服者的立场，转向对地球生命家园的守护；当前西方生态学已经从浅层生态学走向了深层生态学。挪威哲学家奈斯曾明确提出"深层生态学的八项主张"：

1. 地球上任何人类或非人类的其他生物的繁荣都有其内在的价值。非人类生物的价值不取决于其对短浅的人类目的的有用性。

2. 生物形式的丰富性和多样性就是他们自身的价值，并将促进地球上的人类和非人类生物的繁荣。

3. 除了满足最基本的需求之外，人类没有权利减少这种丰富性和多样性。

4. 目前人类已过多干涉了非人类世界，而这种情况还在快速加剧。

5. 人类和人类文明的繁荣与人口的大幅度减少并不矛盾。非人类生物的繁荣也需要数量上的减少。

---

[1] [法] 埃德加·莫兰：《迷失的范式：人性研究》，北京大学出版社1999年版，第14页。

[2] [美] 卡洛琳·麦茜特：《自然之死》，吉林人民出版社1999年版，第2—3页。

6. 生活条件的极大改善要求应对策略上的相应改变。这些也会影响到经济、技术和意识形态结构。

7. 意识形态结构的改变主要是指重视生活质量，而不是指保持高的生活水平。

8. 赞成以上几点的人有义务直接或间接地参与做出必要变化的尝试。①

这八项主张中尤其以对自然的内在价值的强调和积极参与的思想最为重要，为生态运动的深入发展指明了方向。美国建设性后现代理论的代表人物大卫·格里芬也主张，后现代思想应该走向彻底的生态主义，这为生态学运动所倡导的持久的见识提供了哲学和意识形态方面的根据。格里芬认为，这种见识如果成为新文化范式的基础，后世公民将会成长为具有生态意识的人，在这种意识中，一切事物的价值都将得到尊重，一切事物的相互关系都将受到重视。"我们必须轻轻地走过这个世界、仅仅使用我们必须使用的东西、为我们的邻居和后代保持生态的平衡，这些意识将成为常识"②。格里芬同时还指出，存在着两种生态学世界观：第一种生态学世界观有时被称作深层生态学。它强调生态系统作为一个整体，具有相互依赖和统一的特性。价值存在于这个完整的体系之中，而不是存在于每一个单个的造物中。个体是作为这个整体的一员存在的，只有它们投身于整体的复杂的关系网中才是有价值的。顺从于这个整体，一种强烈的神圣感会油然而生。若背离这个整体，便会产生强烈的负罪感。第二种生态学世界观从根本上来说，并不是源于西方传统。它提倡一种科学和宗教的改良，但它与现存的趋势保持了明显的连续性，并从某些方面回归到了古典宗教的源头。它最初并不强调整体，而主要着意于构成整体的个体。我称此种观点为后现代生态世界观。③当然，作为一名有着宗教信仰的生态学者，格里芬认为"深层生态学同多数世界观一样，是一种深厚的宗教观点"。深层生态学最接近传统的

---

① Arne Naess, *Ecology, Community, and Lifestyle*, Trans. David Rothenberg, Cambridge: Cambridge University Press, 1989, P29.
② [美]格里芬编：《后现代精神》，中央编译出版社1998年版，第227页。
③ [美]格里芬：《后现代科学》，中央编译出版社1998年版，第147—149页。

宗教教义中的泛神论，当然它是一种新形式的泛神论。它的理论和实践刚刚开始发挥作用，但无疑对生命的所有方面具有深刻的意义。在格里芬看来，这种意义对于人类从开化的祖先那里继承下来的一切都是极为震撼的，人类的世界观将被深层生态学同化。深层生态学还具体表现在超越人类中心主义的生态哲学和敬畏生命的生态伦理两个方面。

（一）超越人类中心主义，还自然之魅

我国生态哲学的开创者余谋昌先生认为，人类中心主义作为二十世纪占主导地位的世界观和价值观，作为人类行为的哲学基础，用它可以说明二十世纪所取得的伟大成就，也可以说明人类面临困境的思想根源。① 今天要走出生态危机必须放弃人类中心主义，承认自然的价值与权力。保护自然生态必须要超越人类中心主义的征服逻辑。人类现存生存方式的荒谬之处在于：在征服的前提已经不存在的情况下继续对整个世界保持一种征服的态度。这种荒谬性正是包括生态危机在内的全球性危机的根源。征服的逻辑源于并支撑着人类中心主义，而人类中心主义原始地意味着暴力和毁灭：它将人设定为宇宙的绝对中心和目的，把其他事物都当作实现人的中心地位的手段，所以，它的实现必然以消灭其他事物的独立性为前提，而事物的独立性的消灭也就是这个事物自身的毁灭。王晓华指出："人类中心主义归根结底是对自然界进行剥削和压迫的逻辑。这个逻辑又反过来进入人类内部，直接转变为人对人的剥削和压迫。人以怎样的态度对待自然界，人就会以怎样的态度对待人，因为人归根结底是自然界的一部分。所以，只要不超越人类中心主义，人对人的剥削和压迫就不会消亡，在人类社会内部就不会诞生真正的爱和永久的和平。"② 在上述批判的基础上，王晓华明确提出，随着征服的逻辑的过时，超越人类中心主义的时机已经成熟。人不过是宇宙中诸多存在物中的一种；他与地球上其他存在物之间的关系从根本上说是同一家园中不同成员之间的关系；人之外的存在物作为家园中的成员具有自己独立的价值；人和这些家园成员之间的相互支撑和相互成全关系要比人

---

① 余谋昌：《自然的价值》，陕西人民教育出版社 2003 年版，第 309 页。
② 王晓华：《中国生态主义宣言——从征服走向守护》，原载《安徽日报》1995 年 5 月 9 日。

对它们的征服、统治、利用更为根本。也只有走出人类对其他动物的压迫，才能实现人类社会自身的解放。

在走出人类中心主义，走向生态整体主义的同时，还要实现自然的"复魅"。生态批评家通常认为，造成当今环境问题的主要思想原因之一是：随着人类自然观从原始社会到现代工业社会时期的发展演变，自然在人的话语世界中变成了一个沉默无声的客体、一个仅供人类实现自身目的的工具。而人类早期社会中人们的自然观却与它有着显著的不同：那时，自然被视为可以言说的主体，万物都有自身的守护神，人类在使用自然之物时需要通过向守护神祷告的方式与自然进行沟通，请求守护神的允许，这是一种万物有灵论的思想，于是为自然复魅就成为当下生态批评的一种呼声。有的学者主张，保护自然需要把自然神圣化。1990年在莫斯科全球论坛上，科学家们发表宣言，呼吁宗教和精神领袖们用新的眼光看人类与地球的关系。科学家们说：作为科学家，我们中的许多人有敬畏宇宙的深刻经验。我们懂得，被当作神圣的东西更可能得到关怀和尊重。我们的地球家园应该这样对待，保护和改善环境的努力需要注入这样的神圣观。显然，生态问题促使所有宗教传统重新检讨它们关于地球的预先设定，只做有限的调整以便容纳生态的层面是不够的。我们需要的不是别的，就是把自然神圣化。[①]但是在如何"复魅"的问题上也存在着一些不同的看法。有的学者认为：

> 重建古代的万物有灵论或是在此基础上引进自然的"复魅"的提议还需要商榷，"世界的返魅"带有返回宗教社会的倾向，还难以让人信服。因为时至今日人类与自然之间的力量对比已经发生了质的变化，人们在面对自然时已不像远古时代的先民那样缺乏力量与信心。此时再原样复制古代的万物有灵论既不合理也不现实。[②]

我们确实应当谨慎看待古代社会与某些现代原始部落的万物有灵论思

[①] 杜维明：《对话与创新》，广西师范大学出版社2005年版，第207页。
[②] 李晓明：《美国当代生态批评述评》，载《思想战线》2005年第4期。

想，毕竟它产生于人类思想发展的初期，其内容与形态还相当粗朴，对其进行的研究应与当今的实际情况结合起来，避免简单化的理解与复制，但是我们今天讲的"为自然复魅"并不是要重新把自然的神灵请回来。事实上，在人类早已成功登月、核潜艇纵横四海的今天，无论是海神还是月亮女神，都已经请不回来了。今天我们说的"为自然复魅"，其实是在人的观念领域恢复自然原本具有的生命整体属性，重建以自然生命的持久繁盛为出发点和价值归宿的"生命文化"。虽然产生原始神话和史诗的时代早已远去，现代科技的强大力量足以把自然从神龛上清除，我们已不可能返回到神话时代，但是人类对自然却应该始终怀着敬畏之心。无论何时自然都是人类生命的"根"之所在，它不但滋养着人类的生命，而且也是人类一切精神创造的源头。生命本身就是神圣的，就是值得敬畏的，对自然进行生命的复魅、美的复魅永远是需要的。

关于自然的"去魅"与"复魅"，德国当代学者 U. 梅勒曾指出，从哲学上承认自然的内在价值，首先是对那种通过现代自然科学和技术而发生的"自然去魅"的一种批评。工业对自然的巨大干预只有以现代自然科学及其唯物论—机械论的对自然的理解为前提才是可能的。在这种对自然的理解中所含有的一种对自然的极端对象化（即把自然还原为物理的量值和化学的结合）使得那种单纯的工具主义态度成为可能，而这种工具主义的态度正是工业性的自然利用的基础。根据这种理解，自然作为整体不过是纯粹的外在性，它的秘密不过是至今尚未被解决的计算任务。自然变成了纯粹的客体、物质基础和基本原料。在这种情况下，人们只能是把自然当作实现自身目的的工具了，因为人们很难去热爱原子，也很难对分子组合或细胞核产生同情心，对于神经元或基因人们也不会产生道德上的尊重。

梅勒也曾谈到，在一些秉持现代科学立场的人看来，生态哲学所主张为自然复魅不过是"为自然赋予虚假内在价值"，是"非理性的和反动倒退的东西"。因为"那种为科学奠基的立场是纯粹认识主体的立场，是主体的立场——这个主体为了便于接受纯净的客观真理而清洗了自己，以便在它的认识工作中清除全部有机体的需求以及生命实践的利益,清除感情需要和道德感,以及尽可能远地脱离感性经验。这样一个认识主体一方面与它的认识客体极度分离,切断它自己与一切机体感性的和感情的联系,另一方面,它尽可能谋求与客体的纯粹真理吻合一致,希望成为纯粹的反映,从而与它的对象以及与它自身极度异化以便分享纯粹的彼岸客观性"[1]。我们对自然的"复魅"不是简单地回归前现代的神秘自然观,与科学地认识自然世界并不矛盾,生态学的自然复魅是承认自然的生命整体的属性,因为恢复自然的生命属性才是真正全面地认识了自然。而那种绝对地把自然客体化的工具理性主义反倒是对自然本体的一种遮蔽,在更高的层面上甚至是违背科学精神的另一种愚昧。

(二) 敬畏生命的生态伦理

如果说哲学上的最大问题是走出人类中心主义,重新实现自然的复魅,那么伦理学上的最大问题就是建构敬畏生命的生态伦理。现代生态伦理学的先驱,法国著名思想家施韦泽曾说过:"人类确立敬畏生命的信念是一次比走出中世纪更伟大的文艺复兴。"[2]

生态伦理思想是在现代科学推动下发展的产业革命不断向自然进攻的时代背景下产生的。英国功利主义哲学家边沁第一个主张把道德的范围扩大到动物,文学家劳伦斯抨击工业文明对大自然的无节制的掠夺,向往人与自然和谐的美好生活。以美国浪漫主义自然学者梭罗、思想家摩尔为代表的思想家提出了环境伦理的整体思想,他们成为通向现代生态伦理学的桥梁;而法国思想家施韦泽则是现代生态伦理学最重要的奠基人。施韦泽认为人的意识的根本状态是:"我是要求生存的生命,我在要求生存的生命之中。"有思想的人体验到必须像敬畏自己的生命意志一样敬畏所有的生命意志。他在自己的生命中体验到其他生命。对他来说,善是保存生命,促进生命,使可发展的生命实现其最高的价值。恶则是毁坏生命,伤害生命,压制生命的发展。这是必然的、普遍的、绝对的伦理原理。只有体验到对一切生命负有无限责任的伦理才有思想根据。人对人行为的伦理不会独自产生,它产生于人对一切生命的普遍

---

[1] [德] U. 梅勒:《生态现象学》,《世界哲学》2004 年第 4 期。
[2] [法] 施韦泽:《敬畏生命》,上海社会科学院出版社 2003 年版,第 10 页。

行为。从而，人必须要做的敬畏生命本身就包括所有这些能想象的德行：爱、奉献、同情、同乐和共同追求。我们必须摆脱那种毫无思想地混日子的状况。施韦泽的敬畏生命的伦理思想并没有回避现实中的弱肉强食的生存法则，他对这个世界上血腥的现实的直面与反思更体现了他的思想的深度。在施韦泽看来，人类和一切生命都"受制于神秘的残酷的命运"，"受制于盲目的利己主义的世界"，为了自己的生命，甚至必须以牺牲其他生命为代价，即由于伤害、毁灭生命而不断犯下罪过。出于伦理本性，人类始终试图尽可能地摆脱这种必然性。渴望能坚持人道并从这种痛苦中解脱出来。从而，产生于有思想的生命意志的敬畏生命伦理学把肯定人生和伦理融为一体。它的目标是："实现进步和创造有益于个人和人类的物质、精神、伦理的更高发展的各种价值。"① 在施韦泽看来，"所有生命都必然生存于黑暗之中，只有一种生命能摆脱黑暗，看到光明。这种生命是最高的生命，人。只有人能够认识到敬畏生命，能够认识到休戚与共，能够摆脱其余生物苦陷其中的无知。"② 也就是说只有拥有超越性文化的人类才有可能超越现实的"残酷命运"和"盲目的利己主义法则"。施韦泽认为："文化的进步有三种：知识和能力的进步；人的社会化的进步；精神的进步。"③ 今天人类应该以敬畏生命为伦理标准来"想象文化的意义""实现文化的理想"。④ 这应该也是一种复兴生命文化的理想。文化的维系首先取决于我们内心的精神生活源泉的喷发，当然经济和社会发展带来的物质生活的丰富和自由也是文化的要求。但是只有以敬畏生命的精神文化为根据，我们才能获得统一的经济公正的尺度，经济发展才能是正义的、可持续的。用机械者必有机心，知识和能力的成就带来了利弊兼有的双重后果。解决这个问题必须思考人类的理想，创造一种新的文化。从外部看，文化是实现知识、能力和人的社会化的一切可能的进步，并由此共同促进个人的内在完善。敬畏生命能完备这种文化观点，并能为它奠定内在基础：敬畏生命规定人的内在完善的内容，并使它达到日益深化的敬畏生命的精神性。

---

① ［法］施韦泽：《敬畏生命》，上海社会科学院出版社2003年版，第9页。
② ［法］施韦泽：《敬畏生命》，上海社会科学院出版社2003年版，第20页。
③ ［法］施韦泽：《敬畏生命》，上海社会科学院出版社2003年版，第34页。
④ ［法］施韦泽：《敬畏生命》，上海社会科学院出版社2003年版，第32页。

为了赋予由个人和人类能实现的物质和精神进步以意义，通常的文化观念用世界的进化来说明。这样，它就得依赖不结果的幻想。而体现文化意义的世界进化，并不能得到阐明。

在敬畏生命的伦理学中则相反，文化认识到它和世界进化毫无关系，它自身就具有意义。文化的本质在于：我们的生命意志努力实行敬畏生命；敬畏生命日益得到个人和人类的承认。从而，文化不是世界进化的现象，而是我们内心对生命意志的体验。我们不能使这种体验与我们从外部所认识的世界过程发生联系，也不需要这么做。作为我们生命意志的完善，它自给自足。我们内心的发展在世界发展总体中意味着什么，我们把它作为非研究的对象而搁置一边。由于所有个人和人类能实现的进步，在世界上就有尽可能多的生命意志，它们在其活动范围内敬畏一切生命，并在敬畏生命的精神中寻找完善：只有这才是文化。这种文化本身就包含着价值，甚至在不久的将来肯定会出现的人类毁灭也不能使我们对文化所作的努力产生疑惑。①

可贵的是，施韦泽还指出：人如果对自然生命没有敬畏，就不会真正敬畏精神生命。针对有人抱怨敬畏生命的伦理过分看重自然生命，施韦泽反驳道："不承认生命本身是伦理与之相关的充满神秘的价值，正是所有先前的伦理学的错误。一切精神都离不开自然生命。从而，敬畏生命不仅适合精神的生命，而且也适合自然的生命。就像耶稣比喻的那样，人不仅拯救迷途的羊的灵魂，也拯救整个羊群。人越是敬畏自然的生命，也越敬畏精神的生命。"② 在施韦泽看来，敬畏生命的伦理学非常重要，它对于人类有救赎意义：

由于敬畏生命的伦理学，我们不仅与人，而且与一切存在

---

① ［法］施韦泽：《敬畏生命》，上海社会科学院出版社2003年版，第33页。
② ［法］施韦泽：《敬畏生命》，上海社会科学院出版社2003年版，第132页。

于我们范围之内的生物发生了联系,避免伤害它们,在危难中救助它们。我立即明白了:这种根本上完整的伦理学具有完全不同于只涉及人的伦理学的深度、活力和动能。

由于敬畏生命的伦理学,我们与宇宙建立了一种精神关系。我们由此而体验到内心生活,给予我们创造一种精神的、伦理的、文化的意志和能力,这种文化使我们以一种比过去更高的方式生存和生活于世。由于敬畏生命的伦理学,我们成了另一种人。①

在施韦泽看来,全部生物都受制于生命意志自我分裂的法则,人类也一直处于这样的境地,为了能保存自己的生命和整个人类的生命,必须以牺牲其他生命为代价。施韦泽通过他自身经历的两个故事表达了这一困惑:一是儿时不杀生的本能愿望:小学时和同学一起用弹弓打鸟,这时教堂的钟声响了,立即扔下弹弓;二是对残酷的生命法则的困惑:从土著手中救了一只鱼鹰,却要以牺牲小鱼的生命来让鱼鹰活下来,而这样做道德吗?在对生命痛苦的困惑与无奈中,施韦泽认为:敬畏生命的人,只是出于不可避免的必然性才伤害和毁灭生命,但从来不会由于疏忽而伤害和毁灭生命。在他体验到救援生命和使他避免痛苦、毁灭的欢乐时,敬畏生命的人就是一个自由的人。施韦泽晚年回顾一生的时候讲到:我从青年时代起就投身于动物保护运动,使我感到特别高兴的是,敬畏生命的普遍伦理学已经证明,通常被嘲笑为多愁善感的对动物的同情,是有思想的人的不可回避的责任。对于人和动物的关系,过去的伦理学或者根本不理解,或者不知怎么办。即使它认为同情动物是对的,也难以接受,因为它就只限于人对人的关系。由此施韦泽呼唤道:什么时候公众舆论才能不再容忍虐待动物的大众娱乐呢?②

美国学者纳什从深层生态学的角度提出了几个问题,比如人类能否拥有繁荣的社会生活而又不违背生态平衡主义这一基本的深层生态学原理?如果人在思想上和技术上都进化到了一个能改变大部分地球的程

---

① [法]施韦泽:《敬畏生命》,上海社会科学院出版社2003年版,第7—8页。
② [法]施韦泽:《敬畏生命》,上海社会科学院出版社2003年版,第134页。

度,那么他们对地球的这种改变与一头狮子用速度和力量为所欲为有什么区别?他指出,深层生态学家对这些问题的回答是,虽然人类对大自然的某些影响是可以接受的,但是现代人已经大大超越了适当的标准,就好像一头狮子一天要杀死 15 只羚羊那样。在深层生态学家看来,由于人口数量和资源消耗量急剧增长,特别是对濒危物种栖息地的侵占,人们已犯了严重侵犯其他自然物的权利的罪过。环境伦理学之所以重要,就在于作为一种文化创造,它可以约束人的上述行为。过量捕杀其他动物的狮子,不能用道德来约束它自己;但是,人却不仅拥有力量而且拥有控制其力量的精神潜能。只有他才能认识到其他创造物自我实现的权利,并依据这些权利来判断他自己的行为。这种能力使得一种生物中心论的世界观和整体主义的环境伦理学成为可能。深层生态学家希望,这种观念能够促使人们大量降低其人口数量,大规模地自觉减少其对生态系统的有害影响,并从根本上变革经济、政治、社会和技术制度。他们的目标是摧毁二元论,人类应作为一个成员而非主人投入生命共同体的怀抱。①

生态学产生于西方,也繁荣于西方,但是中国学者也在中华民族的文化中发掘了很多生态思想。杜维明在长篇论文《新儒家人文主义的生态转向》中指出,当代新儒家必须进行生态转向,而转向的目的就是要秉承儒家的救世传统,拯救今天的人类。首先熊十力用佛教唯识学的基本观念析理辨正,重建了儒家的形而上学。熊十力认为儒家的大化观念表明人是参与宇宙进程的,而不是把人的意志强加在自然之上,作为一个不断进化的生物类别,人类不是脱离自然的创造物,而是生生大化的有机组成部分。赋予人类创造力的活力的同时,就是山川大地欣欣向荣的生命力,我们与天地万物同源共生。由于熊十力的自然活力论哲学以《易经》为基础,他的与自然同体的伦理观在他的道德理想主义中有着显赫的位置。而梁漱溟认为儒家人生态度的特征是在疏离自然和征服自然两者之间保持平衡。虽然他也承认中国必须向西方学习,增强竞争力以挽救民族危亡,但是他预言,从长远发展的角度来看,抛弃俗世的印

---

① [美] 纳什:《大自然的权利》,青岛出版社 1999 年版,第 179 页。

度精神必将流行。梁漱溟在晚年时已经预见到了汤因比的伦理告诫：在汤因比看来，二十世纪对技术的迷恋已经导致了环境的毒化，使人类的自我毁灭成为可能。汤因比相信，解决当前危机的任何方案都有赖于人类的自制。然而，对自我的把握既不能通过极端的自我纵容来实现，也不能通过极端的自我禁锢来实现。二十一世纪的人们必须学会走中道，走中庸之道。尽管梁漱溟只是暗示了人类发展的另一种可能的选择，他的比较文化研究却在西化一统天下的中国掀起了一股潮流，重新评价儒家，使它回复活力。在杜维明看来，熊十力和梁漱溟这两位思想家的不同贡献可以归纳为儒家的生态转向。① 总之，中国生态理论的建构有着丰富的文化资源和现实的需要，在与西方生态思想的交流中必将为世界生态理论的发展贡献更多有益思想。

　　从人类与地球生态的关系看，我们可以把地球生态系统的演化史分为三个阶段：即前人类生态阶段、人类生态阶段、后人类生态阶段，那么当前的文学艺术和其他精神文化类型，正在为实现超越人类中心主义的生态观念而努力。如果有一天人类要灭绝了，也有责任为其他生物留下一个适合生命生存进化的地球。作为生命共同体的地球，其他生命物种也是我们的亲属。施韦泽的敬畏生命的伦理中包含这个信念。而专制暴君的"草菅人命"，如中国的秦二世胡亥、德国的希特勒，都把人命视如草芥。这种无视人的生命的思想，在本质上是无视一切生命价值的表现。正如施韦泽所说的：对其他生命的态度与对人的态度在内在逻辑上是一致的。如果对其他生命残忍，对同类也一样。只有树立敬畏一切生命的道德，才能实现人类自身的互敬互爱。

二、生态实践的深入发展：从政府到民间

　　生态实践活动是在国际和国内、政府和民间等多个行动主体的参与下，面向大气、江河、森林、气候、物种、垃圾处理等多个层面、多个领域的生态保护行动。从全世界来看，有联合国环境会议、罗马俱乐部等组织通过举办会议、进行全球环境评估等提出行动纲领或者签署环境

---

① 杜维明：《对话与创新》，广西师范大学出版社 2005 年版，第 192—193 页

公约，敦促世界各国采取行动保护环境。从各国内部来看，国家通过环境立法和政府管理，防治环境污染，保障公民的生态权益和社会的可持续发展。而民间的环保组织、生态学者也可以以各种形式投入环境保护运动中。随着全球生态运动深入发展，近年来的生态实践出现了两个重要趋势，一是在生态问题上国际合作越来越重要，无论是全球气候变暖，还是电子垃圾跨国转运，都需要世界各国合作应对才能取得根本效果；另一个趋势是非政府组织和本土的民间的环保力量的壮大，他们越来越自觉地参与到生态公益活动和维护自身生态权益的运动中来，作为地球公民的生态意识和环保参与意识越来越强烈。

  从中国的情况看，新中国成立后由于人口迅速增长和对自然资源的掠夺式开发，生态问题也越来越严重。中国政府逐渐意识到了问题的严重性，1972年参加了在瑞典首都斯德哥尔摩召开的第一届联合国人类环境会议，与其他100多个国家一起通过了《人类环境宣言》，此后还参加了多次国际环境会议。随着中国改革开放之后经济建设的加速，环境问题愈发严重，政府对环境危机的意识更加清楚。原国家环保局局长曲格平在二十世纪就大声疾呼"我们需要一场变革"[①]，原国家环保总局副局长潘岳也不断呼吁经济社会发展需要从传统工业文明向生态工业文明转向。近年来中央政府提出的建构和谐社会目标的一项重要指标就是"环境友好型"，即人与自然的和谐是可持续发展的保证。胡锦涛在2009年新年讲话中，也公开批评有些地方以牺牲环境为代价换取一时发展的短视行为，他还在《求是》杂志上发表文章对地方官员提出了严正警告，指出："有的地方存在单纯追求增长速度、以牺牲资源环境为代价换取经济一时增长的现象，发展的全面性、协调性、可持续性不强。"[②]党的十八大以来，以习近平同志为核心的党中央明确指出"绿水青山就是金山银山"，将生态文明建设提上了重要的议事日程。当然在接下来的政策制定和执行上，要实现建设环境友好型社会的目标，还有很多挑战。从根本上讲，很多国家都把促进经济发展当成是可以破坏自然生态的最大理由。尽管政府在保护环境上的意识显著增强，但仍将经济增长

[①] 曲格平：《我们需要一场变革》，吉林人民出版社1997年版，代前言。
[②] 胡锦涛：《努力把贯彻落实科学发展观提高到新水平》，载《求是》2009年第1期。

置于其他一切问题之上。所以要想延续人类的生存与福祉,就必须超越原来的工业化发展模式,超越唯发展主义,真正走出少部分人暴富而大部分人贫穷的"金钱经济",走向公平正义、等值交换的生态经济。

有的学者认为,就全世界来讲,当前世界面临的最大问题是"在为社会大舞台提出可行的方案方面,出现了结构性空白,这就使面对新千年的人民大众陷于无所适从、无所企盼之中。当未来在人民的概念中混沌一片,当人民忐忑不安和痛不欲生时,将产生两种后果:一方面,阻碍人民眺望未来将取代并高于现存全球资本主义的、可供人类生存的新秩序;另一方面,把群众推向(关于社会)制度的意识形态陷阱,如原教旨主义、民族主义……。于是,在对建设未来毫无作用的关于现状的意识错乱中,在偶然和零星的起义中,人民建设未来文化的力量和能力消失殆尽。"[1] 我们并不完全认同上述主张,但是现实也确实令人不容乐观,各种已有的政治制度似乎都没有走出社会两极分化和生态恶化的恶性循环,如丹尼斯·皮拉杰斯所言:"归根结底,未来社会进步只能发生于一个生态上有保障的环境之中。人类是在一个各种生物和微生物所共享的环境中共同进化和进步的。现在人类面临的许多挑战,都源于人类对待生态问题上的轻率行为。可持续的、真正的、生态上有保障的发展意味着,社会进步必须置于这样一种人类福祉观念之中:强调人口的均衡、人口与自然环境的供养能力之间的平衡、人类与地球上其他物种之间的平衡。"[2] 确切地讲,人类能否找到一条通向未来的自然、社会与精神的良性发展之路尚不清楚,中西方还都在探寻中。

文学艺术的根在自然,保护大自然就是保护文学的生命之源。人的精神生命就是在自然中孕育的,反映人的生活,表现人的心理的文学艺术根本上也是自然孕育的。如在古代大森林孕育着的森林神话;大海滋养着龙王龙宫的传说;大草原孕育了《敕勒歌》等北朝民歌和蒙古长调;而那些名山大川更是不知孕育了多少壮丽的诗篇。今天对自然的破

---

[1] [多国] 迪德里齐等:《全球资本主义的终结》,人民文学出版社 2001 年版,序言 1—2 页。

[2] [多国] 雅克·鲍多特等:《与地球重新签约》,人民文学出版社 2003 年版,第 278 页。

坏似乎也"孕育"了一批生态作品。比如对森林的滥砍滥伐孕育了《伐木者，醒来！》《小鹿斑比》；草原退化孕育了《孤独的白驼羔》，江河污染孕育了《淮河的警告》《黄河生态报告》等等。两相比较，反映了生态的恶化对艺术的影响，风格从质朴变为感伤，而如果生态的恶化得不到根本的改变，面对污浊的空气和被污染的江河、沙漠化的土壤和塌陷的大地、不断上升的海平面和忽冷忽热的气候，作家的呼喊终究会变得声嘶力竭、撕心裂肺。最后，世界上大概已经没有作家为自然生态的恢复呼喊了，因为后来的作家、诗人从来到这个世上那天就没有机会见到壮丽的山河、蔚蓝的大海、洁白的云朵，更不用说大草原、大森林。也许还有一种可能，那时活着的人们还能在各种人工制品和人工环境中方便舒适地生活，但是诗性与自然已经彻底消亡，人也已经成了机器人一样的存在物。为了避免人性的沦丧，拯救人类的诗性与艺术，必须加大生态环保的力度，保护森林、草原、河流、大海、大气等等，这一切都是人类生命与艺术的根。

第二节　当代文学艺术的生态转向

　　生态的恶化呼唤着人类重新重视自然，在拯救世界的生态运动中，作家的参与必不可少。事实上，当前世界范围内的文学艺术的生态转向已经出现，一些优秀作品已经出现。

　　欧美工业先发达国家的作家更早地投入了生态文学创作中，拉开了世界性的文学艺术生态转向的大幕。如果向前追溯，十九世纪美国作家爱默生的《论自然》、梭罗的《瓦尔登湖》和二十世纪上半叶利奥波德的《沙乡年鉴》都是反思工业文明的具有丰富生态内涵的文学作品，当然正式开启了生态文学转向的还是二十世纪六十年代蕾切尔·卡逊的《寂静的春天》，此后生态文艺成为世界文艺思潮史上一股声势浩大的力量，今天依然可以说是方兴未艾。随着中国融入世界工业文明大家庭，中国的生态问题也逐步与西方接轨，甚至更加严重，在此背景下，中国作家也开始投入生态文学创作之中。台湾地区的作家基本与西方同步，早在二十世纪六七十年代就开始介入生态运动和生态写作之中，并创作了许多震撼世人的作品。① 相比而言，大陆的作家觉醒得晚一些，但是随着新时期作家思想的解放和现实生态问题的催迫，从八十年代开始，一些关注生态问题的文学作品陆续推出并引起人们的关注，特别是一些报告文学作品，如徐刚的《伐木者，醒来》，在社会上产生了很大反响。到了九十年代中国已经产生了自己一个以关注生态问题为主的创作群体，如作家徐刚、哲夫、赵鑫珊等。同时还有一些当代著名作家，他们虽然不是专门写生态题材的作品，但他们的作品中也非常关注生态，如作家苇岸、张炜、韩少功、张承志等。如作家王蒙在二十世纪九十年代初的《绿叶》创刊词中所说，作家和诗人天生就是环境保护的同盟军。②无论是诗性写作还是社会问题写作，生态问题都是作家绕不过去的一个问题。

尽管已经有许多作家开始关注生态问题，但是与严峻的现实相比，整个文学艺术界对生态问题的关注和表现还是远远不够的。特别是像女性文学、儿童文学、少数民族文学这些原本应该更关注生态问题的文学类型中也还很缺乏强烈的生态意识，也没有多少好的生态作品，这与我国重视自然的优秀文学传统和严峻的生态现实都是不相匹配的。所以鲁枢元在新世纪初曾大声呼唤文学界不能漠视生态问题。令人欣慰的是，近年来的中国艺术界，包括诗人、画家、书法家、舞蹈家、建筑家等，也开始了名副其实的生态转向，对艺术的自然本真性越来越关注。鉴于本书重点不是探讨当代文艺的生态转向问题，泛泛而论也没有多大意义，下面我以生态诗人于坚为中心，选取国内外文艺界的几个人物略作介绍，从中也可以窥见当下文艺创作生态转向的一些端倪。

国内第一个生态文学奖获得者诗人于坚明确提出了艺术创作要"道

---

① 参见吴明益《以书写解放自然》，台北大安出版社 2004 年版。其中介绍了多位关注生态问题的作家，在台湾通常称此类写作为"自然写作"。
② 王蒙在 1992 年为《绿叶》杂志撰写的创刊词《赞美绿叶》中说："作家毕竟是富有对于自然、对于祖国河山、对于一切生命的感受和热爱，作家对于生活的感受总是更富有整体性，作家相对地总是更少受某种实业目的的激励或者制约，作家更有可能多一点纯朴，也多一点浪漫。作家往往更早一点自觉或者不自觉地发出保护自然、保护环境的呼声，警报环境破坏的危险……如果我说作家天生应该和环境保护工作者携起手来，如果我说作家天然是环保工作者的同盟军，我想不至于被认为是过于冒昧。"

法自然"的主张。① 在他看来，生态问题不仅仅是所谓环境保护问题，而且是人类存在的根本问题，甚至是存在与虚无的问题。因为"生态就是大地母亲的状态，如果大地母亲死了，我们的文明就完全没有意义了。人类也许已经聪明到可以创造出完全建立在科学技术上的"大地"，克隆虚拟出全新的人类。但过去时代的文明、真理、意识形态、语言——其赖以存在的经验（生活经验、审美经验、感受方式等等）也将失效。于坚表示，他对在全新的生态系统下用新世界的语言写作毫无信心，他的写作信心建立在对过去数千年世界文明经验的信任上，在这一点上，他认为自己是个顽固的守旧者。虽然看到生态今天已经逐步得到社会的重视，对未来世界的生态前景，他仍然是非常担忧的。在于坚看来，老子说"道生一，一生二，二生三，三生万物。万物负阴而抱阳，冲气以为和"，这个"一"也可以理解为第一生态，原生态；"二"，可以理解为人类创造的文明、经验世界。只有这两个生态的和，负阴而抱阳，才是正常的社会。但今天，生态只是在"一"（资源的层面）上被重视起来，功利性的、技术科学式的重视。而第二生态，就是历史、传统、经验则继续被漠视。人们一方面在恢复原生态，而在第二生态上继续破旧立新。"负阴而抱阳"，原生态是阳，第二生态是阴，有无相生，知白守黑，今天的价值观只重视有、重视阳、重视白，而对世界无这一面、阴这一面、黑这一面，非经济层面的传统、经验世界完全漠视。更可怕的是，对"有""无"的衡量标准都是货币。这样的生态观，只会导致对生态的更严重的摧毁。比如云南丽江，近几年的发展就是只重视经济利益，很多原生态保护后面的动机都是货币。最后，第二生态已经

---

① 以下内容参见于坚《先锋性来自"道法自然"》，载《南方都市报》2008 年 4 月 13 日，GB32。网址：http://epaper.nddaily.com/C/html/2008-04/13/content_438385.htm。于坚的授奖辞也体现了当下中国学界对于生态文学的重视，兹摘录于下："生态问题是一种世界观，也是描述人类存在状况的基本尺度。在一切都可以被复制、大地的根基也开始动摇的年代，人与自然、自然与天道之间的关系，正在成为测量现代人精神质量的重要指标。于坚作为一个沉着的诗人，既是这个世界的观察者，也是怀着恻隐之心的反抗者。他近年的一系列诗作、文论，本着对人类根本经验的迷恋，以一种近乎粗粝的方式，深刻地表达了他在大地面前的谦卑、孤独和伤怀。面对世界主义的喧嚣，他坚持书写一种地方性的经验和记忆；在未来主义的神话面前，他正视此时此地的生活所焕发出来的价值。他的言辞激越，但内心柔软；他的思想有着针尖般的力量，情怀却是广大、宽阔。他把人心所受到的伤害，通过语言来抚慰，正如这个世界的生态遭到破坏时，总是语言最先站出来抗议。于坚的写作，饱含着他对精神生态和自然生态的双重关怀，值此严峻的时刻，特以生态文学的名义向他致敬。"

几乎灭绝,丽江大研镇的纳西文化只剩下几间被保护着的旧房子支撑的旅游超市而已。再比如新潮美术,完全以货币的占有量取代作品的艺术性,因为当代油画的货币化,美术学院的学生挤破教室。于坚惊呼:这种艺术生态无疑也是一种生态灾难。从精神生态的角度看,就是一种精神生态灾难。应该说于坚的这种分析的视角是很独到而深刻的。

关于自然与文学的关系,于坚认为,这个问题在过去时代的写作中从来就不是一个问题。因为写作就是道法自然的语言创造,过去五千年中国的文学无不是所谓"生态"文学。自然没有在哪一个民族的文学中曾经占有如此广泛、深刻的位置,中国人的思想、文化无论哪一方面都是道法自然的结果。因此,在于坚看来,道法自然不仅仅是题材,而是汉语文人的根本写作立场。中国经典的诗人作家,无不是自然的。李白总结得很好:"大块假我以文章",投入大自然的怀抱,传达天籁是汉语写作的最高境界。苏格拉底们的"爱智"与庄子们的"忘机"是文明的两条道路,而今天无疑是"爱智"的时代,技术、科学、机心、图式、聪明人全面胜利的时代,虽然不能否认这些力量带来了广泛的世界进步,但世界文明和自然的生态也处于空前的危机之中。于坚指出,我们时代的写作不再是自然的了,而是做作的写作、反自然的写作充斥着当代汉语,并且为知识分子们津津乐道。道法自然在今天成了一种孤独、背时、保守的写作立场,它是一种后退的、没有前途的、反先锋派、非主流的写作。

十多年前于坚就写过《滇池将先于我们死去》,后来又写了长诗《哀滇池》。在最近出版的散文集《相遇了几分钟》里,也充满了对城市化进程中乡土中国陨落和自然环境破坏的哀悼。于坚对自然环境之所以如此关注,超过许多作家,这和他生长的土地有关,正是故乡昆明滇池生态问题最初引起了他的心灵震动。于坚的童年就是在滇池边度过的,七八岁就下滇池游泳,他回忆,那时"渴了,就喝滇池的水"。但是1985年他在滇池最后一次游泳时,下水后,他突然发现它正在发臭。此前的他一直以为大地是地久天长的,"人生代代无穷已,江月年年只相似",但是这次体验对他的存在感构成了的一个巨大打击。深受《诗经》、屈原、陶潜、王维、李白、杜甫、苏轼山水诗歌熏陶的于坚从来没有想到《前赤壁赋》所歌咏的世界会消失，滇池是他神游体验这些伟大诗篇的在场。青年时期的他经常在"秋水共长天一色，落霞与孤鹜齐飞"的黄昏泛舟滇池，体验苏轼诗歌中的境界。于坚觉悟到这不仅仅是环境问题，而是过去数千年来的诗歌所歌咏的世界及其审美经验行将消亡的问题，因此他忽然对自己的写作发生了动摇，他意识到，大地的死亡，令我的写作自动成为过时的总是在速朽着。今天的诗人都是屈原意义上的诗人，"去终古之所居"，屈原悲剧的象征核心是在这里。

几千年"道法自然"的传统已经成为每个中国人日常生活的基本经验，正是基于诗人心灵的敏感，1979年夏天于坚第一次出滇，循着古代中国文人前往中原的路线，顺江东下。在夔门感受了"星垂平野阔，月涌大江流"的伟大境界。但是二十年后，当他再次顺江东下时，由于水位升高，已经进入文明经验的千古境界消失了。于坚也许是中国少数痛心此伟大境界失去的诗人之一，2001年，他写了长篇散文《癸未三峡记》，表达了内心深切的悲哀。当时国内文坛基本没有什么人对三峡自然生态发生的巨变有什么反应，也许是人们已经习惯于无休止的改天换地运动，也许是作家的心早已与自然隔绝，变得坚硬。当然，诗人于坚的敏感正来自云南土地的淳朴，来自他童年所得到的自然的滋养。

于坚曾经说过"大地乃是诗人的教堂"，在他看来，文学创作与自然的关系就是要"道法自然"，从自然领悟到人类心灵和经验世界的普遍性、普适价值。道法自然，使诗人能够在世界中写作，而不是当代流行的"生活在别处"，为了接轨的写作。而另一方面，道法自然的写作使于坚在写作上没有许多现代分类、束缚，怎么写最自然怎么写。他所推崇的正是苏东坡所说的："吾文如万斛泉源，不择地皆可出。在平地滔滔汩汩，虽一日千里无难。及其与山石曲折，随物赋形，而不可知也。所可知者，常行于所当行，常止于不可不止，如是而已矣。其他，虽吾亦不能知也。"在于坚看来，"随物赋形"这个"形"也可说就是诗、散文之形，"随物"就是道法自然，那是分行的自然就是分行的，那是不分行的自然就是不分行的。这个物，不是今天唯物的物，而是大地、自然。在于坚看来，老子的"道法自然"，过去是中国文明各种灵感的源泉，生活的常识。而今天，这个伟大的思想已经成为黑暗中的圣经了。于坚认为自己作为汉语诗人最大的悖论是：在中国被视为先锋派诗人，而这种所谓的先锋，与西方先锋派惊世骇俗的标新立异不同的是，自己的先锋性只来自对常识的保守，来自"道法自然"。

作为一个诗人，或者说作家，在生态这个问题上能做点什么？于坚认为，那就是：道法自然地写作，知其不可为而为之。可以说于坚曾经创作的《那人站在河边》以及《哀滇池》等诗，都可以归入席勒所讲的"感伤的诗"的风格。但是这样的挽歌式的文学的生命力能有多长久，意义又有多大？诗人能一直这样哀婉下去吗？还是说这是文学将与自然共同走向灭亡的前奏。因为如果自然彻底被污染和破坏了，那么诗人将无处安身，诗性又何处扎根？所以我们看到于坚、张炜等创作的生态文学作品中都有拼死一搏、与自然共存亡的悲壮与哀伤。这是今天为自然复魅与浪漫主义时代为自然复魅的不同之处，因为那时自然所面临的危机还没有这么严重这么彻底，那时诗人还可以"返回自然"以逃避资本主义工业文明的污染。而今天已经无处可退，艺术与美必须与大地"共存亡"。

张炜也是一位特别关注生态问题的作家。早在二十世纪八十年代初的创作中他就已经开始关注乡村自然美好的生态环境的失落，在他的第一本小说集《芦青河告诉我》的后记中，张炜说："我厌恶嘈杂、肮脏、黑暗，就抒写宁静、美好、光明；我仇恨龌龊、阴险、卑劣，就赞颂纯洁、善良、崇高。我描写着芦青河两岸的那种古朴和宁静，心中却从来没有宁静过。"这段话道出了张炜创作的秘密：对"宁静、光明、美好"的描写，对"纯洁、善良、崇高"的赞颂，恰恰是因为在现实中这些美好的东西正在急速地流失。① 九十年代以来，在市场经济的冲击下，自然与精神的处境更加艰难。张炜在寻求"融入野地"的生命理想的同时，获得大地的力量，创作了许多具有较高精神价值的文学作品。但不幸的是野地却在急剧萎缩，《九月寓言》中采煤导致了小村的陷落，《柏慧》《外省书》《刺猬歌》等作品中主人公都是不满城市现代文明的喧嚣与丑恶，从城市中退守乡村，努力要保持一种与自然和谐的"晴耕雨

---

① 倪伟：《农村社会变革的隐痛——论张炜早期小说》，载《文学评论》2005年第3期。

读"的田园生活，但总是遭到失败，无处可退的处境，绝望的坚守，其艺术创作中挽歌与哀歌的色彩越来越浓，同时也吹响了战斗的号角，只有大地之子坚持抗争才能保有最后的田园。

近年来表现生态危机的文学作品越来越多。陈占敏的长篇小说《沉钟》中写到了"烧金"导致小村覆灭，揭示了人们首先在精神上疏离了自然，把自然只是看作无生命的资源，去征服破坏自然，然后自然的沦丧导致生命的沦丧。事实上，自然不但是有生命的，是生命之源，而且是精神之源啊。陈占敏在谈到他的长篇小说《沉钟》时谈到他所感受到的切实的生态危机对生存的威胁和责任担当意识：

> 面对了生命本体终极的悲剧，我们真的没有理由为长了一级工资而长久地沾沾自喜，尽管我们还远远没有富裕到可以小瞧这一级工资的程度，也没有理由为分到了一间住房而高枕无忧，因为住宅楼旁边水泥厂高大的烟囱正在把煤灰日夜不停地飘洒进你的床铺上饭橱里。就在我出生的地方，因黄金生产而富裕的那片土地，河滩上再也长不出水草，"烧金"的毒水已经从根本上毁灭了土质和水质，生存的威胁与日俱长。它是孕育《沉钟》的大背景，但《沉钟》所关注的并不只是环境污染。我比关心自然环境更加关心的是人文环境，人文环境的恶化是自然环境破坏的重要原因。没有上帝来救助人类，人类需要自救。[①]

近年来的生态文学创作有了越来越深刻的对现代工业文明之路的反思。韩少功的散文集《山南水北》，赵本夫的长篇小说《无土时代》都是这方面的代表作。他们的作品都表现了在自然生态遭到破坏的城市中，人与自然隔离造成的精神痛苦，以及对乡土回归的愿望，体现了对当下的现代化路径的反思和批判。正如评论家何向阳所说，回到对"现代化"的直解与正读，可能仍要人文学者和作家们尽一番力。不是矫情

---

① 陈占敏：《痴执沉重的是人间情怀——长篇小说〈沉钟〉创作漫想》，载《当代作家评论》1998 年第 2 期。

廉价去讴歌自然,而是将自己与自然沟通的精神放进去,是实践者与著作者不分,亨利、约翰们已经做了,当然不是要求作家都跑到森林里去伐木造屋——新颁布的森林法也是禁止的,而是在自己的一片心地先期种树,等到那绿荫养成了,会庇护一群人,一代人乃至几代人。① 何向阳在这里呼唤作家通过文学创作来滋润世人干涸的心灵,当然首先作家要有超越物质现代化欲求,永远与自然一体的诗性心灵。大自然不但是作家肉体生命的生息之所,也是诗性精神生命的扎根之处。但是如果乡土也已经遭到了破坏,那么作家的诗性生命将彻底无处可归,无法安顿。这一点张炜在小说《外省书》《刺猬歌》中通过主人公回乡后的遭遇已经表现得很清楚了,所以实际上是无处可逃的,真正的诗人无论在哪里,都必须为自己的立足之地——大自然而战斗。

除了诗人作家以外,文艺界还有一些提倡艺术创作要尊崇自然之道的著名人物。当代著名画家、书法家范曾也在《书家对自然的回归》一文中批评当下过分注重形式技巧的书画创作,提倡与推崇法天地自然的书画。他认为"书法艺术是真正法天地法自然的",如果像《庄子·缮性》说的那样"丧己于物,失性于俗",在苦役般的劳作之中,人类自然的本性泯灭,过分着意在描画,使画面失去气韵浮动流布。"当书家与大自然目遇神会而忘怀得失的时候,那种状态是毫无伪饰的,非功利的。""保持天地之大德,纯任天地之大美,庄子对一切人为的机巧,或者说'人性的异化'拥有本能的抵制态度。一样返归质朴的本真之性。"《庄子·知北游》说:"惽然若亡而存,油然不形而神,万物蓄而不知。此之谓本根,可以观于天矣。"那混沌蒙昧之中若隐者忽然若现,那欣欣向荣的生机却了无行迹,其神宛在,万物不期然而然地被养育生息,这就是"本根"。"本根"——"宇宙大道",万物原始,大德所在,大美所由,这也正是庄子哲学的终极追求。只有放弃了平庸的机巧,回归到大自然的空灵玄妙之境,这时他才能真正与天地精神相往还,他才能窥见万物之真性情。②

学者、建筑家艾未未在建筑设计中也特别推崇保持人居环境和自然

---

① 何向阳:《梦与马》,北岳文艺出版社2002年版,第160页。
② 《范曾谈艺录》,中国青年出版社2007年版,第109页、112页。

环境之间的沟通，在设计规划中指导精神就是"尽量保持成原始的状态"，他认为真正的自然，是不可能被人给设计得更好的。人类，特别是东方人，带有中国所谓的文人色彩的想法，对每一个东西，一石一草一木，都习惯经过"我"修整。我们怎么理解外界，马上就体现到我们怎么样去对待外界，怎么去改造、创造一个环境。自然之绿本身是最强大的一个艺术符号。从一些图本上找到一些范例，再按照这个尺寸来做，结果就把本来是一个很活的生态做成了一个没有什么灵性，完全僵化的状态。其实在人和自然的和谐上，中国有很深的传统，但是在今天的规划当中，这一切好像都没有了。很多城市，包括一些比较落后的地区，做了许多大型的广场，都用花岗岩来做。绿化带边一个"不准踩踏"的规定，人为地将人与自然割裂开来。造价很高，对百姓却毫无益处，它远没有原来那个给牛喝水的一个池塘，给人喝水的一口井那样来得舒坦。在国外很多道边的绿色地区，人们可以自由进出，去野餐，谈情说爱，带着小孩玩。艾未未认为谈自然，不只是说没有经过人碰过的才叫自然。他是从方法论意义上谈自然的，即人工创造要"顺自然""师造化"。作为一个概念，城市本身也有相对更自然的城市和不自然的城市，艾未未推崇自然的城市，在他看来一个自然生长的城市，即使产生一些混乱，也比一个规划得不好的城市要好。因为在自然生长的过程当中，它是在局部地满足了人群的需要，是人民的城市！人是暂时的，而江山是永久的，今天的设计者不能把未来给设计完了。[①]

　　从世界文坛的情况看，近年来作家和评论家对生态的关注也越来越多，以环境文学、公害文学、生态文学、自然写作等命名的关注生态问题的文学创作呈现出不断发展壮大的势头，而一些重要的国际文学大奖开始垂青生态写作。2007年诺贝尔奖获得者英国女作家多丽丝·莱辛[②]和2008年诺贝尔文学奖得主法国作家勒克莱齐奥都是非常关注生态的

---

　　① 周洁：《对话艾未未》，载《楚天都市报》2005年4月13日。
　　② 2007年初，莱辛在接受记者采访时表示："全球变暖、星球未来这类的话题一直是我关注并思考的题材。当今世界所发生的一切令人不寒而栗，但并非新生事物。"莱辛从七十年代末期开始创作了一系列发人深省的具有生态警示性的科幻小说。参见《译林》2007年第6期。

作家，例如勒克莱齐奥的代表性作品表达的就是这样一些内容：①

《诉讼笔录》中，主人公抱着对现代文明的强烈的逆反心理离家出走，寻找与大自然的交流，表达了作者对西方主流文明的排斥与否定；《战争》中，相互搏杀的双方竟然是人与人自己一手创造的这个空前繁荣的物质世界，惊心动魄的惨烈场面发生在现代文明的内部，到处是仇敌却又不见仇敌的身影；《沙漠》中，一位年轻姑娘告别非洲到大城市马赛，却受尽了城市现代生活的凌辱与折磨，最后返回到祖先的故土荒野中，在澎湃的海潮节律伴奏下分娩出新的生命；《寻金者》中，主人公历经艰辛"探宝"失败后才明白真正可宝贵的不是作为物质财富的金银，而是深埋于内心深处的故乡和大自然中的海洋、星空；《乌拉尼亚》中，描述了一个异于西方文化的当代乌托邦，以自然为依托，顺天地而生，人与人的关系回到了本真的原生态。用作者自己的诠释来说："那里每时每刻都上演着古老传统与现代生活模式的对抗"，"对抗着在美国影响下的现代社会无节制扩张的资本主义势力"。对抗的结局，注定是乌托邦的失败。

通过莱辛的言论和勒克莱齐奥的作品，我们可以看出她们都是背对时代主流、逆向社会发展大潮、拒绝与西方主流文化合作、倡导人类文化多样性、质疑人类社会的发展进步方向、严厉批判现代技术和市场经济的作家。作为西方文明象征之一的诺贝尔奖却把荣誉及一笔数目可观的奖金奉献给了这些与西方文明唱反调的文学家，特意是在给勒克莱齐奥的授奖辞中挑明获奖的理由：正是因为他"探索了主流文明之外的人类和为现代文明隐匿的人性"，并且赞美他"是一位追求重新出发、诗意冒险和感官愉悦的作家，一位在超越主流文明和在主流文明底层追索人性的探险者"。② 从生态批评的立场看，诺贝尔文学奖确实是具有远见卓识的。

---

① 以下介绍参照了《南方周末》2008 年 10 月 6 日的报道。
② 参见鲁枢元、张守海《勒克莱齐奥与我们》，载《文艺争鸣》2009 年第 1 期。

第三节 当代文学批评的生态转向

理论批评是为了解决现实的问题产生和发展起来的,如王晓华所言:"每个人都是通过自己的精神框架看世界的,观点的变换就是对象的变换。在研究思想史的时候,情况更是如此。换个观点,我们就会看到另一种思想踪迹。为了让被遮蔽的思想踪迹有显身的机会,人类需要不断重绘思想版图。"王晓华认为,传统人学文学观过多地受到人类中心主义思想的局限,为此,必须"超越旧主体论文艺学,走向新主体论文艺学",从征服自然的人学转向到守护家园的人学。在文艺起源论上,实现人类主体与非人类主体的结缘;在文艺本质论,强调要表现万物主体性;在文学功能论上,强调人文关怀与生态关怀统一。他"呼唤更多文艺学家走上建构新主体论文艺学的大道,推动中国文艺学的后现代转折"[①]。

检验理论价值的标准也是看它能否有效地回答和解决现实中存在的问题。马克思曾经说过:"理论在一个国家的实现程度,就取决于理论满足这个国家的需要的程度。"[②] 从文学理论批评的角度来说,也要立足现实,把握时代发展方向,解决文学所面临的重大问题。生态批判的出场首先因为传统文学批评存在着一些局限。正如有的国外理论家所说,传统批评的目光"在某些方面显得敏锐,在另一些方面却很短浅。和所有专业化的话语一样,批评一直受着学科规则的驱使,这些学科规则营造出的是一种扭曲了的结果的精致。比如,人们设想文本与世界之间是分离的,这一设想是成熟的文学理解以及试图要抹去世界的举动的必不可少的出发点。其他的分离也随之而来,例如文本与作者间的分离以及虚构与非虚构间区分的瓦解。容留这些批评并使之得以实践的环境的那种与世隔绝、城市化的品质,使这些问题更加严重。当一个作者枯坐于一没有任何景致的斗室,想象着另一个人对树的想象时,他将这棵树仅

---

① 王晓华:《在现代和后现代之间——文学艺术的转型》,黑龙江人民出版社 2006 年版,第 215 页。
② [德] 马克思:《黑格尔法哲学批判导言》,见《马克思恩格斯全集》(第一卷),人民出版社 1972 年版,第 10 页。

视为一种文本功用就毫不奇怪了,而且我们怀疑该作者除此之外还能有什么别的遐想"①。

同样,二十世纪九十年代流行于中国文论界的几个主要文学批评和理论话语,包括后现代主义、后殖民主义、身份政治以及消费主义,由于一味追随西方思潮、忽视或回避中国本土敏感问题,也不同程度地导致文学批评和文学理论越来越偏离中国的现实,徒具批判之形而无批判之实,成为"空中楼阁"里的话语操练和语言游戏。陶东风在《告别花拳绣腿,立足中国现实》一文中对于二十世纪九十年代以来中国文学批评和文学理论研究中流行的几种理论方法做了批判性反思,指出:"这些文学理论看起来或精致深奥,或新词迭出,但是由于其与现实的隔阂而沦为文论界的花拳绣腿。笔者的结论是:中国文学理论和批评的当务之急是回到中国的现实土地。"② 生态批评就是一种立足中国现实土地,具有鲜明本土特色的文学理论和批评方法。而生态文艺学的学科建构更体现出了中国学人立足自身文化土壤和现实问题的"重建宏大叙事,再造深度模式"的宏大抱负。在事关人类命运和文学前途的现实面前,文学理论必须走出只关注文学形式或审美的狭小天地,为当前的生态解困提供理论解答。

如果仅从文学理论批评的角度看,生态批评是继女性批评、后殖民批评之后,在二十世纪八十年代以来渐渐形成的又一个批评派别。但如果透过"人类文明知识系统"大转移这一宏观背景看,生态批评将负载着更多的时代精神与社会责任。正如美国当代生态批评家 L. 布依尔教授指出的:生态批评是在一种环境运动实践精神下开展的,生态批评家不仅把自己看作从事学术活动的人,还深切关注当今的环境危机,参与实际的生态运动。他们坚信文学批评和文化研究可以为挽救生态危机做出贡献。生态批评家不赞成美学上的形式主义,不坚持学科上的自足性。生态批评是跨学科的,特别注重从其他学科及其他批评模式中吸取经验。在布依尔看来,生态危机是一种覆盖了整个文明世界并关乎每个

---

① Lawrence Buell, *Environmental Imagination: Thoreau, Nature Writing, and the Formation of American Culture*, The Belknap Press of Harvard University Press, 1995, P5.
② 陶东风:《告别花拳绣腿,立足中国现实——当代中国文论若干倾向的反思》,载《文艺争鸣》2007 年第 1 期。

人日常生活经验的普遍现象,因此生态批评的任务不只在于鼓励读者重新亲近自然,而是要灌输一种观念、一种真切的人类生存意识,使每个人都认识到"他和他所栖居的地球生物圈是一个息息相关的整体"①。

最初的生态批评只是把目光投注在文学作品的题材上,局限于"环境文学""自然写作""公害文学"的范围内,显得比较狭窄,是一种狭义的生态批评;随着生态运动的持续开展,"生态批评"这一术语的含义也越来越复杂,其批评的领域也在不断扩大。有的生态批评家认为,人类的文学艺术迄今为止所表现的,无外乎人类在社会中、在地球上的生存状态,因此都可以运用一种生态学的眼光加以透视、加以评判,所以可以让文学普遍接受一种生态观念,让生态批评能够面对整个文学现象。从中国古代的《诗经》,到古代希腊的神话;从曹雪芹的《红楼梦》,到托尔斯泰的《战争与和平》;从印度的泰戈尔到日本的川端康成;一直到中国当代文坛上的巴金、王蒙,全都可以运用生态学的批评尺度加以阐释、权衡。甚至不只是文学艺术,还应包括一切"有形式的话语"。生态批评不仅是文学艺术的批评,也可以是涉及整个人类文化的批评。鲁枢元认为,这次文学批评理论的"转移",是一次基于"人类文明知识系统"大转移之上的"时代性转移"。如果这样的转移真的已经开始,那么,人们甚至还可以期待,日益委顿的文学精神将获得新生,时代的转移将为人类历史悠久的文学艺术提供一次"重建宏大叙事,再造深度模式"的机遇。

鲁枢元近年来围绕着"精神—生态—文艺"问题,进行了较为深入系统的思考,在《生态批评的对象与尺度》一文中,他对生态批评的尺度做出了九点说明,主要内容包括:

> 1. 自然万物之间存在着普遍的联系,大自然是一个有机统一的整体,包括人类在内的一切有生之物:动物、植物、微生物,都是这个整体中合理存在的一部分,都拥有自己的价值和意义,都拥有自身存在的权利。最终,它们只服从那个统一的

---

① [美]劳伦斯·布依尔、韦清琦:《打开中美生态批评的对话窗口》,载《文艺研究》2004年第1期。

宇宙精神。

2. 人类是地球生物圈内进化阶梯上提升得最高的生物，但这只能意味着人类对于维护自然在整体上的和谐、完美担当着更多的责任，而不应成为无度地劫掠、挥霍大自然的根据。

3. 人类目前面临的和即将面临的巨大的生态灾难，完全是人类自己一手造成的。自然领域发生的危机，有其人文领域的深刻根源。生态问题，不单单是一个技术问题或科学管理问题，更是一个伦理问题、哲学问题、信仰问题，同时也是一个诗学的、美学的问题。

4. 不能忽视人的自然性，人与自然的一体性。人类依然是自然之子，大地依然是文学艺术创作的源泉。人与自然的冲突不仅伤害了自然，同时也伤害了人类赖以栖息的家园，伤害了人类原本质朴的心。呵护自然，同时也是守护我们自己的心灵。

5. 现代社会生态状况的严重失衡，不但表现在自然生态的失衡，还表现在文化生态、精神生态的失衡。文学艺术不应当一味听命于资本和市场的支配，而应当在自然与社会、物质与精神、资本与人性这种种"二元对立"中发挥自己独具的调节制衡作用。

6. 随着"人类纪"的到来，人类的精神已经成为地球生态系统中的一个重要的变量，精神生态已成为地球生态系统中的一个重要的组成部分。艺术的价值在于它的精神的价值，真正的艺术精神应认同于生态精神。艺术的生存，或曰诗意的生存，是一种"低消耗的高层次生活"，是人类有可能选择的最优越、最可行的生存方式。

7. 生态文艺批评忧患中不丧失信念，悲凉中不放弃抗争，绝路上不停止寻觅，志在"重建宏大叙事，再造深度模式"，这是一种理想主义的文艺批评。深入发掘中国传统文化中的生态精神，建设富有中国特色的生态美学、生态文艺学不但是必要的，而且也是完全可能的。

8. 生态批评又是一种更看重内涵的文艺批评，它绝不只是一些概念、规则、结构、模式，它更是一种姿态、一种情感、一种体贴和良心、一种信仰和憧憬。

　　9. 生态批评并不排斥包括形式主义批评在内的其他各种类型的文艺批评，生态批评反对的只是粗暴的工具主义和贪婪的功利主义，那是因为它们同时也是生态精神的腐蚀剂，是一种窒息人类审美发现与艺术创生的化学毒剂。①

鲁枢元先生的上述九点概括，融汇古今，兼顾中西，较为清晰全面地阐明了中国生态批评研究者的原则立场和价值诉求，对生态批评的缘起、内涵与特点都做了全面概括，应该说这是中国生态批评界的一份重要宣言。生态批评采用跨学科的方法，多视角挖掘人类文化与自然环境的关系，反思人类中心主义，对笛卡尔—牛顿的机械自然观、二元论、还原论予以无情的批驳，对人类中心主义的现代政治学的狭隘视域予以揭露。②总之，探讨文学与自然的根本关系是推动中国文艺学的后现代转向的重要组成部分，生态文艺学和生态批评作为一种文学批评理论，将推动文学返归自然之根作为重要的价值指向，必将对文学之根的培护起到重要作用。

　　当然我们也要认识到，当前生态批评所面临的阻力和困难还很多，一方面是外界的质疑，好像生态批评就是要宣扬自然主义，就是要与人类作对似的。如莫斯科维奇所言：对于那些一直对自然表现冷漠和轻蔑的人来说，重新关心自然是一件既美好又可怕的事。因为他们发现自己身上此前已经麻木的东西又恢复了生机和活力。③另一方面是由于生态批评自身理论建构上的不足，在对象、目标、方法和具体文本阐释等方面还有待进一步加强。生态批评使命光荣，任务艰巨，任重道远。

---

　　① 参见鲁枢元《生态批评的空间》，华东师范大学出版社2006年版，第235—237页。
　　② 胡志红：《西方生态批评研究》，中国社会科学出版社2006年版，第113页。
　　③ ［法］塞尔日·莫斯科维奇：《还自然之魅——对生态运动的思考》，生活·读书·新知三联书店2005年版，第28页。

题记: 但哪里有危险，哪里也有救。

——荷尔德林

第五章

文学的自救与救赎

处于危机中的文学面对着的同样是一个处于危机中的世界，在这种情况下，文学首先要自救，然后要积极参与拯救这个世界。文学的自救与救赎，也是一个文学"从哪里来，到哪里去"的问题。作为人类的精神活动与生命活动，文学首先是属于人类的，文学将在探索和回答人类"从哪里来，到哪里去"的过程中，解答自身面临的"从哪里来，到哪里去"的问题。同时，作为人类的精神活动与生命活动，文学毕竟是根于自然的，文学也将在回答宇宙与生命"从哪里来，到哪里去"的过程中，回答自身"从哪里来，到哪里去"的问题。文学根于自然生命，源于天地大爱，它的天性是对抗死亡、捍卫生命，与生命同舟共济。文学只有回归自然，重获"生命文化"的自然本真性，才能实现自救；文学的自救必须与救赎的责任相统一，在救治自身的同时救治世界，在完善世界的同时完善自身。

第一节 文学艺术的自救：返本归真

一、文学自救的必要性

正如有的学者所言："文化生态中的一个重要问题就是寻求'安身立命'之地。文学艺术如何'安身立命'，是生态文艺学及生态批评的一个建设性的命题。"① 当前的文学处在资本、技术、权力等的重重包围之中,危机重重,如何"安身立命"成了一个根本问题。我们认为文学是不会终结的,关键是占据主流的是什么样的文学。现在书市上的许多文学作品是没有灵魂的,或者是灵魂丑陋的。文学灵魂的残缺首先是因为这个时代的精神贫乏,背离自然之道的"死亡文化"盛行。恰如陶东风所概括的,当前我们的社会面临的一个严重问题就是道德和文化正在坏死:大众文化或者在歌颂赤裸裸的暴力,或者热衷于教导人们如何玩弄阴谋和权术;学术明星有些在鼓吹阿Q精神,要人民适应不合理的现实而不是力图改变它。

除了时代精神贫乏的原因,作家人格的堕落也是文学丧失灵魂的重要原因。作家的诗性人格是文学的内在灵魂,一旦作家的人格功利化了,那么其创作的文学也就失去了灵魂。比如《狼图腾》在德国人看来就是宣扬法西斯主义的作品,而一些所谓"美女作家"的作品根本不是文学,是垃圾。在谈到中国文学时,很多人都提到中国的文学环境。但顾彬认为,作家不应该老是说历史的条件不允许我这样或者那样,一个真正的作家应该跟当时的林语堂和鲁迅一样地说话。可惜当前大多数中国作家都缺乏这样的人格力量,因此中国当代文学到现在为止,在世界文坛上还没有什么自己的声音。② 顾彬的话也有他的局限性,可能对中国当代文学的成就认识不足。当然顾彬并没说过"中国当代文学是垃圾",他只是说"近年出版的一些热门作品基本上都是垃圾",而对于中国当代文学的一些诗歌他给予了比较高的评价,认为其中有一些了不起的作家,比如北岛等。从整体上讲,当代中国文学确实成就不是很高。这主要是因为多数作家没有扎好自然生命之根,没有找到强大的生命源泉,丧失了本真性。一些作家总是喜欢说"历史的条件不允许",但是什么时候历史条件能允许呢?关键还是作家要突破狭小格局,拥有高尚的人格境界,这样才有可能创作出得天地之气的好作品。

除了作家艺术家,文艺批评界也应该对文艺的堕落负责。歌德曾经说过:"文学所有祸害的源头,是研究者和作家人格的欠缺。特别是在

① 张皓:《生态批评与文化生态》,载《江汉大学学报》(人文科学版) 2003 年第 1 期。
② 参见傅小平《中国文学的声音在哪里》,原载《文学报》2006 年 12 月 18 日。

批评界，这种缺点对社会危害很大，宣扬谬论取代真理，要以可怜的真相代替原本崇高的东西。""在文学领域，几乎没有对真理和德行的爱好和宣扬。也没有将其扩大的崇高理想和伟大意志"。① 歌德的话今天听来更加令人警醒。诗人北岛也曾讲道："现在不仅是美术，也包括文学、电影、戏剧等各个门类，都有这样的危机。不仅没有严肃的批评，甚至各种直接或变相收买的腐败现象泛滥成灾，这首先始于美术界和电影界，现在已蔓延到各个领域。如果再不正视这一问题，中国文化就烂透了。"② 因为一切都是金钱至上，甚至艺术批评也变成了金钱的奴仆，这对艺术生命的侵蚀与伤害是致命的。托尔斯泰早就说过："只有把生意人赶出去，艺术的殿堂才能称为一座殿堂，未来的艺术就是把这些生意人赶出去。"③

　　文学要实现自救就是要找回自身的根基与魂魄。大地、民间、时代精神、民族精神、人性、人道主义、作家高尚的人格、质朴的情感等等，这些都是文学的根基所在与灵魂所系。但是今天我们需要注意的是，当时代精神是世俗的物质功利主义占主导地位时，真正的文学就应该超越这个时代的精神，努力以顺天地之大道的精神引导、制衡和重塑这个物质功利的时代，为人心提供一个安顿和复苏的精神家园，不负天地之气的滋养与万物之灵的称号。正如一些作家所指出的，亲近自然是获得艺术生命的重要途径："一个诗人离开了田野，就不会健康地工作。你以任何名义都无妨，反正要能经常地接触土地就好。你来往于原野，嗅着泥土的气味，身上的力气就会渐渐恢复，精神也充实饱满。土地在春夏秋冬四个季节里有不同的魅力，它会把你紧紧地吸引着，让你不愿意背离它。"④ 自然作为文学艺术的根，主要是滋养文学艺术内在的诗性精神。文学不仅仅是一个专业，它始终是与生命和灵魂紧密相连的，诗性是人类精神的内核，体现了人类追求完美的本能，包含了许多不可思议的能量。当一个国家或民族的文学成为一个专业内的一部分人津津乐

---

① [德] 爱克尔曼：《歌德对话录》，文燕编译，五洲传播出版社2005年版，第107、108页。
② 北岛：《靠"强硬的文学精神"突破重围》，载《经济观察报》2009年01月19日。
③ [俄] 托尔斯泰：《艺术论》，中国人民大学出版社2005年版，第168页。
④ 张炜：《绿色的遥思》，文汇出版社2005年版，第92页。

道的一件事情，而并非整个民族的向往和爱好时，那么这个民族一定是个非常野蛮的民族，这个时代也一定是非常野蛮的时代。这与它在物质上看上去多么富有无关，实际上物质财富的创造与毁灭都不是很困难的事。

当下文学危机的根源是精神危机、诗性危机，而诗性精神危机的根源是自然的危机、生命的异化。因为诗性精神与人的生命是一体的，人的生命与自然也是一体的。我们要溯本求源，认清文学危机的根源，发挥精神的超越性，突出重围，返本归真，由此才能实现文学的自救。

二、文学的自救之路：返本归真

文学的本真性就是文学本然与天真的属性。文学根于自然，根于生命，所以还要回归自然，回归生命的本真存在。返归本真性直接是关涉到今天的文学艺术如何安身立命的问题。我们说文学是有生命的，我们探讨的文学的根就是从深层揭示文学生命力的根底所在，令文学充满生机活力的源泉是什么？作家最深层的所"根"所"本"究竟是什么呢？有人说是"现实生活"，有人说是"情感"，有人说是"语言"，有人说是"民族传统文化"，有人说是"人生困境"，有人说是"个体无意识"，有人说是"原始经验"，有人说是"身体"特别是"下半身"，等等，各种观点不一而足。我们这里说是"自然"。只有根于自然才能体现文学的"本真性"。

根据有关学者的考证，在古代汉语中，"本真"中的"本"，并没有"本质"的意思，而是更接近"本原"和"根本"。"本"字的原意是"根"，树木之根。"本原"并非先验的绝对理念，而是一切存在物的依据，同时又是一种生长发育着的活力。在古汉语中，"本真"的"真"，也并非西方意义上的真理。老子《道德经》中将"真"与"道"并论，认为"道"即"真"，"真"是"道"的根本属性。这里的"真"，同样是具有本源性的。在庄子的著述中，"真"是一种无声无形而统摄宇宙万物的"真宰"，而走向这一"真宰"、获得这一"真宰"的途径并非亚里士多德式的西方认识论，而在于投全部身心于天地自然之中，与天地万物合二为一，与道合而为一。能达到这一境界的人，就是与天地自然一样本真的人，庄子称之为"真人"。像"天"一样真率的人，也可以叫作"天人""神人"。如此以自然形态呈现的人，其实又很像是天真的婴儿，或曰"赤子"。所以，在老子、庄子的著述中每每提到"婴儿""赤子"，都不吝献上自己的敬意，所谓"赤子之心"即"本真的心"。①

当代西方著名哲学家海德格尔也非常重视人的存在与文学的本真性，他希望通过诗歌恢复现代人丧失的本真存在。在海德格尔看来，人类在其根基上就是诗意的，诗意的言说是人生在世的本真的呈现。海德格尔阐释人"诗意地栖居"，也就是人类过久地离开其本真的存在之后重新回到了自己的生命家园，世界获得了真实的意义，真理因之而敞开，美与艺术复归于本应属于自己的位置。诗意的言说是在倾听中的言说，它超越于语言表达的工具性，在无限动听中言说无限，是诗之艺术的存在和发生方式。② 海德格尔指出，"本真的作诗也并非随时都能发生"，但是如荷尔德林所言"只要善良，这种纯真，尚与人心同在，人就不无欣喜，以神性度量自身"③，本真的作诗就可能存在。而关于什么是"善良"，荷尔德林在他的诗中也正是以"纯真"来加以命名。当然海德格尔和荷尔德林所理解的纯真本性还是来源于人与神性的接近，而中国传统文化所讲的人性本善就是源于天性，源于自然，这与今天的生态思想更接近。

文学的本真性首先体现为作家艺术家所具备的赤子之心和本真性情。审美的回归自然即回归"自然性情"，也就是性情的自然根基。中国传统美学与文论中特别强调艺术家的本真性情。老子的"道法自然""复归其根""复归于婴儿""复归于无极""复归于朴"的思想，李贽的"童心"、袁宏道的"性灵"、王国维的"赤子之心"，都是说"真"是艺术的根本。像庄子、陶渊明、李白、杜甫、苏轼、沈从文等人都是拥有本真性情的作家，这是他们的文学能够拥有巨大的精神价值的内在根源。而一切的"伪"，一切的矫情伪饰，都是文艺的大敌，伪的文艺

---

① 张平：《关于音乐的"本真性"及其他》，载《文艺理论研究》2008 年第 1 期。
② 参见郑龙云《诗意的言说——人的本真的存在与审美之境界》，载《学习与探索》2008 年第 4 期。
③ 孙周兴选编：《海德格尔选集》，上海三联书店 1996 年版，第 479 页。

必然是没有生命力的,是会速朽的。从生态文艺学的视角看,我们说文学所"本"的,就是包括人情在内的天地自然之情,或曰"宇宙之情",作家的性情必须依顺天地之情,这样作家才能得"性情之真"与"性情之正"。如此,诗人在动情地抒发个人意愿的同时,才能与天地万物发生良性的感应。由此产生的文字也必将是健康质朴有真情的诗性语言,绝不同于淫乐暴力的伪文学。从自然与人的本真性情的关系出发,徐碧辉建议,要发挥艺术的独特功能,重建人类精神世界的情感本体,也就是回到生命的本然与天真状态,实现人的自然化和自然的本真化。① 刘锋杰也提出要"重建人的自然感性"②,总之是希望矫正人对自然的过分干预和人类精神的异化。应该说他们重视艺术在救治人的精神和拯救自然上的作用是很正确的。

文学的本真性还体现在它对于本真世界的呈现上。海德格尔认为诗的根本意义就是"存在真理的创建",呈现本真世界就是要去除世界与人生的遮蔽,表现存在的真理。"由于上帝之缺席,世界便失去了它赖以建立的基础。"③ 于是作诗成为人之栖居的基本能力。特别是在诗性精神贫乏的时代里,诗歌创造体现人对本真存在的追求。在海德格尔看来,人之能够作诗,始终只是按照这样一个尺度,即,人的本质如何归本于那种本身喜好人、因而需要人之本质的东西。依照这种归本的尺度,"作诗或是本真的或是非本真的"。④ 海德格尔进一步指出,在这个贫乏时代,甚至连神圣的踪迹也变得不能辨认了。时代之所以贫困的根本原因是由于它缺乏痛苦、死亡和爱情之本质的无蔽。"这种贫困本身之贫困是由于痛苦、死亡和爱情所共属的那个本质领域自行隐匿了。只要它们所共属一体的领域是存在之深渊,那么就有遮蔽。但是歌唱依然。歌唱命名着大地。歌唱本身是什么呢? 终有一死的人如何能够歌唱? 歌唱从何而来? 歌唱在何种程度上达乎深渊?"⑤ 海德格尔通过分析

---

① 徐碧辉:《从实践美学看"生态美学"》,载《哲学研究》2005 年第 9 期。
② 刘锋杰选编:《回归大自然》,北京大学出版社 2006 年版,序言。
③ 《诗人何为?》,见《海德格尔选集》,上海三联书店 1996 年版,第 408 页。
④ 《……人诗意地栖居……》,见《海德格尔选集》,上海三联书店 1996 年版,第 479 页。
⑤ 《诗人何为?》,见《海德格尔选集》,上海三联书店 1996 年版,第 414 页。

里尔克的即兴诗《自然—任万物》《重力》,发现其中体现了对于自然和生命的深深眷恋。海德格尔认为,在贫困时代里作为诗人意味着:吟唱着去摸索远逝诸神之踪迹。因此诗人能在世界黑夜的时代里道说神圣。用荷尔德林的话来说,世界黑夜就是神圣之夜。在如此这般的世界时代里,真正的诗人的本质还在于,诗人总体和诗人之天职出于时代的贫困而首先成为诗人的诗意追问。因此"贫困时代的诗人"必须特别地诗化(dichten)诗的本质。做到这一点,就可以说诗人总体顺应了世界时代的命运。我们旁的人必须学会倾听这些诗人的道说,假使我们并不想仅仅出于存在者,通过分割存在者来计算时代,从而在这个时代里蒙混过关的话——这个时代由于隐藏着存在而遮蔽着存在。……诗人思入那由存在之澄明所决定的处所。① 海德格尔认为,在诗歌活动中,"荷尔德林所达到的处所乃是存在的敞开状态;这个敞开状态本身属于存在之命运,并且从存在之命运而来才为诗人所思。"② 正因如此,在海德格尔看来,荷尔德林也是那个时代里最伟大的诗人。如肖鹰所说,海德格尔的诗学"揭示出了文学最深刻的动机和最深刻的价值——关于人与世界(即天地自然)本原性的关联。"③ 这也正是一切艺术的诗性的本质所在,同时也是文学之不可替代和取消的根据。我认为,如果有所谓人与世界的本原性关联也应该就是人与自然的关系,文学植根于人与自然的关系即是植根于这种本原性联系。

文学的本真性是文学植根于自然所具有的真善美的属性。作家需要有自由质朴情怀、真诚善良的心灵、敏锐的观察力和丰富的想象力,以及诗性的语言表达能力,这样才能为读者呈现一个本真的世界,揭示存在的真理。文学正是因为立足自然本真,所以能获得与权力、资本、技术的异化对立的超越性的自由。当然,文学返回生命的本真性只是实行自救的前提,因为"文学活动"是包括文学创作、文学阅读以及文学教育的丰富活动,而培养大众的语言能力也需要营造一种全民性的阅读文化,文学的复兴最终还需要一种公共阅读空间的支撑。当然,这种文学

---

① 《诗人何为?》,见《海德格尔选集》,上海三联书店 1996 年版,第 411 页。
② 《诗人何为?》,见《海德格尔选集》,上海三联书店 1996 年版,第 412 页。
③ 肖鹰:《文学本质"四因说"》,载《学术月刊》2007 年第 2 期。

阅读的对象不应该只是所谓的纯文学作品，而应该包括一切富有语言表现力、能够传达人类复杂微妙之思的"美文"。包括中西方历史上的一些非常出色的政论文和政治演讲，对于培养公民的语言能力都起到过很重要的作用。在广义的"文学"的概念中，这种政治题材的演讲和政论文阅读当然也属于文学活动范畴。而在今天，"重建以语言活动为载体的公共空间，复兴以语言为核心的讲演文化和辩论文化，是文学和文学教育重返社会文化生活中心的康庄大道。"① 而且我们强调生态学时代作家应该超越人类自身的利益，有一种与万物共生的生存理想和生命境界。

毫无疑问，文学不能脱离现实搞自救，它首先要介入现实，有所担当。返本归真不是无所作为，而是获取生命的原动力，我所理解的文学依然是诗性精神的旗帜，是促进社会向着更加和谐的方向发展的重要力量。

第二节 文学艺术的救赎：恢宏的弱效应

一、需要救赎的是什么——肉体与精神的双重家园

"救赎"是一个具有宗教色彩的词语，一般来说涉及人的灵魂的堕落与拯救，罪恶与忏悔，天国与来世等等。我们这里是从文学的角度使用这个词，虽然没有宗教内涵，但是也必然与生命的存在危机与终极归宿有着紧密关系。那么今天这个世界有什么需要救赎的呢？可以说需要救赎的太多了，其中最重要的，一是人类的诗性精神，二是包括人类在内的一切生命共有的家园，核心就是对生命的救赎，对生态和谐的救赎。历史无数次地表明：人类也会犯错误。今天的人类所犯的错误非常严重。植根于大自然的"生命文化"逐渐异化成了植根于技术、资本和权力的"死亡文化"，在"死亡文化"指引下的人类实践活动，悖逆自然之道，不断破坏自然生态，造成了严重的生态危机，"生命之网"蜕

---

① 陶东风：《文学与公民议政能力的培养——读波兹曼〈娱乐至死〉有感》，网址：http://wenyixue.bnu.edu.cn/html/yanjiuchengguo/zhongxinchengguo/2008/0401/2106.html。

变为"死亡之网"。人类丧失肉体和灵魂的双重家园,处于无根而危险的生存状态中。"人类纪"的人类也是犯了罪的人,受惩罚的人,从肉体到灵魂都需要救赎的人。如果文学只是人学,那么它的力量就很难救赎处于罪恶中的人,而我们也不想向神灵求助,因为那样文学在某种意义上就成了神学的分支。我们认为今天的文学需要还原的是其"生命文化"的本真属性,在扎根自然,返归本真的基础上,文学才能履行救赎的使命。因为本真的诗性的文学艺术中必然包含着基于天地大爱的大悲悯和大智慧,文学的生态转向的意义也正在于此。

联合国教科文组织哲学与人文科学部负责人热罗姆·班德在《价值的未来》一书的结语中指出:人类社会正在经受一种痛苦,他们与时间的关系出现了机能障碍。我们被一个重大的矛盾所困扰,为了求得生存和发展,我们越来越需要在未来中设计自己,然而我们却越来越缺乏一种面向未来的规划,这种分裂正在日益凸显,一方面是因为广泛地思考问题和长远的思维似乎已经崩溃,另一方面是因为全球化和新技术的出现使社会服从于"实时"逻辑和短期思考。这意味着金融和媒体世界的逻辑占据了支配地位,我们再也无法在长远的未来中规划自己。从这个角度来看,当务之急解构了时间,宣布了乌托邦的无效,时间似乎被当前的瞬间摧毁了。到处可见的是,现在这代人正在挪用后代的权利,威胁着他们的福利、平衡,在某些情况下威胁着他们的生存。在班德看来,为未来做准备要求具备一个面向未来的伦理,一个时间的伦理,因为"21世纪将可能面向未来或不面向未来:其目的是预见从而提前采取行动。因为一个思想的形成到将它转化为实践之间的时滞是巨大的。要使一项政策发挥效果,最少需要一代人或几代人。鉴于中短期的行为或多或少已经开展起来,未来后代的命运将日益依赖于我们在长远理想与当前决策之间建立纽带的能力。这样,加强预测和前瞻性思考的能力是政府、国际组织、科学机构、私有部门、社会参与者以及我们每一个人的优先考虑。"① 一些政治家所缺乏的正是这种对未来负责的"时间的伦理",例如在美国总统大选中,政治主张相对温和、希望世界各国合作

---

① 热罗姆·班德主编:《价值的未来》,社会科学文献出版社2006年版,第401—402页。

解决全球变暖等生态问题的戈尔败给了推行单边主义和暴力干涉政策的小布什，小布什连任两届把美国和全世界带入了空前的经济危机之中，而对温室气体排放等生态问题布什政府却非常消极，坚决不签署京都议定书，这充分体现了一些政治家缺乏长远考虑的短视和无德。文学艺术的天性中应该具有的是悲天悯人的情怀与理想预示的能力，这将使它在决定人类未来的伦理建构和思想建构中提供有益的因子。

马斯洛认为人有五个层次的基本需求，其中审美的超越性需要属于最高层次的需要，一般文学研究者强调的都是文学作为审美活动满足人的这种超越性需要的作用。但是我们认为今天的文学也可以为满足五层次需求中最基础最重要的生存和"安全需要"而呼喊；安全不只是没有战争，安全不只取决于强大的国防，安全还是作为生命存在根基的环境生态的稳定，还取决于人们的思想价值观念。我们今天的世界是一个极度缺乏安全感的世界。自第二次世界大战之后，为了争夺耕地、水源、渔场和石油，世界上频繁地发生战争。萨尔瓦多是政治上最不稳定、最容易发生暴力冲突的国家，同时也是环境破坏最严重的国家，这不是一种巧合。事实正如前联合国领导人、美国环境专家彼得·撒切尔所说，我们经常面临着"今天植树或来日战争"的前景选择。[①] 苏联领导人戈尔巴乔夫对此有一个著名的论断，他说："人与自然的关系已成为一种威胁。生态安全问题影响到所有的人，包括富人和穷人。来自空中的威胁已不再是导弹，而是全球的气候变暖。"[②] 二十世纪末的人类社会，人们的思维已经从被冷战控制转向了被环境冲突所左右。人类同乘一艘环境之舟，一旦这艘船的一处出现渗漏时，我们将全部遇难。甚至是最发达的国家也无法使自己免遭环境破坏的影响，无论它在经济上如何坚实、技术上如何先进、军事上如何强大。因为仅仅是全球变暖一项就会引起所有国家的农业、供水、森林、渔业、工业等许多部门的混乱，直接和间接给人类生活造成严重困难。物种的大批消失、生物圈的退化给人类造成的安全威胁已经超过了一般意义上的战争。

---

① ［美］诺曼·迈尔斯：《最终的安全》，上海译文出版社2001年版，第7页。
② 转引自［美］诺曼·迈尔斯《最终的安全》，上海译文出版社2001年版，第9页。

二十世纪末以来的一个基本事实是,世界已经彻底变成了一个地球村。无论在经济方面还是环境方面,相互依存是人类在新世纪中固有的一个事实。这个事实要求我们对安全做出新的理解。世界著名环境问题专家迈尔斯认为,正如健康不仅仅是没有疾病一样,安全也不仅仅是没有战争。我们需要一个更加清晰的关于安全的理念:安全是什么,我们从哪里获得安全,而且最为重要的是,无论从政府、全球社会、社区还是个人的角度看,感到安全究竟是意味着什么。迈尔斯强调:"人类的福祉不仅归之为免受侵犯和伤害,而且归之为能够满足水、食物、住所、健康、工作和其他每个人都应有的基本需求。从国家的安全角度看,应当最为优先考虑的是这些公民需要的总体——整体的安全和生活质量。"① 我们这个时代的一个最严重的失常现象是人们不愿去展望长远的未来,许多环境问题都源于一种令人感到难以置信的目光短浅。"当银行家们实行10%的利息率时,他们实际上是在说,自己的未来只有7年。政治家们用他们的行动(和不行动)告诉我们,要他们考虑下一届选举以后的未来,这是滑稽可笑的。商业界首脑人物的未来意识就更差了;他们航行时确定航向的星辰是下一个季度的账本底线。一个小时中有十几次我们觉得,这样吃糖果的日子美妙极了,我们甚至觉得自己是成熟老练的。"② 比如这次美国次贷危机引发的全球金融危机,就体现了那些所谓的华尔街精英们的不堪信任,他们搞糟了世界经济,自己也难逃失业的命运,我们又怎能对他们寄予带给长久世界繁荣的厚望呢?事实上,事情并非一直如此糟糕,"除了我们这个时代以外,几乎在所有时代,人们在生活中都密切注视着未来。只有20世纪末的我们,沉迷于眼前的消费主义,而不考虑我们现在的所作所为会给未来、给我们身后的几百代人,造成巨大的危害。"③ 人们似乎都很重视自己的孩子,在孩子身上投入了巨大的财力物力,对孩子的未来充满了美好的希望,但是同时却正在做着削弱孩子们未来的生存基础的蠢事。据说在美国一个孩子从出生到进入大学,大约需要20万美元。在中国大概至

---

① [美]诺曼·迈尔斯:《最终的安全》,上海译文出版社2001年版,第30页。
② [美]诺曼·迈尔斯:《最终的安全》,上海译文出版社2001年版,第255页。
③ [美]诺曼·迈尔斯:《最终的安全》,上海译文出版社2001年版,第255页。

少也需要20万的人民币,只要对这种投资略作追加或调整,人类就可以保证孩子们在世界上能够喝到干净的水,呼吸到新鲜的空气,看到湛蓝的天空,感觉到鸟语花香。但是今天以商业广告为代表的消费文化却在不停地告诉我们不要为明天操心,只管满足你的物质欲望,尽情享乐,这与路易十五"我死之后,哪管它洪水滔天"的想法如出一辙。

韦伯早就警示过我们,如果任由资本主义现代工业文明发展下去,那么由资本和技术统治的经济秩序将"一直持续到人类烧光最后一吨煤的时刻"。人类非常需要一种生态智慧来抵消目光短浅、唯利是图,以至于利令智昏、贻害子孙的错误决策。文学家应该做生命大智慧的提倡者,如鲁枢元在"日常生活审美化"论争中所表白的:诗人、艺术家、美学学者应该具有乌托邦精神,如果他们也变得现实起来,那是可悲的。① 那不只是那些学者的悲哀,也是这个时代以文学艺术为代表的生命文化的悲哀。

人类可以选择的路有两条:一条是死得很惨,万劫不复之路;一条是活得很好的诗意栖居之路。文学当然应该引导人走在后一条路上。而今天的世界似乎正走在前一条路上,正如有学者所说:"这个世界正在坏死,人类正在自杀。"② 文学是人写的,但是不应只为人而写。人是自然进化的产物,自然通过人的意识终于得以反观自身,作为万物灵长,作为"大地母亲的最强有力和最不可思议的孩子"③,人类所创造的文学不能只为了人类种群自身。文学家要有"为天地立心、为生民立命、为万世开太平"的大境界,而这个"万世"不只是人类的,也是所有生命的,是整个大自然的。文学家应该跳出"人之子"的狭小的格局,真正以"自然之子"的精神写作。这种精神集中体现在以关注环境问题为主的"自然写作"中,也可以体现在一切写作中。我们期待着重新扎好自

---

① 鲁枢元:《价值选择与审美理念》,载《文艺争鸣》2004年第6期。
② 陶东风在《我的"盛世"危言》一文中谈到他2008年末回老家的见闻,发人深省:"到处是新楼新路新街道,物质繁荣,商品琳琅满目,大家很有钱。在我们的小小乡镇上,资产过百万的非常普遍。但与此同时,大片耕地不见了,大量河流和池塘消失了,空气中充斥着有毒气体(因此导致癌症患者数量大幅上升,特别是肺癌。我母亲就是死于肺癌)。"
③ [英]汤因比:《人类与大地母亲》,上海人民出版社2001年版,第15页。

然之根的中国文学，呈现宇宙气象，表现天地大爱、传达天籁之音，在捍卫自然与生命尊严的过程中发出更响亮的声音。这是文学在今天的天职，也是文学重获新生的必由之路。

二、文学的救赎是可能的吗——确立对精神的信念

古人往往有很强的文学使命感，把文学看作是一项伟大的事业。如曹丕在《典论·论文》中说"文章者，经国之大业，不朽之盛事"，作为一个帝王，他意识到豪华的宫殿与文治武功可能很快就消亡，但伟大的文学永远不朽。而刘勰《文心雕龙》开篇即言"文之为德也大矣，与天地并生者何哉"，把文学的产生与天地的发生联系起来。西方也同样有着重视文学艺术价值的传统，在一些西方人看来，"剧场就是教堂"，也就是说，观众走进剧场后也能够反思自己，剧场有着和教堂一样的净化灵魂提升境界的功能。文艺复兴时期的戏剧大师莎士比亚曾经说过"音乐是整个宇宙和谐的守护神"[①]，就是强调艺术特别是音乐所具有的沟通人的心灵，促进世界和谐的神奇功能。"19世纪时，一个普遍的文化假设是：艺术的使命就是要改善人。"[②] 其中一个典型的代表就是文学大师托尔斯泰，他具有强烈的艺术使命感和文学救赎情结，在《艺术论》一书中他多次强调"艺术的任务很伟大"，"艺术应该消除暴力"，"艺术应做到使如今只有社会精英之间具有的兄弟情谊和关爱他人之情成为惯有的情感和所有人的天性"。[③] 从基督教的立场出发，他主张"当代艺术的使命是把'人类的幸福在于互相团结'这一真理从理性的范畴转入情感的范畴，并且用上帝主宰取代现在的暴力主宰，换言之，就是爱的主宰，这对于我们所有人来说是人类生活的最高目标。""基督教艺术的任务就是实现人类兄弟般的团结"[④]。虽然托尔斯泰的美好愿望在之后发生的两次世界大战面前显得很脆弱，但人类没有丧失对真正的文学艺术能够滋养美好心灵的信心。

今天我们依然希望文学能够承担救赎世道人心，甚至救赎天地自然

---

① 转引自李岚清《音乐，艺术，人生》，高等教育出版社2006年版，第91页。
② [英]约翰·凯里：《艺术有什么用》，译林出版社2007年版，第88页。
③ [俄]托尔斯泰：《艺术论》，中国人民大学出版社2005年版，第180页。
④ [俄]托尔斯泰：《艺术论》，中国人民大学出版社2005年版，第181页。

的使命。但是文学救赎论在今天首先面临的问题是，救赎如何可能？正如美国著名学者雅各比所说："如今，只有历史上冥顽不灵的人才会相信建立空中楼阁是极其紧迫的事情。振奋人心的理想主义也早已销声匿迹。在当今这样一个充满恒久危机的时代，我们变成了比以往任何时候都要狭隘的功利主义者，专注于对此时此地的调整，而不是去重新创造。"①亦如我国学者陆扬所言："文学那种与生俱来的悲悯情怀，似乎也显得不合时宜了。"②在中国"诗言志""文以载道"的传统中，文学历来被寄予救苦救难的愿望。新时期的伤痕文学、反思文学曾有着浓重的救赎情结，但是今天文学的救赎使命听起来已经遥远，有人认为文学已经被彻底"去魅"化了，欲望化、私人化、裸露化成了主流。当今文坛，诗歌已基本"死亡"，顶多是自吹自擂。文学已经不能救赎作家，如何悲悯救世。这个时代更重物质，而忽视精神，这也并不是中国独有的，而是世界普遍的问题，"当代国际社会，凸显重物质轻精神现象，并非中国特有。自从现代资本主义出现以后，物质就变成非常核心的内容，可以说，重物质轻精神是现代社会的普遍问题。"③马克思所批判的"拜物教"影响已经越来越大，诗性精神的处境越来越艰难。

可见，随着当代社会人类文化总体性的日益丧失，文学艺术能否对世界起到积极引导作用已经遭到了越来越多的怀疑。但是也有像海德格尔这样的哲学家依然非常重视文学艺术的救赎作用。我认为在文学救赎的问题上，既不能盲目乐观，也不要过于悲观。文学应该首先扎好自然之根，找回大智慧的境界与大悲悯的情怀，在此基础上，发挥诗性精神的"恢宏的弱效应"，实现自然与文学的共同复兴。老子说："弱之胜强，柔之胜刚，天下莫不知，莫能行。"鲁枢元认为，当前人们对发挥文学功能促进生态解困和精神解困，实际上不是"莫能行"，更多的是"不屑行"④，但是文学知识分子不能因为身处逆境就悲观绝望，放弃责

---

① [美]拉塞尔·雅各比：《不完美的图像——反乌托邦时代的乌托邦思想》，新星出版社2007年版，前言第1页。
② 陆扬：《文化研究的兴起和文学救赎功能的变迁》，载《文艺研究》2007年第12期。
③ 汪晖：《在西方文化中心的世界，保持中国文化自主性》，载《绿叶》2008年第1期。
④ 鲁枢元：《文学，一种恢宏的弱效应》，见《生态批评的空间》，华东师范大学出版社2006年版，第165页。

任与担当,在逆境中更需要一种坚守,因为只有"知其不可而为之"才是精神使徒的选择。世上又有多少伟大的艺术是养尊处优的人创造出来的呢?逆境也可以成就伟大的艺术。在自然生态危机与文学精神危机并存的严峻形势下,文学要担当救赎使命,就必须要相信精神的作用,这需要文学家既具有生态忧患意识,又具有理想主义精神,甚至是乌托邦追求。如德国思想家施韦泽所言:"如果我们不愿意共同走向物质与精神的毁灭的话,我们必须这么做。一切知识和能力的进步,如果不是通过精神上的相应进步而控制它们,那么它们最终就会产生严重的后果。由于我们对自然的控制力量,我们也以可怕的方式获得了对人的暴力手段。大工业机器生产,人也机器化,并成为被股份公司操纵的人;现代武器一人按按钮杀多少人。什么也阻止不了我们毁于经济和物理的力量,最多只是迫害者与被迫害者的角色互换。能够帮助我们的只有我们内心的精神的力量。"① 如果说"一个民族如何选择文学,就会如何选择前途"② 这并不是一句夸张的话,面对当前严重的生态危机,文学艺术可以从精神生态的改善入手,通过塑造人的精神世界,来影响人的实践活动,推进人类纪的全球良性化,提供一个安全的地球作为人类的安身立命之所。而在信仰的意义上,自然作为精神的归宿,对于缺少宗教信仰的中国人,甚至对于麦克基本、罗尔斯顿这样的宗教意识淡漠了的西方人,都是非常重要的。大自然和以自然为根的文学艺术同样具有精神家园的意义。自然在中国传统文化中一直都拥有崇高的地位,它既是生命的家园又是精神的家园,在西方"上帝死了"之后也面临精神的真空,自然的复魅也是具有精神信仰的意义的。在倡导解构一切的后现代主义之前已经有过几次对人类地位的打击:哥白尼的日心说打破了地球中心;达尔文进化论打破了人类中心;而弗洛伊德的无意识理论打破了理性中心,这些都对西方人原有的价值体系构成了严重的打击。在这种背景下,生态后现代恰恰要还自然之魅,重建核心价值,创造以生命为

---

① [法] 施韦泽:《敬畏生命》,上海社会科学院出版社 2003 年版,第 38—39 页。
② 根据张承志的介绍,这句话最早是日本著名学者、作家佐藤春夫 1956 年所说,当时他坚决反对将日本最高的文学奖芥川奖授予石原慎太郎的小说《太阳的季节》。后来的事实证明,这次获奖助长了石原的嚣张气焰,后来他成为日本极端右翼政客的代表。参见张承志《选择什么文学即选择什么前途》,网址:http://www.tecn.cn/data/detail.php?id=24642。

价值中心的新文化。虽然一切生命最终都会消亡，甚至我们这个孕育生命的美丽星球也会消亡，宇宙星系也会消亡、重组。① 但是人类只要活着，就一定还是执着地向往着生，讴歌天地生生之德。

在生态危机中，不但自然生态遭受严重破坏，精神生态也在随之恶化。如雅斯贝尔斯所说："信念的普遍丧失，可以说是技术机器世界的控诉。人所取得的惊人进步使他能够在很大的程度上支配自然，赋予物质世界以符合自己意愿的形式。但是，这些进步不仅有人口的巨大增长相伴随，而且有无数人的精神萎缩相伴随，而谁也无法要求这些人对他们的生活的起源和进程的现实负起责任。"② 伴随着技术的进步，人类的生命精神也在萎缩，地球上人类社会中的生态失衡、环境污染与人类的诗性危机、生命危机相伴而生。当人们肆无忌惮地伤害自然时，也丧失了同情心；当地面被钢筋和水泥覆盖的时候，人心也已经变得又冷又硬，当一切都成为算计、控制、支配的对象时，人与人之间的温情与道义也就荡然无存。心肠冷酷、头脑精明的人将会给自然施加更大的伤害，人与自然都将陷入万劫不复的恶性循环之中。正因为自然危机与精神危机实际上是一个问题的两个方面，所以鲁枢元多次强调：要实现生态解困与精神解困从根本上来说需要一场人类精神的革命。许多西方生态学者都倡导要恢复大地与人类的亲情关系，恢复人与自然的精神纽带。而中国古人更是一直坚守的"天人合一"的信念更是对当下人类病症一针解毒剂，如金岳霖所说："天人合一"不仅是中国文明解释自然——人文的一种"图案"，它还是中国人情感生活的一种"依托"、精神领域的一种"信念资源"，③ 因此它也就可以为生态解困担待一部分精神的使命。"伟大民族的命运如果不是个人精神变化的总和，又能是什么东西呢？"④ 我相信"天人合一"的精神传统一旦被发扬光大，不但我们的民族，而且全人类都会拥有一个美好的生态环境。

---

① 据科学家预测，30亿年以后，与我们相邻的星系仙女座星云将在一个漫长的过程中与银河系相撞，之后再过20亿年，一个新的星系将会形成。银河系的中心将与仙女座星云的中心融合在一起，届时X射线和伽马射线将吞噬掉所有的行星和生活在这些行星上的生命。参见《地球的末日是这样的》，载《参考消息》2008年10月29日第9版。
② [德] 雅斯贝尔斯：《时代的精神状况》，上海译文出版社1997年版，第130页。
③ 金岳霖：《道、自然与人》，生活·读书·新知三联书店2005年版，第149页。
④ 荣格：《荣格文集》，改革出版社1997年版，第89页。

三、文学的救赎之路——以诗性智慧和悲悯情怀照亮未来

文学救赎的核心是为世界呈现诗性的真理,引领人类走出唯物质发展至上的迷途。这个世界上并不是只有一种真理!人类的真正的和谐幸福之路不是简单的发展进步,而是保持和谐,为此甚至不惜保守与退步。

面对现代工业文明带来的严重生态危机,中西方学者对与传统文化采取了不同的态度。从美国著名的生态神学家托马斯·贝里（Thomas Berry, 1914—）所说的一段话可以看出西方对其文化传统的反思与批判,他说:"20 世纪末我们对人类的尴尬处境感到茫然失措,我们渴望有人指点迷津。此时,我们往往走向文化传统,走向被我们看成是文化译码的思想宝库中探寻启迪,然而,此时我们所需要的启迪似乎是我们的文化传统所不能提供的,因为我们的文化传统本身似乎就是造成我们困境的主要原因,所以,我们有必要超越我们的文化传统……我们得走向大地……探寻指导,因为它藏有生活在其上的所有生物的生理形态及其心理结构。我们的困惑不仅仅在于我们自身,也涉及我们在星球共同体中所扮演的角色……我们得走向宇宙,研究有关现实和价值的基本问题,因为宇宙自身深藏人类生存之奥秘,在此方面它远胜生养我们的大地。"[①] 海德格尔曾指出,"现代"是一个"贫乏的时代",这个贫乏并不是说现代缺乏一般的真理、意义与价值,而是说它缺乏诗性的真理、意义与价值。在现代,人们拥有太多的非诗性的真理、意义与价值,即由人的意志和技术意志确立的真理、意义与价值,它构成了现代世界的基础,但那不是本真世界的基础,构成本真世界之基础的真理、意义与价值一定是诗性的,即由无中心的天地人神之平等自由游戏所确立的真理、意义与价值。一个缺乏诗性真理、意义与价值的世界不是本真意义上的世界,而是一个没有真正的地基支撑的"深渊"。如此之"缺乏"与"没有"乃是现代"虚无"的真正内容,现代人的根本处境就是一种虚无处境,他的命运就是无家可归(此处的"家"乃指本真的家——本

---

① Thomas Berry, *The Dream of the Earth*. San Francisco: Sierra Club Books, 1988, P194—195.

真的世界)。① 在这个意义上，文学通过返回自然本真性参与建构人的精神家园，实现救赎功能。海德格尔后期的一个重要思想就是，只有一个上帝能救赎我们，那就是诗，通过诗歌可以实现还乡与归根，实现现代人的诗意栖居之梦。

在美国人本主义心理学家马斯洛看来，"天堂不过像一个乡村俱乐部，只是地点有些特殊罢了，大概在云层里。而在高峰体验中，人们常常能直接窥见上帝的本质，而永恒性也似乎成了现实世界本身的特征，或者换种说法，天堂就在我们的身边，从大体上看，它在任何时候都可以达到，我们随时都可以步入天堂，逗留几分钟。天堂存在于任何地方，在厨房里，在工厂里，在篮球场上，——在任何地方完美都可以出现，手段可以变成目的，事情可以妥善办好。'大同生活'（Unitive Life）变得比任何时候都更成为可能，而不仅仅是梦想。有一点很清楚，我们的研究将使这种生活更接近、更可能达到。……那些比较熟悉有关神秘体验的文学的人已经可以清楚看到，高峰体验与神秘体验非常相似，二者间有彼此吻合一致的地方，但它们并不是同一的。它们之间的关系究竟如何，我还不十分了解。我最多只能猜测二者并无本质区别，只有程度上的差异。正如古典意义的描述，整个神秘体验多少有点接近那些或大或小的高峰体验。"②

西方的文化传统是与自然对立的，所以在生态危机的情况下，西方学者主张超越传统文化，走向大地，走向宇宙，"让大地复魅"。而中国的传统文化的核心思想就是主张"天人合一"的，所以面对生态危机，我们强调要回归传统文化。

中国传统文化对于解决当前全球性的生态危机和人类生存危机更具有积极的意义。中华民族的民族精神是乐观的、世俗的，很少宗教精神，王国维曾在《红楼梦评论》中说："吾国人之精神，世间的也，乐天的也。故代表其精神之戏曲小说，无往而不著此乐天之色彩。"儒家的人生价值观是修身齐家治国平天下，而道家的人生价值观重视个体的

---

① 参见余虹《虚无主义——我们的深渊与命运?》，网址：http://www.tecn.cn/data/detail.php?id=12837。
② [美] 马斯洛等：《人的潜能和价值》，华夏出版社1987年版，第381页。

自由与独立，二者虽有所不同，但在立足现实人生来讨论人生问题、看待精神现象时是一致的。《周易》中所说的"乐天知命而不忧"典型地道出了中国人的乐天知命的心理。中国人的精神归宿不是天国，而是与自然合一。在这个意义上，儒家推崇天人合一的诗意生存境界，道家更是追求合于天道的生命境界。在孔门弟子中，曾皙自述其志是："暮春者，春服既成，冠者五六人，童子六七人，浴乎沂，风乎舞雩，咏而归。"孔子则"喟然叹曰：'吾与点也'。"（《论语·先进篇》）这段对话体现了儒家对于与自然和谐的自由人生境界的追求，对后代文人影响深远。而道家更是推崇天道至上，老子说："天之道，损有余以奉不足；人之道则不然，损不足以奉有余。"在这个意义上，文学应该顺"天之道"、反"人之道"。今天的人类所面临的自然危机、社会危机与精神危机，究其原因，在最高的层面上都是悖逆"天之道"的结果。文学艺术应该扎根自然，回归"天之道"，捍卫自然与生命。海德格尔的"诗意的栖居"之所以受到中国学人推崇，大概还是因为这句话追求的天地人神四方游戏的境界，暗合了中国文人流传已久的诗意的精神传统。

　　徐复观认为，"中国文化，毕竟走的是人与自然过分亲和的方向，征服自然以为己用的意识不强，于是以自然为对象的科学知识未能得到顺利发展。所以中国在'前科学'上的成就，只有历史的意义，没有现代的意义。但是，在人的具体生命的心、性中，发掘出道德的根源、人生价值的根源，不假借神话、迷信的力量，使每一个人能在自己一念自觉之间，即可于现实世界中生稳根、站稳脚；并凭人类自觉之力，可以解决人类自身的矛盾，及由此矛盾所产生的危机——中国文化在这方面的成就，不仅有历史的意义，同时也有现代的、将来的意义。"而在文学艺术方面，中国文化也能够"在人的具体生命的心、性中，发掘出艺术的根源，把握到精神自由解放的关键，并由此而在绘画方面产生了许多伟大的画家和作品，中国文化在这一方面的成就，不仅有历史的意义，并且也有现代的、将来的意义"。在徐复观先生看来，除科学方面之外，中国文化在人类文化的道德、艺术、科学三大支柱中"实有道德、艺术两大擎天支柱"，正因如此，他再三强调中国文化"不仅有历史的意义,并且也有现代的、将来的意义"①。面对当前源于人类欲望膨胀和科技至上导致的严重的生态危机和精神危机,我们发现徐复观先生的话绝非夸张。徐复观还特别强调,道家特别是庄子所强调的"虚、静、明"之心,"乃是人与自然,直往直来,成就自然之美的心",而这也正是"艺术精神的主体"②。

著名学者李泽厚则提出了"希冀第二次文艺复兴"的理想,针对当前"艺术和审美都被市场经济所控制,甚至'反抗'的艺术也如此"的现状,李泽厚说:"实践美学提出的'美感双螺旋'和'人的自然化'等等,正是追求在散文世界的生活无聊中如何可能保存理想和激情。它希冀第二次文艺复兴,在探求审美趣味和文化时尚中再次找寻自然和人性。"③ 中国文艺有亲近自然的传统,中国文学有文以载道的传统,中国知识分子有兼济天下的抱负。所以今天我们如果要呼唤中国的文艺复兴,那首先应该是一种根于自然的生命精神的复兴。这是我们这个时代最需要的,也将是中华文化为世界做出的巨大贡献。文学知识分子应该有积极参与"精神文化的重建"的意识,反思"五四"以来精英知识分子反传统的过激立场,吸收传统文化的精华,融入当下的生态运动实践。

当代美学家滕守尧非常重视艺术对于社会走向和谐的作用,在他看来"艺术同自然一样,都是人类本来意义上的家园",艺术从影响个体的精神世界开始,最终促成人与自然、人与人以及人自身的和谐。"艺术绝对不是常人认为的玩物,而是和谐之源。从中流出的,是涌动不息的生命之源。只要接触艺术和欣赏艺术,这富有生命活力的甘泉,便会滋润干渴的嘴唇,使心田之苗茁壮成长。久而久之,这样的人就可能成为一个和谐的和发展完美的人,而一个发展完美的人本身就是一件艺术品。如果一个社会由这样的人组成,整个社会就成为和谐的社会。"④ 滕守尧先生的这段论述尽管有过于强调艺术因素而忽视制度因素对社会和谐根本影响的嫌疑,但是他对艺术所能发挥的心理功能的阐释确实是很

---

① 徐复观:《中国艺术精神》,广西师范大学出版社2007年版,序言第1页。
② 徐复观:《中国文学精神》,上海书店出版社2006年版,第10页。
③ 刘悦笛:《艺术终结之后》,南京出版社2006年版,序言第2页。
④ 刘悦笛:《艺术终结之后》,南京出版社2006年版,总序第3页。

到位的。

　　人类为了眼前的利益疯狂地破坏自然，自毁家园，断子孙路。还有比这更愚蠢更短视的吗？还有比这更无情更残忍的吗？这样下去人与自然、人与人之间的矛盾必然加剧，人的精神异化也必然越来越严重。要走出这个恶性循环的魔圈，需要人类具有大悲悯的情怀与大智慧的境界，只有这样才能承担起拯救地球与人类未来的大责任，从根本上解决人类所面临的困境。由于人的世界观和态度、行为是造成生态危机的关键，也是解决这个问题的关键；而精神疾患本身既是精神领域里的问题，又与自然危机具有同构性，中国生态批评的重要开创者、文学理论家鲁枢元先生强调："解救地球的生态困境，就必须首先从人类自身的救治开始。于是修补精神圈的空洞和裂隙，矫正精神圈的偏执和扭曲，进而从根本上改善地球上的自然生态与精神生态，就成了人类纪的人们面临的一项重大历史使命。"① 为此我们必须发挥文学的作用，修补甚至是重构人类的精神世界，以此再造和谐健康的地球生态系统。文艺当然可以揭露生态恶化的事实、控诉污染者、宣传环保知识、唤醒人们的生态意识等等。但是我认为文学艺术最重要的作用还是表现在，它所具备的悲悯情怀和诗性智慧对人类主体精神的塑造上。

　　人类的悲悯情怀具体到人与自然万物的关系上，主要体现为一种生态良心和生态伦理。著名生态伦理学家雷根曾说过："动物不能表达他们的要求，它们不能组织起来、不能抗议、不能游行、不能施加政治压力，它们也不能提高我们的良知水平——所有这些事实都不能削弱我们捍卫他们的利益的责任意识，相反，它们的孤弱无助使我们的责任更大了。"② 爱因斯坦也以他的"宇宙宗教"精神赞同生态整体主义伦理学："人类本是宇宙的一部分，然而却是自己脱离了宇宙的一部分。我们今后的任务就在于扩大悲悯情怀，去拥抱自然万物。"③ 十九世纪以来西方文学界出现了倡导爱护自然环境，捍卫生命尊严的生态文学思潮，美国作家梭罗、利奥波德、卡森等创作了许多为我们所熟知的表现自然命运

---

① 鲁枢元：《生态批评的空间》，华东师范大学出版社2006年版，第45页。
② 何怀宏主编：《生态伦理——精神资源与哲学基础》，河北大学出版社2002年版，第379页。
③ 引自王诺《欧美生态文学》，北京大学出版社2003年版，第43页。

与人类生活的优秀作品。苏联小说家艾特玛托夫的《白轮船》《死刑台》等作品则以寓言的形式揭露并批判了人类对其他动物的残暴贪婪和不仁不义，也揭示了人类如果继续不负责任地荼毒生灵，掠夺自然，必将自掘坟墓，自取灭亡的道理。毫无疑问，不但对于动物，对于植物我们也有生态保护的责任。我国著名生态文学作家徐刚在《伐木者，醒来!》中讲过了一个感人的护林员的故事：他花六十元钱从一个砍树的人手中买下一棵树的命，抱着已经被砍伤了的树失声痛哭。这些都体现了一种大悲悯的情怀。生态文学的悲悯情怀并不是人类施恩于自然，生态文学的悲天与悯人是一体的，因为天与人是不可分的。当水土流失、河流污染、草木凋零、鸟兽消亡、资源耗尽、垃圾围城、空气污浊之时，人的家园也就不复存在了，人的尊严、人的高贵又到哪里去找呢？

　　文学艺术除了能以"民胞物与"的悲悯的情怀感化人心温暖人心，更能以诗性智慧启迪人心鼓舞人心。诗性智慧从根本上来讲也是一种生态智慧，它是源于自然天性的智慧，是人与自然、肉体与灵魂、感性与理性和谐的智慧。现代科技教给人们的是功利的知识技能，以"造福"人类的名义去操纵控制自然，结果却在欲望的驱使下利令智昏，制造灾祸。英国著名历史学家汤因比晚年在《人类与地球母亲》一书中感叹人类是大地母亲的最强有力和最不可思议的孩子，因为人类已经"进入了精神王国"，在书的结尾他意味深长地写道："人类将会杀害大地母亲，抑或将使她得到拯救？如果滥用日益增长的技术力量，人类将置大地母亲于死地；如果克服了那导致自我毁灭的放肆的贪欲，人类则能够使她重返青春，而人类的贪欲正在使伟大母亲的生命之果——包括人类在内的一切生命造物付出代价。何去何从，这就是今天人类所面临的斯芬克斯之谜。"① 所以人类必须重视在情感上对大自然的珍爱，绝不能只是把自然看作可利用的资源，否则与大地母亲同归于尽的那一天可能真的会到来。如果那一天真的到来了，那也不是大地对人类的报复或惩罚，哪一个母亲会报复自己的孩子呢？那只能说是贪婪而暴虐的不孝之子杀死了慈爱的母亲而后自取灭亡了，因为人只有一个母亲，人类也只有一个

---

① [英]汤因比：《人类与大地母亲》，上海人民出版社2001年版，第529页。

地球，人类灭亡的那一天地球母亲将欲哭无泪，因为她早已被这个不孝之子榨干了汁液。技术主义与消费主义结盟往往导致人们忘记生命的常识，我们只是需要回到常识，不要忘记人是自然之子，这也正是生态智慧的出发点和立足点。

鲁枢元曾以诗意的语言阐释了文学艺术的生态学价值："艺术，并不只是一种职业一种技能。艺术还应当成为一种人生态度，这意味着独立自主、自得其乐、自我完善。艺术还应当成为一种生存境界，一种流连忘返、沉迷陶醉的高峰体验。艺术本质上是肯定，是祝福，是生存的神话，是人们的自我救治、自我保健。无论你从事的是什么职业，国家总理、公司经理、大学教授、工程师、泥瓦匠、理发师、厨师、饭店服务员、摆地摊的小商贩、种粮种菜的农民，只要你能够走进这样一种人生境界，你的生命就是富足的、健康的、美好的、充满诗意的。在我看来，这就是文学艺术的生态学价值，也是文学艺术为人类提供的最高价值。"① 文学艺术可以对人的精神产生作用，使人的精神获得提升获得拯救，精神生命更加健康更加强大。有了精神，人才活得更深刻。有了精神，世界才不会沉沦。精神是人的生活的一道光辉，也是地球上最辉煌的景观。以大智慧和大悲悯的精神修补完善地球的精神圈，是文学在"人类纪"必然要担当的伟大使命！

人类这个地球的长子必须对母亲负起更大的责任，文学这朵人类生命之树的奇葩也必须在"人类纪"担负起更大的使命。在这个意义上，我们呼唤更多的关注生态问题的文学作品出现，但同时我们也强调并不是只有写生态的文学才对生态有益。事实上，一切给人以情感陶冶精神提升的文学艺术，都会让人学会爱与悲悯，学会责任与担当，这与生态精神在本质上是一致的。好的艺术一定能教会人们更好地与自然相处，而且艺术创造与欣赏活动本身就是一种低物质消耗、高精神层次的绿色生活方式，它可以救治现代人过分功利化了的精神世界和情感世界。我们相信爱本身也是一种智慧，悲悯本身也是一种力量，因此我们呼唤文学艺术能够给人类提供大悲悯与大智慧的精神滋养。我们也相信有了爱

---

① 鲁枢元：《生态文艺学》，陕西人民教育出版社2000年版，第368页。

的能力、有了责任担当的心灵一定会是强大的心灵、健康的心灵。消减了物欲也就保护了自然，人与自然、人与人的对抗也就减弱了，人的心灵也必然因此得到涵养，"精神疾患时代"的阴影将渐渐淡去，人类将迎来空气清新、阳光明媚的未来。那才是人类应有的"人类纪"！

从生态批评的立场看，我们可以充分发挥文艺"恢宏的弱效应"，引导人们选择"低物质能量的高层次运转"的生态化艺术化生活方式，并以忧患意识、批判立场和理想主义精神介入现实，促进可持续发展和生态文明建设。我们完全可以期待，在新的历史纪元中，文学艺术在救治自身的同时将救治世界，在完善世界的同时将完善自身！

题记：天下有始，以为天下母。既得其母，以知其子；既知其子，复守其母，没身不殆。

——《老子》第五十二章

结　语

有人说，二十世纪是人类寻根的世纪。在我看来，直到今天人类的寻根之旅依然没有尽头。实际上，对"根"的探寻是生命的一种本能，也是人类存在与发展的根本需要。在今天这个严重失根的时代尤其需要寻根。人类社会从传统工业文明向生态文明转向的大幕已经拉开，自然的"复魅"已经成为时代的主题。自然是包括人类在内的一切生命的根之所在，一切精神创造从本原上说也都是植根于自然的，只要顺应自然之道都可以归属于"生命文化"的范畴。文学植根于自然，是一种重要的"生命文化"样式，关于文学与自然生命之关系的探讨也是一个古老而常新的课题。文学的寻根也是人类寻根的一个重要组成部分。在当下生态危机和精神危机日益严重情况下，我们需要抓住文学艺术的自然之根，看清艺术生命的底色，更加明确地认识到文学在当代文明生态转向中的处境、出路与使命。

生态问题不容回避，它是全人类必须正视和解决的一个难题。包括"文学终结论"在内的当代文学危机也与地球遭遇的生态危机密切相关。自然的危机、精神的危机、文学艺术的危机有着内在的关联性，生态文学与生态批评的产生和发展都是对日益严峻的生态现实的积极回应。它们以文学的形式对造成生态危机的文化和制度因素进行反思，唤醒人们对自然和生命的爱与悲悯之心，捍卫自然与生命的家园。我认为，除了直接关注生态问题的生态文学，一切诗性的文学也都属于"生命文化"，都是可以促进人与自然和谐共生的生态文化。真正的文学应该扎根于自然生命，也必然将履行捍卫自然与生命的天职。

正如一些有远见的学者所指出的，随着生态学时代的到来，中国传统文化精神将在未来人类思想文化领域扮演更加重要的角色，占据更加显著的位置，并有可能取得与西方思想文化平等对话的资格，从而对整合当代世界文化做出重大贡献。正是在这种中西文化与学术对话格局发生变化的大背景下，中西文论对话也出现了新格局，发挥中国文论中重视自然的优势，在新时代的世界文论话语建构中走出长期以来的失语境地。当然中西方各有优长，中国的传统生态文化很丰富，西方当代的生态哲学、生态伦理学与生态批评也很值得借鉴。我们要敞开胸怀，在对话与交流中发展中国的生态批评与文论。事实上，对文学与自然关系的探讨依然是文学理论界所欠缺与忽视的，而生态批评非常重视揭示文学与自然各个方面的关系。在生态批评对自然与文学关系的探讨上，中国传统文论资源拥有巨大优势。中国古代文化中以"气"为核心范畴的自然观，把自然和人、物质和精神、生命与非生命看作是连续化生的整体，没有像西方那样把自然与人、物质与精神、生命与非生命机械割裂。我们要继续深入挖掘文学与自然的关系，揭示自然之道与大自然的内涵，把握文学的"生命文化"属性。我们认为文学是有生命的，而自然从深层孕育和滋养着文学生命，文学应该扎根于自然，顺应自然之道才能健康有活力。从这样的一种文学观出发，对于文学艺术的评价就有了一个重要的标准，那就是"自然为美"。这不同于进化论的文学观，在对文学艺术价值的评价上，我们以与自然的贴近程度作为衡量艺术价值的重要标准，以自然为根基的文学艺术与以都市为根基的大众审美文化相比，自然质朴的艺术价值更高，而丧失或缺乏自然之根的作品不但欠缺正面价值，而且也是不健康的。当然具体的评价不能简单化，关键是看对自然的态度，是否顺应自然的生生之道。

"重建宏大叙事，再造深度模式"是我们不倦的追求。生态批评不但要探讨文学与自然的深层关联，而且还要积极地介入现实，如美国生态批评家斯洛维克所言：生态批评要实现出世和入世的有机结合。只有这样才能为现实存在的文学危机和自然危机探寻出路，并给出应对的策略。实际上出世与入世的结合也是中国传统文化的优点。生态批评要发扬中华文化经世致用的优良传统。文学只有更好地与自然交融铸合，才能立足于大地之上，获得永久的生机与活力。作家应该投身于大自然，在自然中获得生命的激情与活力，并且以博爱的精神与悲悯的情怀，积极投入到保护自然的生态运动中，以笔为旗，捍卫人类与一切生命的共同家园，承担精神救赎的崇高使命。以自然为根的文学艺术和生态批评在波澜壮阔的生态运动中属于审美的、柔性的力量，但是只要发挥好审美文化的价值，促进生命的诗意栖居，就不仅有益于人的个体的身心和谐，而且对于社会的健康发展、自然的生态平衡演进都会产生积极而巨大的影响。

　　我们试图从文学与自然的现实处境出发，在生态批评的视野下，吸取前人关于文艺与自然关系的研究成果，进一步揭示文学与自然的深层关系。当然，对文学自然之根的探寻绝不满足于在故纸堆里搜寻和梳理前人关于自然与文学关系的论述，生态危机的现实紧迫性决定了生态批评不能只是书斋里的学问，不能只是为了学术而学术。生态批评具有强烈的忧患意识和鲜明的实践品格。同时生态批评也是一种具有乌托邦精神的批评话语。生态批评离不开梦想与使命感的支撑，而这同时也是对文学精神应有的担当的回归。因为在空前的生态危机和精神危机面前，人类如果丧失了超越的梦想，那么等待他们的只能是死路一条。我们的世界正处在一个大转型的时代，困扰人类的生态危机、精神危机和各种社会危机从根本上讲也是人类所选择的文明路径的危机。人类并非自然界永久的上等选民和统治者，如果悖逆自然之道，人类终将自取灭亡。今天的人类社会就像一辆向前疾驶的列车，一定要有正确的方向。这个方向的关键就是要实现生态文明的转向。转向的成败关系着人类的前途命运，是走向诗意栖居的活路，还是走向万劫不复的死路，关键在于人类自己的选择。人类如果能够超越过去的发展模式，实现由传统工业文明向生态文明的转向，就能够恢复自然的"生命之网"的活力，实现"从坟墓到摇篮"的根本转变。我们相信，如果人类能够早日迷途知返，把握住生态转向的机会，必将迎来一个充满生机的新时代。文学的拯救与自救全都与对待自然的立场、态度密切相关。面对人类遭遇到的生态危机，文学应担当起时代的责任，而文学只有重新植根于自然之中，才能保证自己的长青不凋。

我们必须继续认真思考生态批评介入现实的方式。在这个生态恶化、时代精神委顿的时代，文学与生态批评应该是有担当有作为的。生态批评不但是一种学术话语，更是一种以捍卫生命价值为己任的文化立场，是介入现实的重要力量。我们有理由期待一种富有本土特色和实践品格的生态批评将日渐成熟，并在促进文学繁荣和生态文明成长中发挥出积极的作用。

参 考 文 献

一、著作类

(一) 国内部分:

1. 傅佩荣:《解读老子》,上海三联书店 2007 年版。
2. 李泽厚:《论语今读》,安徽文艺出版社 1998 年版。
3. 周振甫:《文心雕龙今译》,中华书局 1986 年版。
4. 黄侃:《文心雕龙札记》,中国人民大学出版社 2004 年版。
5. 郭绍虞:《郭绍虞说文论》,上海古籍出版社 2000 年版。
6. 徐复观:《中国艺术精神》,广西师范大学出版社 2007 年版。
7. 徐复观:《中国文学精神》,上海书店出版社 2006 年版。
8. 胡兰成:《中国文学史话》,上海社会科学院出版社 2004 年版。
9. 蔡锺翔:《美在自然》,百花洲文艺出版社 2001 年版。
10. 成复旺:《走向自然生命》,中国人民大学出版社 2004 年版。
11. 鲁枢元:《生态文艺学》,陕西人民教育出版社 2000 年版。
12. 鲁枢元:《猞猁言说》,社会科学文献出版社 2001 年版。
13. 鲁枢元:《生态批评的空间》,华东师范大学出版社 2006 年版。
14. 鲁枢元主编:《自然与人文——生态批评学术资源库》,学林出版社 2006 年版。
15. 袁济喜:《六朝美学》,北京大学出版社,1999 年版。
16. 牟宗三:《生命的学问》,广西师范大学出版社 2005 年版。
17. 钱谷融:《钱谷融论文学》,华东师范大学出版社 2008 年版。

18. 南帆：《隐蔽的成规》，福建教育出版社1999年版。

19. 刘锋杰：《人的文学及其意义》，江苏人民出版社2005年版。

20. 刘锋杰选编：《回归大自然》，北京大学出版社2006年版。

21. 朱志荣：《中国艺术哲学》，东北师范大学出版社1997年版。

22. 朱志荣：《中国审美理论》，北京大学出版社2005年版。

23. 候敏：《有根的诗学》，上海人民出版社2003年版。

24. 彭亚非：《中国正统文学观念》，社会科学文献出版社2007年版。

25. 宗白华：《艺境》，北京大学出版社1997年版。

26. 曾永成：《文艺的绿色之思——文艺生态学引论》，人民文学出版社2000年版。

27. 曲格平：《我们需要一场变革》，吉林人民出版社1997年版。

28. 蔡晓明：《生态系统生态学》，科学出版社2002年版。

29. 王如松、周鸿：《人与生态学》，云南人民出版社2004年版。

30. 余谋昌：《生态哲学》，陕西人民教育出版社2000年版。

31. 王耘：《复杂性生态哲学》，社会科学文献出版社2008年版。

32. 曾繁仁：《生态存在论美学论稿》，吉林人民出版社2003年版。

33. 曾繁仁：《转型期的中国美学》，商务印书馆2007年版。

34. 吴明益：《以书写解放自然》，台北大安出版社2004年版。

35. 宋祖良：《拯救地球和人类未来——海德格尔的后期思想》，中国社会科学出版社1993年版。

36. 韩少功：《文学的根》，山东文艺出版社2001年版。

37. 史铁生：《写作的事》，东方出版中心2006年版。

38. 邓晓芒：《作家的根在哪里》，见《残雪文学观》，广西师范大学出版社2007年版。

39. 徐刚：《根的牵挂》，安徽教育出版社2005年版。

40. 郑元者：《艺术之根——艺术起源学引论》，湖南教育出版社1998年版。

41. 叶舒宪：《中国神话哲学》，中国社会科学出版社1992年版。

42. 叶舒宪：《文学与人类学》，社会科学文献出版社2003年版。

43. 杨守森：《艺术境界论》，上海人民出版社 2008 年版。

44. 薛华：《黑格尔与艺术难题》，中国社会科学出版社 1986 年版。

45. 范进：《康德文化哲学》，社会科学文献出版社 1996 年版。

46. 刘悦笛：《艺术终结之后》，南京出版社 2006 年版。

47. 蔡翔：《日常生活的诗情消解》，学林出版社 1994 年版。

48. 周宪主编：《文化现代性与美学问题》，中国人民大学出版社 2005 年版。

49. 杜书瀛：《文学会消亡吗》，中山大学出版社 2006 年版。

50. 金惠敏：《媒介的后果》，人民出版社 2005 年版。

51. 陈晓明：《不死的纯文学》，北京大学出版社 2007 年版。

52. 朱国华：《文学与权力——文学合法性的批判性考察》，华东师范大学出版社 2006 年版。

53. 刁克利：《诗性的拯救》，昆仑出版社 2006 年版。

54. 马大康：《诗性语言研究》，中国社会科学出版社 2005 年版。

55. 罗成琰：《百年文学与传统文化》，湖南教育出版社 2002 年版。

56. 钱中文：《文学理论——发展论》，中国社会科学出版社 2006 年版。

57. 张炯主编：《中华文学发展史——中国文学的萌生与其文化精神》，长江文艺出版社 2003 年版。

58. 刘若愚：《中国文学理论》，江苏教育出版社 2005 年版。

59. 冯毓云：《文艺学与方法论》，黑龙江教育出版社 1998 年版。

60. 傅道彬、于茀：《文学是什么》，北京大学出版社 2002 年版。

61. 袁鼎生：《生态视域中的比较美学》，人民出版社 2005 年版。

62. 陈旭光：《艺术为什么》，中国人民大学出版社 2004 年版。

63. 周宪：《超越文学》，上海三联书店 1997 年版。

64. 杨义：《通向大文学观》，安徽教育出版社 2006 年版。

65. 雷达：《文学活着》，人民文学出版社 1995 年版。

66. 王兆胜：《文学的命脉》，华东师范大学出版社 2005 年版。

67. 王乾坤：《文学的承诺》，生活·读书·新知三联书店 2005 年版。

68. 吴俊：《文学的变局》，广西师大出版社2005年版。

69. 夏志清：《文学的前途》，生活·读书·新知三联书店2002年版。

70. 王尧：《文字的灵魂》，山东友谊出版社2007年版。

71. 赵园：《地之子》，北京大学出版社2007年版。

72. 庄锡华：《美育新思维》，江苏教育出版社2000年版。

73. 徐岱：《艺术新概念——消费时代的人文关怀》，浙江大学出版社2006年版。

74. 刘小枫：《拯救与逍遥》，华东师大出版社2007年版。

75. 潘知常：《生命美学论稿》，郑州大学出版社2002年版。

76. 于坚、谢有顺：《于坚谢有顺对话录》，苏州大学出版社2003年版。

77. 张炜：《大地的呓语》，东方出版中心1997年版。

78. 张炜、王光东：《张炜王光东对话录》，苏州大学出版社2003年版。

79. 张炜：《书院的思与在》，广西师范大学出版社2004年版。

80. 张炜：《绿色的遥思》，文汇出版社2005年版。

81. 王晓华：《在现代和后现代之间——文学艺术的转型》，黑龙江人民出版社2006年版。

82. 蒙培元：《人与自然——中国哲学生态观》，人民出版社2004年版。

83. 蒋勋：《天地有大美》，广西师范大学出版社2006年版。

84. 滕守尧：《艺术与创生》，陕西师范大学出版社2002年版。

85. 彭锋：《完美的自然》，北京大学出版社2005年版。

86. 王诺：《欧美生态文学》，北京大学出版社2003年版。

87. 王诺：《生态与心态》，南京大学出版社2007年版。

88. 胡志红：《西方生态批评研究》，中国社会科学出版社2006年。

89. 赵刚：《波兰文学中的自然与自然观》，外语教学与研究出版社2007年版。

90. 程水金：《中国早期文化意识的嬗变》（第一卷），武汉大学出版社 2003 年。

91. 闻一多：《诗经研究》，巴蜀书社 2002 年版。

92. 程相占：《中国古代文心论的现代转化》，山东大学出版社 2002 年版。

93. 朱首献：《文学的人学维度》，浙江大学出版社 2007 年版。

94. 童庆炳：《中国古代文论的现代意义》，北京师范大学出版社 2001 年版。

95. 方东美：《中国现代学术经典·方东美卷》，河北教育出版社 1996 年版。

96. 张世英：《哲学导论》，北京大学出版社 2002 年版。

（二）国外部分

1. ［意大利］维科：《新科学》，人民文学出版社 1987 年版。
2. ［德］黑格尔：《美学》，商务印书馆 1979 年版。
3. ［德］《马克思恩格斯选集》，人民出版社 1995 年版版。
4. ［德］格罗塞：《艺术的起源》，商务印书馆 1984 年版。
5. ［法］丹纳：《艺术哲学》，安徽文艺出版社 1998 年版。
6. ［美］韦勒克、沃伦：《文学理论》，江苏教育出版社 2005 年版。
7. ［美］米勒：《文学死了吗》，广西师范大学出版社 2007 年版。
8. ［美］阿瑟·丹托：《艺术的终结》，江苏人民出版社 2005 年版。
9. ［美］阿瑟·丹托：《艺术的终结之后——当代艺术与历史的界限》，江苏人民出版社 2007 年版。
10. ［美］丹尼尔·贝尔：《意识形态的终结》，江苏人民出版社 2001 年版。
11. ［美］丹尼尔·贝尔《资本主义文化矛盾》，三联书店 1989 年版。
12. ［德］韦伯：《新教伦理与资本主义精神》，陕西师范大学出版社 2002 年版。
13. ［日］小尾郊一：《中国文学中所表现的自然与自然观》，上海古籍出版社 1989 年版。
14. ［日］小野泽精一等：《气的思想——中国自然观与人的观念的

发展》，上海人民出版社2007年版。

15. ［法］微依：《扎根——人类责任宣言绪论》，生活·读书·新知三联书店2003年版。

16. ［法］福柯：《词与物——人文科学考古学》，上海三联书店2001年版。

17. ［加］诺思罗普·弗莱：《批评的解剖》，百花文艺出版社2006年版。

18. ［英］以赛亚·伯林：《浪漫主义的根源》，译林出版社2008年版。

19. ［丹麦］勃兰兑斯：《十九世纪文学主流》，人民文学出版社1984年版。

20. ［德］席勒：《秀美与尊严》，文化艺术出版社1996年版。

21. ［德］海德格尔：《海德格尔选集》（上、下）孙周兴选编，上海三联书店1996年版。

22. ［美］泰勒：《人类学：人及其文化研究》，广西师范大学出版社2004年版。

23. ［美］迪萨纳亚克：《审美的人——艺术来自何处及原因何在》，商务印书馆2004年版。

24. ［法］艾姿碧塔：《艺术的童年》安徽教育出版社2005年版。

25. ［美］埃里希·弗罗姆：《生命之爱》，国际文化出版公司2001年版。

26. ［美］马尔库塞：《审美之维》，广西师范大学出版社2001年版。

27. ［日］今道友信：《关于爱和美的哲学思考》，生活·读书·新知三联书店1997年版。

28. ［美］罗洛梅：《爱与意志》，甘肃人民出版社1987年版。

29. ［德］爱克尔曼《歌德对话录》，五洲传播出版社2005年版。

30. ［俄］列夫·托尔斯泰：《艺术论》，中国人民大学出版社2005年版。

31. ［奥地利］弗洛伊德：《论文学艺术》，国际文化出版公司2001年版。

32. ［瑞士］荣格：《荣格文集》，改革出版社1997年版。

33. [法]杜夫海纳：《美学与哲学》，中国社会科学出版社1985年版。

34. [法]杜夫海纳：《审美经验现象学》，文化艺术出版社1996年版。

35. [美]杰姆逊：《后现代主义与文化理论》，北京大学出版社1997年版。

36. [美]S. R. 凯勒特：《生命的价值——生物多样性与人类社会》，知识出版社2001年版。

37. [美]梭罗：《瓦尔登湖》，吉林人民出版社1997年版。

38. [美]利奥波德：《沙乡年鉴》，吉林人民出版社1997年版。

39. [美]蕾切尔·卡逊：《寂静的春天》，吉林人民出版社1997年版。

40. [法]雅克·莫诺：《地球祖国》，生活·读书·新知三联书店1997年版。

41. [法]塞尔日·莫斯科维奇：《还自然之魅——对生态运动的思考》，生活·读书·新知三联书店2005年版。

42. [美]戈尔：《濒临失衡的地球——生态与人类精神》，中央编译出版社1997年版。

43. [美]查尔斯·哈珀：《环境与社会——环境问题中的人文视野》，天津人民出版社1998年版。

44. [美]霍尔姆斯·罗尔斯顿：《哲学走向荒野》，吉林人民出版社2000年版。

45. [美]麦茜特：《自然之死》，吉林人民出版社1999年版。

46. [美]麦克基本：《自然的终结》，吉林人民出版社2000年版。

47. [英]汤因比：《人类与大地母亲》，上海人民出版社2001年版。

48. [英]汤因比：《展望二十一世纪》（与池田大作合著）国际文化出版公司1985年版。

49. [美]丹尼斯·米都斯等：《增长的极限——罗马俱乐部关于人类困境的报告》，吉林人民出版社1997年版。

50. [英]齐格蒙特·鲍曼：《废弃的生命》，江苏人民出版社2006年版。

51. [法]施韦泽：《敬畏生命》，上海社会科学院出版社2003年版。

52. ［德］西美尔：《金钱、性别、现代生活风格》，学林出版社 2000 年版。

53. ［德］西美尔：《货币哲学》，华夏出版社 2002 年版。

54. ［美］大卫·铃木、阿曼达·麦康纳：《神圣的平衡——重寻人类的自然定位》，汕头大学出版社 2003 年版。

55. ［英］柯林武德：《自然的观念》，北京大学出版社 2006 年版。

56. ［英］怀特海：《科学与近代世界》，商务印书馆 1989 年版。

57. ［德］彼得·科斯洛夫斯基：《后现代文化》，中央编译出版社 1999 年版。

58. ［美］格里芬：《后现代科学》，中央编译出版社 1999 年版。

59. ［美］格里芬：《后现代精神》，中央编译出版社 1998 年版。

60. ［日］尾关周二：《共生的理想》，中央编译出版社 1996 年版。

61. ［美］爱德华·威尔逊：《生命的未来》，上海人民出版社 2003 年版。

62. ［美］尤金·哈格洛夫：《环境伦理学基础》，重庆出版社 2007 年版。

63. ［美］纳什：《大自然的权利》，青岛出版社 2005 年版。

64. ［荷］E·舒尔曼：《科技时代与人类未来》，东方出版社 1995 年版。

65. ［法］埃德加·莫兰：《复杂思想：自觉的科学》，北京大学出版社 2001 年版。

66. ［英］基思·托马斯：《人类与自然世界》，译林出版社 2008 年版。

67. ［多国］雅克·鲍多特等：《与地球重新签约——哥本哈根社会发展论坛论文文选之一》，人民文学出版社 2003 年版。

68. ［多国］：海因兹·迪德里齐等：《全球资本主义的终结：新的历史蓝图》，人民文学出版社 2001 年版。

69. ［德］M.舍勒：《价值的颠覆》，三联书店 1997 年版。

70. 热罗姆·班德主编：《价值的未来》，社会科学文献出版社 2006 年版。

71. ［美］拉塞尔·雅各比：《不完美的图像——反乌托邦时代的乌

托邦思想》，新星出版社 2007 年版。

72. ［英］费瑟斯通：《消费文化与后现代主义》，译林出版社 2000 年版。

73. ［法］鲍德里亚：《消费社会》，南京大学出版社 2001 年版。

74. ［美］尼尔·波兹曼：《娱乐至死》，广西师大出版社 2004 年版。

75. ［法］吉尔·利波维茨基《空虚时代——论当代个人主义》，中国人民大学出版社 2007 年版。

76. ［英］安东尼·吉登斯：《现代性的后果》，译林出版社 2000 年版。

77. ［美］詹姆斯·奥康纳：《自然的理由——生态学马克思主义研究》，南京大学出版社 2003 年版。

78. ［美］杜维明：《对话与创新》，广西师范大学出版社 2005 年版。

英文原著：

1. Thomas J. Lyon, *This Incomperable Lande: A Book of American Nature Writing*, Boston: Houghton Mifflin Company, 1989.

2. Arne Naess, *David Rothenberg, Trans. Ecology, Community, and Lifestyle*, Cambridge: Cambridge University Press, 1989.

3. Lawrence Buell, *Environmental Imagination: Thoreau, Nature Writing, and the Formation of American Culture*, The Belknap Press of Harvard University Press, 1995.

4. Thomas Berry, *Into the Future in Roger S. Gottlieb, This Sacred Earth: Religion, Nature, Environment*. New York: Routledge, 1996.

二、期刊文章：

1. 杜维明：《存有的连续性：中国人的自然观》，载《世界哲学》2004 年第 1 期。

2. 叶朗：《中国传统文化中的生态意识》，载《北京大学学报》（人文社科版）2008 年第 1 期。

3. 陈伯海：《唯天为大，唯人为灵——"天人关系"的再思考》，载《学术月刊》2009 年第 1 期。

4. 袁济喜：《从古代文论的"气感说"看文艺的生命激活》，载《中国人民大学学报》2004年第5期。

5. 袁济喜：《文学的生生不息与自然的超验意义》载《学术月刊》2005年第6期。

6. 王建疆：《人与自然关系的嬗变对文学发展的影响》，载《学术月刊》2005年第6期。

7. 刘绍瑾：《自然：中国古代一个潜在的文学理论体系》，载《文艺研究》2001年第2期。

8. 童庆炳：《文学本原论》，载《江海学刊》2002年第2期。

9. 朱立元：《关于文学本体论之我见》，载《浙江大学学报》（人文社科版）2007年第5期。

10. 鲁枢元：《百年疏漏——中国文学史书写的生态视阈》，载《文学评论》2007年第1期。

11. 张皓：《生态批评与文化生态》，载《江汉大学学报》（人文科学版）2003年第1期。

12. 孔范今：《对当前文坛四个问题的省思》，载《山东文学》1997年第1期。

13. 陆扬：《文化研究的兴起和文学救赎功能的变迁》，载《文艺研究》2007年第12期。

14. 陶东风：《游戏机一代的架空世界——"玄幻文学"引发的思考》，载《文艺争鸣》2007年第4期。

15. 王鸿生：《为大自然复魅——关于〈刺猬歌〉及其大地文学路向》，载《文艺争鸣》2008年第5期。

16. 王先霈：《三十年来文艺家的中国古代文论研究》，载《华中师范大学学报》（人文社科版）2007年第5期。

17. 徐碧辉：《从实践美学看"生态美学"》，载《哲学研究》2005年第9期。

18. 布依尔、韦清琦：《打开中美生态批评的对话窗口》，载《文艺研究》2004年第1期。

19. 汪晖：《在西方文化中心的世界，保持中国文化自主性》，载

《绿叶》2008年第1期。

20. 王岳川：《从去中国化到再中国化》，载《文艺争鸣》2009年第1期。

后 记

本书是我在自己的博士论文研究基础上申报的山东省社会科学规划研究项目（项目号：14CWXJ25）的结题成果，记得2009年我在博士论文的后记中曾讲到写作这篇论文我的最后感觉就是：使命光荣，任务艰巨。这种说法并不夸张。写作论文的过程中，我感觉自己被同时投入了人类知识的峰顶与深渊之中，战战兢兢，诚惶诚恐，学识的浅薄与胸襟的狭小被映照得无处躲藏。回过头来看，从提纲确定、资料搜集到具体写作的整个过程，还是有些感触的。我不敢说自己已经体会到了做学问的艰辛，但是在大量阅读和长期思考的基础上，把一个想法落实为一篇论文，这个过程中确实有许多酸甜苦辣，死去活来。我知道这篇论文中关于文学的自然之根的探讨还很粗疏，很多问题正有待深入下去，但是我却明白了一个道理：许多事情在开始的时候可能是模糊的、犹疑不决的，但是只要你全心投入，专心地去做，最终是会有所收获的，尽管收获的这颗果实还很青涩。

感谢我的导师鲁枢元先生多年来的关心和厚爱，小书出版之际，先生又慨然赠序，这是对我莫大的激励和鞭策。跟随先生读书的四年里，从为人处事到读书治学，从日常点滴到天下兴亡，恩师对我的指导和帮助是全方位的。具体到博士论文的写作，从确定论题到拟定框架，从资料查找到内容修改，导师投入的心力是巨大的。由于学生的学识水平和时间所限，论文有很多不足之处，唯一的希望是今后的日子里能够继续在学术之路上探索，深入研究这篇论文中涉及而没有解决好的许多问题。通过这篇论文的写作，我似乎已经感到了学术山峰的艰险，虽然我还远远没有攀登上峰顶，但我的心中已经有了一座山，一座让我魂牵梦绕的学术高峰。攀登它，在路上，抑或在某个小山头上找到一点儿成功的感觉。

在攻读博士学位的学习期间，还得到了苏州大学文学院刘锋杰教授、姚鹤鸣教授、侯敏教授、朱志荣教授以及李勇、王耘、潘华琴、王惠、马治军、朱鹏杰等诸位师友的指导帮助，烟台大学人文学院兰翠教授、马小朝教授等领导和老师在我读博和工作期间都给予了颇多关照和帮助，在此一并表示衷心的感谢。

最后也要向我的家人和朋友致以谢意。多年来父母的操劳与牵挂，妻女的守望与期盼，朋友的支持和鼓励，都让我难以释怀。希望今后能够有时间多回老家看看父母，尽一份做子女的孝心；能够有时间多在家陪陪孩子，尽一份做父亲的责任；同时也能多些时间和亲友聚一聚、聊一聊。"归根曰静，是谓复命"，学问与人生终究是要统一的。

张守海
2009 年 5 月于苏州大学，2018 年 10 月修改于烟台大学